人猿泰山全译精编插画系列（全25种）

人猿泰山之死亡旅行

［美国］埃德加·赖斯·巴勒斯/著
贾晓哲/译

Tarzan's Quest

by Edgar Rice Burroughs

上海文艺出版社
Shanghai Literature & Art Publishing House
上海故事会文化传媒有限公司

图书在版编目（CIP）数据

人猿泰山之死亡旅行 /（美）埃德加·赖斯·巴勒斯著；贾晓哲译. -- 上海：上海文艺出版社，2018（2022.4 重印）
（人猿泰山全译精编插画系列）
ISBN 978-7-5321-6726-5

Ⅰ. ①人… Ⅱ. ①埃… ②贾… Ⅲ. ①长篇小说－美国－现代 Ⅳ. ① I712.45

中国版本图书馆 CIP 数据核字 (2018) 第 106458 号

书　　名：人猿泰山之死亡旅行
著　　者：[美国] 埃德加·赖斯·巴勒斯
译　　者：贾晓哲
责任编辑：李震宇
装帧设计：周　睿
责任督印：张　凯

出　　版：上海文艺出版社
出　　品：上海故事会文化传媒有限公司
（201101　上海市闵行区号景路159弄A座3楼　www.storychina.cn）
发　　行：北京中版国际教育技术装备有限公司
印　　刷：天津旭丰源印刷有限公司
开　　本：889毫米x1194毫米　1/32　印张8.75
版　　次：2018年7月第1版　2022年4月第3次印刷
I S B N：978-7-5321-6726-5/I·5369
定　　价：42.00元

上海故事会文化传媒有限公司 出品（00790）www.storychina.cn

如发现本书有质量问题，请与印刷厂质量科联系 T:022-82573686

百年文学经典 文化传播之最

人猿泰山驰骋的奇幻世界

黄禄善

美国文学史上不乏这样的作家：他们生前得不到学术界承认，死后多年也不为批评家看好，然而他们却写出了最受欢迎的作品，享有最大范围的读者。本书作者埃德加·赖斯·巴勒斯即是这样一位作家。自 1912 年至 1950 年，他一共出版了一百多本书，这些书涉及多个通俗小说门类，而且十分畅销，其中不少被译成多种文字，在世界各地广为流传。当代科幻小说大师亚瑟·克拉克曾如此表达对他的敬仰："埃德加·赖斯·巴勒斯具有重要地位。是巴勒斯，激起了我的创作兴趣。"另一位著名通俗小说家雷·布莱德伯利也说："埃德加·赖斯·巴勒斯也许可以称为世界历史上最有影响力的作家。"然而，正是这个被众人交口称誉的作家，对前来采访的记者说："我不认为我的作品是'文学'。"而且，面对众多书迷的"如何走上文学道路"的提问，他也只是轻描淡写地回答："那是因为我需要钱。我 35 岁时，生活中的一切尝试都宣告失败，只好开始搞创作。"

确实，埃德加·赖斯·巴勒斯在从事文学创作前，有过一段十分坎坷的生活经历。他于 1875 年 9 月 1 日出生在美国芝加哥，父亲是南北战争期间入伍的老兵，后退役经商。儿时的巴勒斯对未来充满了幻想，曾对人夸口说父亲是中国皇帝的军事顾问，自己住在北京紫禁城，并在那里一直待到 10 岁才回国。但是，后来的事实表明，这一良好愿望只不过是一团泡影。从密歇根军事学院毕业后，他在美国骑兵部队服役，不久即为谋生四处奔波。他先后尝试了许多工作，包括警察和推销商，但均不成功。1900 年，他和青梅竹马的女友结婚，之后两人育有两儿一女。接下来的日子，埃德加·赖斯·巴勒斯是在贫困中度过的。为了养家糊口，他开始替通俗小说杂志撰稿。他的第一部小说《在火星的卫星下》于1912年分六集在《故事大观》连载。这部小说即刻获得了成功,为他赢得了初步的声誉。同年,他又在《故事大观》推出了第二部小说，亦即首部“泰山”小说。这部小说获得了更大成功。从此，他名声大振，稿约不断，平均每年出版数部书。第二次世界大战期间,他以66岁的高龄奔赴南太平洋,当了战地记者。1950年3月19日，埃德加·赖斯·巴勒斯因心力衰竭在美国逝世。

埃德加·赖斯·巴勒斯是美国文学史上第一个重要的通俗小说家。他一生所创作的通俗小说主要有四大系列。第一个是“火星系列”，包括《火星公主》《火星众神》和《火星军魁》。该“三部曲”主要讲述一位能超越死亡界限、神秘莫测的地球人约翰·卡特在火星上的种种冒险经历。第二个系列为“佩鲁塞塔历险记”，共有七部。开首是《在地心里》，以后各部依次是《佩鲁塞塔》《佩鲁塞塔的塔纳》《泰山在地心里》《返回石器时代》《恐惧之地》《野蛮的佩鲁塞塔》，主要讲述主人公佩鲁塞塔在钻探地下矿藏时，不小心将地壳钻穿，并惊讶地发现地球核心像一个空心葫芦，那里住着许多原始人，还有许多古生动物和植物。1932年,《宝库》杂志开始连载埃德加·赖斯·巴勒斯的第三个系列，也即“金星系列”的首部小说《金星上的海盗》。该小说由“火星系列”衍生而出,但情节编排完全不同。主人公卡森·内皮尔生在印度，由一位年迈的神秘主义者抚养成人，并被教给各种魔法，由此开始了金星上的冒险经历。该系列的其余三部小说是《金星上的迷失》《金星上的卡森》和《金星上的逃脱》。第五部已经动笔，但因“二战”爆发而搁浅。

尽管埃德加·赖斯·巴勒斯的“火星系列”“佩鲁塞塔历险记”和“金星系列”奠定了他的美国早期重要通俗小说作家的地位，但他成就最大、影响也最大的是第四个系列，也即“人猿泰山系列”。该系列始于1912年的《传奇诞生》，终于1947年的《落难军团》，外加去世后出版的《不速之客》，以及根据遗稿整理的《黄金迷城》，总共有25种之多。中心人物泰山是一个英国贵族后裔，幼年失去双亲，由母猿卡拉抚养长大。少年泰山不仅学会了在西非原始森林的生存本领，还具有人类特有的聪慧。凭着这一人类特性，他懂得利用工具猎取食物，并从生父遗留下来的看图识字课本上认识了不少英文词汇。随着时光流逝，他邂逅美国探险家的女儿简·波特，于是生活发生急剧变化，平添了无数波折。接下来的《英雄归来》《孤岛求生》等续集中，泰山已与简·波特结合，生了一个儿子，并依靠猿人和大象的帮助，成了林中之王，又通过一个非洲巫师的秘方，获取了长生不老之术。再后来，在《绝地反击》《智斗恐龙》《大战狮人》《神秘豹人》等续集中，这位英雄开始了种种令人惊叹的冒险，足迹遍及整个西非原始森林、湮没的大陆。

从小说类型看，“人猿泰山系列”当属奇幻小说。西方最早的奇幻小说为英雄奇幻小说，这类小说发端于古希腊荷马史诗《伊利亚特》和《奥德赛》，成形于19世纪末英国小说家威廉·莫里斯的《世界那边的森林》，其主要模式是表现单个或群体男性主人公在奇幻世界的冒险经历。他们多为传奇式人物，有的出身卑微，必须经过一番奋斗才能赢得下属的尊敬；有的是落难王子，必须经过一番曲折才能恢复原有的地位。在冒险中，他们往往会遭遇各种超自然邪恶势力，但经过激烈较量，正义战胜邪恶，一切以美好告终。人猿泰山显然属于“落难王子”型主人公。他本属英国贵族后裔，却无端降生在无名孤岛，并险些丧命。在人迹罕至的西非原始森林，他与野兽为伍，经历了难以想象的生存危机。终于，他一天天长大，先后战胜大猩猩和狮子，又打死猿王克查科，并最终成为身强力壮、智慧超群的丛林之王。值得注意的是，埃德加·赖斯·巴勒斯在描写人猿泰山的这些经历时，并没有简单地套用英雄奇幻小说的模式，而是融入了自己的创造。一方面，他删去了“魔法”“仙女”“精灵”等超自然因素；另一方面，又增加了较多的现实主义成分。人们在阅读故事时，并不觉得是在虚无缥缈的奇幻天地漫步，而是仿佛置身栩栩如生的现实主义世界。正因为如此，“人猿泰山系列”比一般的纯英雄奇幻小说显得更生动、更令人震撼。

毋庸置疑，人猿泰山驰骋的奇幻世界是“人猿泰山系列”的又一大亮点。在构筑这一虚拟背景时，埃德加·赖斯·巴勒斯显然借鉴了亨利·哈格德的创作手法。亨利·哈格德是19世纪英国著名小说家，自80年代中期起，他根据自己在非洲的探险经历，创作了一系列以“遗忘的年代、湮没的城市”为特征的奇幻作品。譬如《所罗门王的宝藏》，述说一个名叫阿兰的猎手在两千多年前的奇幻王国觅宝，几经曲折，终遂心愿。又如《她》，主人公是非洲一个奇幻原始部落的女统治者，她精通巫术，具有铁的统治手腕，但对爱情的执着酿成了她一生最大的悲剧。“人猿泰山系列”的故事场景设置在人迹罕至的原始森林，在那里，虎啸猿鸣，弱肉强食，险象环生。正是在这一极端恶劣的环境中，泰山进行了种种惊心动魄的冒险。在后来的续篇中，埃德加·赖斯·巴勒斯还让泰山的足迹走出西非原始森林，到了传说中的亚特兰蒂斯、废弃的亚马孙古城，甚至神秘的太平洋玛雅群岛。所有这些埃德加·赖斯·巴勒斯笔下的荒岛僻壤，与《所罗门王的宝藏》《她》中“遗忘的年代，湮没的城市”如出一辙。

如果说，亨利·哈格德的“遗忘的年代，湮没的城市”给“人猿泰山系列”提供了诡奇的故事场景，那么给这个场景输血补液的则是西方脍炙人口的动物小说。据埃德加·赖斯·巴勒斯的传记，儿时的他曾因体弱多病辍学，并由此阅读了大量西方文学著作，尤其是鲁德亚德·吉卜林的《丛林故事》、欧内斯特·西顿的《野生动物集》、杰克·伦敦的《野性的呼唤》。这些小说集动物故事、探险故事、寓言故事、爱情故事、神秘故事于一体，给埃德加·赖斯·巴勒斯以深刻印象。事实上，他在出道之前，为了给自己的侄儿、侄女逗乐，还写了一些类似的童话故事，其中一篇还在《黑马连环漫画》上刊登。西方动物小说所表现的是达尔文和斯宾塞的“物竞天择”“适者生存”，体现了自然主义创作观。以杰克·伦敦的《野性的呼唤》为例，主要角色布克原是法官的看家狗，过着养尊处优的生活。但有一天，它被盗卖，并辗转来到冰天雪地的阿拉斯加，当起了运输工具。在那里，布克感到自然法则无处不在：狗像狼一般争斗，死亡者立刻被同类吃掉。但它很快学会了生存，原始的野性和狡诈开始显现，并咬死了凶残的领头狗，最终为主人复仇，加入了荒野的狼群。“人猿泰山系列”尽管将“弱肉强食”的雪橇狗变换成了虎、狮、猿以及由猿抚养长大的泰山，但这些人猿、半人半兽之间的殊死争斗同样表现出“生存斗争”的残忍。特别是泰山攀山越岭、腾掠树梢，战胜对手后仰天发出的一声长啸，同杰克·伦敦笔下布克回到河边纪念它的恩主被射杀时的长嚎简直有异曲同工之妙。

鉴于“人猿泰山系列”成书之前曾在《故事大观》《宝库》等杂志连载，不可避免地带有杂志文学的某些缺陷，如情节雷同、形象单调，等等。历来的文论家正是根据这些否定“人猿泰山”的文学价值，否定埃德加·赖斯·巴勒斯的文学地位。但“二战”以后，尤其是20世纪70年代之后，随着西方通俗文化热的兴起，学术界对于“泰山”小说的看法有了转变，许多研究者都给予积极评价，肯定埃德加·赖斯·巴勒斯的美国奇幻小说鼻祖地位。而且，“读者接受”是评价一部作品的最佳试金石。“人猿泰山系列”刚一问世，即征服了美国无数读者，不久又迅速跨出国界，流向英国、加拿大和整个西方。尤其在芬兰，读者简直到了如痴如醉的地步。一本本英文原著被译成芬兰语，一版再版，很快取代其他本土小说，成为最佳畅销书。更有甚者，许多西方作家，包括芬兰、阿根廷、以色列以及部分阿拉伯国家的作家，在埃德加·赖斯·巴勒斯去世后，模拟他的套路，创作起了这样那样的“后泰山小说”。世纪之交，埃德加·赖斯·巴勒斯的“人猿泰山系列”再度在西方发酵，以劳雷尔·汉密尔顿、尼尔·盖曼、乔·凯·罗琳为代表的一大批作家，基于他的“泰山”小说模式，并结合其他通俗小说要素，推出了许多新时代的奇幻小说——城市奇幻小说，并创造了这类小说连续数年高踞《纽约时报》畅销书排行榜的奇观。而且，自1918年起，“泰山”小说即被搬上银幕。以后随着续集的不断问世，每年都有新的“泰山”影片上映和电视剧播放，所改编的影视版本之多，持续时间之长，观众场面之火爆，创西方影视传播界之“最”。2016年，华纳兄弟影业又推出了由大卫·叶茨导演、亚历山大·斯卡斯加德等众多知名演员加盟的真人3D版好莱坞大片《泰山归来：险战丛林》。21世纪头十年，伴随迪士尼同名舞台剧和故事软件的开发，“泰山”游戏又迅速占领电脑虚拟世界，成为风靡全球的少年儿童宠爱对象。此外，西方各国还有形形色色的“泰山”广播剧、“泰山”动漫、“泰山”玩偶，等等。总之，今天的“泰山”早已超出了一个普通小说人物概念，成了西方社会的一种文化符号、一种文化象征。

优秀的文化遗产是不分国界的。为了帮助中国广大读者欣赏埃德加·赖斯·巴勒斯、读懂埃德加·赖斯·巴勒斯，了解当今风靡整个西方的奇幻小说的先驱，上海故事会文化传媒有限公司组织翻译了这套“人猿泰山系列”，这也将是国内第一套完整的“人猿泰山系列”。译者多为沪上高校翻译专业教师，翻译时力求原汁原味、文字流畅，与此同时，予以精编、插画。相信他们的努力会得到认可。

目　录

Contents

Contents

人物介绍

泰山：丛林之王，嫉恶如仇，勇敢睿智，忠于爱情和友情，历经种种险境，九死一生。

简：女主角，泰山的爱侣，不畏艰险，有很强的非洲丛林生存能力。

内其马：小猴子，常栖于泰山肩头，活泼调皮，有点健忘，是泰山的忠诚伙伴和助手。

布朗：美国飞行员，为人正直，与法籍侍女安妮特历尽磨难，相知相爱。

安妮特：斯波洛夫王后的法籍侍女，飞行员布朗的恋人。

慕维洛：瓦兹瑞部落酋长，与泰山一起，远赴卡乌璐村复仇。

斯波洛夫王后：凯蒂，上流社会名媛，美国棉花大王遗孀，后嫁给年轻的斯波洛夫王子。

斯波洛夫王子：亚历克西斯，自私、贪婪、凶残，风流放荡，贪图老女人凯蒂的巨额财产，娶其为妻。

卡凡达凡达：卡乌璐人的酋长、大祭司，残杀无数青春少女，欲通过魔法统治世界。

奥格德利：卡乌璐人，为酋长卡凡达凡达在丛林物色和绑架美女。

Chapter 1

斯波洛夫王后

“亲爱的简，这里所有人你都认识呀！”

“也没那么多，黑兹尔，不过在萨瓦（法国东部地区，与瑞士、意大利接壤，1860年后并入法国）这地方，你能见到好多朋友。”

“坐在我们右手第二张桌子的女士是谁？就是聊得很开心的那位，她看上去很眼熟，我肯定在哪里见过她。”

“你很可能见过她，还记得凯蒂·克劳斯吗？”

“哦，是的，我现在想起来了。但她应该和更年长些的人在一起玩才对呀。”

“她的确是我们上一代人，但她不但自己要忘掉自己的年龄，而且还要周围的人统统都忘掉她的年龄。”

“我记得她嫁给了棉花大王彼得斯，对吗？”

“是的，她丈夫去世后为她留下了数百万美元的遗产，多得连她自己也数不过来，所以，这个可怜的女人连她自己都不知道自己到底有多少钱。”

“旁边那位是她儿子吗？”

“儿子？不！亲爱的，那是她丈夫。”

“丈夫？怎么会！她都能当他的……”

“当然，但你看，他可是王子呢，凯蒂·克劳斯向来就很……很有野心。”

“嗯，我知道，她是个野心勃勃的女人，而且即便在贵族出没的巴尔的摩老城区，她也算爬得很高了，终日混迹于像彼得斯那样腰缠万贯的富商巨贾之中。”

“但她心肠极好，黑兹尔，我真的很喜欢她。对待朋友，她总会毫无保留地付出。在她愚蠢浮夸的外表下藏着一颗金子般的心灵。”

“她很孝敬她母亲！假如有人夸我心肠好，我就太……”

“嘘！黑兹尔，她过来了。”

说话间，这位上了年纪的女人和她的丈夫突然出现在了她们两位的面前。她大声地招呼道：“亲爱的简！见到你太高兴啦！”

“我也很高兴见到你，凯蒂。你还记得黑兹尔·斯特朗吗？”

“哦！该不是巴尔的摩的斯特朗一家吧！哦，亲爱的！我的意思是，太巧了！真想不到！我介绍一下！这是我丈夫，斯波洛夫王子，亚历克西斯。这两位是我最最亲爱的朋友，格雷斯托克夫人和斯特朗小姐。”

“现在她是特宁顿夫人了，凯蒂。”简纠正道。

“哦，亲爱的，太棒啦！格雷斯托克夫人和特宁顿夫人。亚历克西斯，亲爱的。”

“真迷人。”这位年轻人低声呢喃着，略微翘起的嘴唇露出一丝笑意。阴沉幽暗的目光落在了格雷斯托克夫人姣好的面庞上，他在打量和审视着对方。

“我们好好聊聊？”简发出了邀请，“请坐，凯蒂，你知道，我们可好多年没见了。”

“哦，太好了！哦，我想是这样的，我的意思是好像有……亲爱的亚历克西斯，谢谢你，你先坐到那边去吧。”

“是呀，凯蒂，除了在报纸上看到你，我至少有一年多没听到你的消息了。”简说道。

“这么说来，你很了解我们的动向呀。”斯波洛夫略带讽刺地说道。

“是的，的确，我的意思是，我的小册子里塞满了你们的剪报，有些事情真有些耸人听闻。”

“但是你却把它们都收集起来了。”王子说道。

“哦，好啦，”斯波洛夫王后大声说道，“我的意思是，这就是人追逐名利的代价，但那些狗仔队记者们也实在太可恶了。”

“你最近在忙什么呢？”简问道，“你又回过家了吗？你去年肯定没回伦敦吧。”

“是呀，我去年一直待在欧洲大陆，我们过得非常好，不是吗？亲爱的亚历克西斯。你知道，我们是去年春天在巴黎相识的。亲爱的亚历克西斯真令人着迷，他对我太好了，简直是有求必应，不是吗？亲爱的。”

“当然啦！我的甜心。”

“你看，他就是这样，于是我们就结婚了，然后便一起到处游历。”

“那么现在，我觉得，你们该安顿下来了吧？”简问道。

“哦，亲爱的，你一定想不到我们正计划去哪里呢，我们正准备去非洲。”

“非洲！太有趣了！”黑兹尔感叹道，“非洲！多么令人难忘的地方啊！”

“特宁顿夫人，你去过非洲？”王子问道。

“曾经到过非洲内陆，那里有食人族、狮子、大象，所有的一切。”

“哦！太不可思议了！我的意思是，太刺激了。而且我知道简对非洲是多么了解。”

“我了解得并不多，凯蒂。”

“够多了。”黑兹尔插话道。

“我马上也要去那里一趟。”简说道。

“你知道，”她转身看着斯波洛夫王子，接着说道，“格雷斯托克勋爵已经在非洲待了很长时间，我想去那里和他会合，船票都已经订好了。”

“哦，那太棒了！”王后喊道，“我的意思是，我们可以一起去。”

“好主意，亲爱的。”王子带着一脸兴奋的神情说道。

“主意是很好，”简说道，“但你看，我要去的是非洲内陆地区，我知道你们……”

“啊，亲爱的，我们也是。”

“但是，凯蒂，你根本不知道你在说什么，你不会喜欢那里的。那里没有舒适的生活条件，更没有奢侈品，到处是尘土、虫蛇、臭烘烘的土著人和各种野兽。”

“哦，亲爱的，但是我们能行，我的意思是，我们真的能行，亲爱的，我可以把我们的秘密透露给格雷斯托克夫人吗？”

“为什么不呢？”王子耸耸肩答道，“但她不会感兴趣的。”

“嗯，也许将来她会的，你知道，每个人都会衰老，亲爱的。”

“真不敢想。”亚历克西斯小声嘟哝着说道，似乎在说给自己听。

“你在说什么呢？亲爱的。”他妻子打断了他的话。

“我刚才想说格雷斯托克夫人也许会觉得这传说不可信。”

“什么传说啊？我的好奇心全都被你们吊起来了，你们一定要告诉我这到底是怎么回事。”

“是的，快说呀。”黑兹尔催促道。

“好的，亲爱的，事情是这样的，去年我们坐了一整年的飞机，太美妙了，我们爱坐飞机，所以上周，我在巴黎买了一架飞机，并搭乘它回了一趟伦敦。但我想和你说说我们的飞行员，他是个美国人，有过超凡的飞行经历。”

“我想他就是你们传说中的美国撇子。”亚历克西斯说道。

“你是说痞子，亲爱的。”王后纠正他道。

“或者是骗子。”黑兹尔提醒道。

“不管他是什么，反正我不喜欢他。”亚历克西斯说道。

“但是，亲爱的，他是个优秀的飞行员，这一点你必须承认。我的意思是，他非常棒，他曾经去过非洲，有过令人恐惧的飞行经历。”

“他上次来这里时曾经提到过一位巫医，这位巫医拥有能使人青春永驻、长生不老的神奇秘方。他认识的一个人知道这位老人住在非洲内陆的某个地方。但是他们两人当时没有足够的钱，无法组织探险活动去寻找他，他说这副秘方能使人恢复其梦寐以求的青春容颜并使之长存永驻。”

“我认为这家伙是个恶棍，”亚历克西斯说道，“他劝诱我妻子资助这次探险，等我们真的到达非洲内陆，他会割断我们的喉咙，把我们的财物洗劫一空。”

“哦，亲爱的，你一定误会他了，布朗对我们一向是忠心耿耿的。”

“也许吧，但我还是不明白你为什么非要把我也拉进来，那里到处是臭虫和灰尘，而且我也不喜欢狮子。”

简忍俊不禁，笑出声来：“事实上，也许你在非洲待上一年也见不到狮子，但你必须要适应蚊虫和灰尘。”

斯波洛夫王子做了个鬼脸。“我更想待在萨瓦。”他说道。

“亲爱的，你要和我一起去，好吗？”凯蒂的态度很诚恳。

“嗯，”简还是有些犹豫，“我真不知道，首先，我不知道你们要去哪里？”

“我们会直接飞到内罗毕，然后在那里购置探险装备。”

“亲爱的，这年头无论你去非洲哪里，都得先去内罗毕。”简微笑着说，“正好我也要去那里，格雷斯托克勋爵会在那儿接我。”

“那不正好吗？啊！这样就太好了！”

“看到你们这样，我的心都开始痒痒了！”黑兹尔说道。

“啊，亲爱的，我们很高兴你能加入进来，”斯波洛夫王后喊道，“你知道，我有一架六人座客机。我们现在有四个人，加上飞行员和我的女佣正好六个人。”

“那我的男仆呢？”王子问道。

“哦，亲爱的，到了非洲，你就不需要男仆了，你会有一个黑人男孩服侍你，他可以帮你洗衣做饭，帮你扛猎枪，我在非洲小说里经常读到这样的场景。”

“当然，”黑兹尔说，“谢谢你的邀请，但这次我实在去不了，绝对不行，我和邦尼这周六要乘船去美国。”

“好吧，凯蒂，如果我能及时收拾好行囊，我愿意和你们一道去，你们什么时候出发？”

“我们打算下周出发，当然，我的意思是，如果……”

“好的，我想我能来得及。”

“那就这么说定了，亲爱的，安排得多棒啊。我们下周四从克罗伊登机场起飞。”

“我今天就发电报给格雷斯托克勋爵，周五我将为特宁顿勋爵夫妇举办一场告别晚宴，你和斯波洛夫王子务必都要出席哟。”

Chapter 2

暴风之上的声响

密林深处的一株参天大树，生得枝繁叶茂，遮天蔽日。丛林之王从一处枝丫间站了起来，他慵懒地伸了伸腰。清晨的阳光，透过浓密的树冠，照在他古铜色的皮肤上，呈现出斑驳的图案。

小内其马也醒了，它尖叫着跃上了泰山的肩头，用毛茸茸的双臂搂着他的脖颈。

“希塔，”猴子尖叫道，“它向我扑过来了。”

泰山笑了：“你又做噩梦啦。”

猴子打量着四周的枝蔓并向地面张望着，并没看到什么危险，它“叽叽喳喳”地啼叫着，高兴地手舞足蹈。但泰山让它赶紧安静下来，他好像听到了什么。“希塔朝我们这边来了，”他说，“它在我们的下风向，我们无法闻到它的气味，但是如果你的耳朵像泰山一样灵，你应该也能听到呀。”

猴子顺着风向翘起耳朵。“我听到了，”它说，“它悄悄地过来

了。”话音未落，只见一只黄褐色的猎豹弓着身子穿行在下面的灌木丛中。

“希塔并不在狩猎，”泰山说道，“它刚刚饱餐了一顿，并不饿。”内其马这才放下心，但很快它便开始咒骂起下面这只猛兽了。这只“大猫”停下脚步，向上张望，当看到泰山和内其马时，它露出獠牙，张牙舞爪地怒吼着，但它很快又离开了，它并不想招惹他们。

在泰山的庇护下，小内其马显得格外好斗，在自身安全不受威胁的情况下，它往往会这样。它尽情地冲着它的天敌发泄着，极尽污言秽语之能事。似乎这些还不过瘾，它一跃从泰山肩头蹿上了一棵果树，这棵树结出的果实稀软黏腻且气味难闻。它摘下一个果子便朝着这只豹子掷了过去，果子歪打正着，正中希塔的后脑。

只见这只猛兽大吼一声，转身朝着这棵果树扑了过来。

这下可把小内其马吓坏了，它连声尖叫着爬上更加细嫩的枝头，因为这里承受不下“大猫”的体重。

泰山咧着嘴，笑看着这只逃跑的猴子，然后低头看了一眼这头暴怒的豹子。

豹子“呜呵”发出了一阵低沉的咆哮。下面另一头野兽同样咆哮了一声作为回应，然后，它转过身，嘶吼着，悄然消失在了丛林深处。

泰山刚刚完成了森林深处的一次远足，正悠游自得地踏上归途，那是个离他自己的地盘很远的地方。

泰山听到了一些古怪的传说，于是他前去调查。那是一些关于丛林深处的一处人迹罕至的荒野边缘地域的神秘诡异的传说，几乎没有人到过那里，即使到过也没有人能从那里活着回来。由于这些传说流传的年代过于久远，使得传说、现实，以及当地边区土著部落的民间故事相互交织，混杂在一起而被人们普遍接受了，人们接受它们就像接受一场宿命，一场无法逃避的宿命。最近，少女失踪案频发达到了令人触目惊心的程度，甚至远离那片神秘地域的部落也无法幸免。

但是当泰山力图通过调查解开其中的谜团时，陷入恐慌的迷信的土著们却根本不愿配合。他们对那股不断劫掠少女的神秘恶势力非常惧怕。他们拒绝为泰山提供任何帮助和有价值的信息。这让泰山感到既失望又愤懑，于是他干脆撒手不管了。

毕竟，泰山为什么要自寻烦恼呢？丛林中的生命本来就不算什么，时常在生与死之间徘徊，这里的生杀就像睡梦一样稀松平常，但这件事的蹊跷之处还是让他无法释怀。

年龄大约在14到20周岁的年轻少女，就这样消失得无影无踪，杳无音讯。她们的命运仍然是个未解之谜。

但现在泰山也不愿过多地去考虑这些。毕竟，这件事和他并无多大干系，而且暂时也无从解决。

此刻，泰山正惬意地在树丛间游荡，他敏感的神经对周围的环境时刻保持着警惕，希塔在他的上风向，这只“大猫”的嗅迹在逐渐消退，他知道他们之间的距离越来越远了，希塔并没有在追踪他。远处隐约传来了狮子努玛的吼叫声，在密林深处，大象丹托的啼叫如笛声般悠扬嘹亮。

在这个清新的早晨，伴着他所钟爱的丛林中的各种声响和气息，泰山的心情显得格外舒畅。如果换作另一个环境，他也许会像牛仔那样欢呼雀跃，吹着口哨，大声歌唱或呐喊。但丛林人可不会这样，他们会不露声色，悄无声息地行动，因为只有这样，他们才能在危机四伏的环境中生存下来。

时而在他身旁飞奔，时而在他头顶跳跃，肆意挥霍着体力，小内其马已经跑出去很远了，在主人的庇护下，它变得无所顾忌，一路上不停地挑衅着它遇到的每一个动物。

它看到主人突然停了下来，泰山在侧耳倾听并嗅探着空气中的气味，小内其马立刻轻轻地落在了主人宽阔的古铜色肩膀上。

“有人。”泰山说道。

小猴子也嗅了嗅。“我没闻到什么呀。”它说道。

“泰山也什么都没闻到，”泰山答道，“但是听到了，你的耳朵怎么了？难道老化了吗？”

“我现在听到了，是塔曼咖尼人吗？”它问道。

“不，”泰山答道，“塔曼咖尼人的声音不是这样的，他们身上的兽皮会发出‘吱吱’的摩擦声，他们会携带很多装备，因而会发出‘咯哒咯哒’的声音。而这些人是高曼咖尼人，他们行动时发出的声音很轻。”

“我们去杀了他们。”内其马说。

泰山笑道：“幸亏你没有大猩猩宝咖尼的力量，否则这片丛林要不得安宁了。不过也说不定，你的力量真要有那么大的话，你也许就不会这么残暴了。”

“哈！宝咖尼呀，”内其马轻蔑地讥笑道，“它总是躲在灌木丛里，一听到风吹草动就会抱头鼠窜。”

泰山突然转向右边，在树丛中兜了大大的一个圈子，直到他来到一个风向最有利的地方，他想捕捉这些不速之客的嗅迹。

“高曼咖尼人。”他说道。

“有好多高曼咖尼人呢，”内其马激动地大声喊道，“他们就像树叶一样多，咱们赶快离开这里吧，他们会杀死我，然后把我吃掉的。”

“没那么多，”泰山回答道，“我十根手指就数得过来，是一支狩猎队伍，也许我们该离近一点看看。”

在树丛中飞奔的泰山快速向他们靠近，他们的气味也变得越来越浓烈。

“他们是我的朋友，”他说道，“他们是瓦兹瑞人。”

泰山和小猴子悄悄地跟了上去，他们最终追上了这群正沿着密林小径静静跋涉的黑人武士们。泰山用瓦兹瑞人的母语对他们说话。

“慕维洛，”他问道，“是什么让我的孩子们这样长途跋涉，远离他们的家园？”

这些黑人停下脚步，转身对着传来说话声的树丛张望，虽然什么也没看到，但是这声音他们很熟悉。

“太好了，老爷终于来了，”慕维洛说道，“你的孩子们需要你。”

泰山从树上跳了下来，来到他们面前。“我的族人们遇到灾祸了吗？”他问道。黑人们纷纷簇拥上来，将泰山围在当中。

“我的女儿布依拉失踪了，”慕维洛说道，“据最后看到她的那个人说，她当时正一个人朝河边走去。”

“可能遇到了鳄鱼吉姆拉……”泰山猜测道。

“不，不是吉姆拉干的，当时还有其他妇女站在河边，布依拉根本没走到河边，我们听到了一些传说，这对我们的女孩子们来说太可怕了。老爷，这里的面包藏着邪恶的秘密，我们听说了卡乌璐人，可能是他们干的，我们要去找他们。”

“他们的地盘离这里很远，”泰山说道，“我刚刚从离那里很近的一个地方赶来，那个地方的人全都是懦夫，甚至连他们自己都记不清从什么时候开始，他们的女孩子就这样被接二连三地盗走，但他们却仍然出于畏惧，不愿告诉我怎样才能找到卡乌璐人。”

“慕维洛会找到他们的，”这个黑人坚定地说道，“布依拉是我的好女儿，她是个出类拔萃的女孩子。我一定要找到偷走她的人，杀死他们。”

“我会帮你的，”泰山说道，“你发现这些盗贼的脚印了吗？”

“他们没有留下脚印，”慕维洛答道，“所以我们知道这一定是卡乌璐人干的，他们从不留下脚印。”

“很多人相信他们就是魔鬼。”另一位武士说道。

“不管他们是人还是鬼，我都要找到并杀死他们。”慕维洛回应道。

“据我所知，”泰山说道，“布奇那人和卡乌璐人住得最近，布奇那人失踪的女孩子最多，因此可以判定他们离卡乌璐人最近。但他们不愿帮我，他们太害怕了，看来我们还得先从布奇那人的村落着手。我速度快，会先到那里，如果顺利的话，三四个时辰后你们也会赶到。在此期间，我会尽量打探一些情报。”

“现在大老爷和我们在一起，我感到非常开心，”慕维洛说道，“我相信一定能找到布依拉，她一定能回到我身边，而那些劫走她的人一定会受到惩罚。”

泰山仰望着天空，嗅了嗅周围的空气，说道：“慕维洛，暴风雨就要来了，它来自太阳神酷都夜晚沉睡的地方，你们很快就会碰到它，它就挡在你们前进的道路上。”

“但它是挡不住我们的，老爷。”

“是的，”泰山答道，“无论风神阿舍还是雷神阿拉，都阻挡不了瓦兹瑞人。”

“阿舍已经用面纱遮蔽了酷都的脸庞，把他给藏了起来，让他离开了他的人民。”

纷纷扰扰的乌云划过天际，远处，从西方传来阵阵雷鸣。泰山抬起头，注视着这场风暴来袭前的震撼一幕。

“这将会是一场狂风暴雨，”他若有所思地说，“你看那片片乌云，像草原上受惊的牛群，亡命奔逃，四处溃散，生怕被怒吼的雷神追上。”

阵阵疾风掠过树梢，雷声越来越大，越来越近。天空乌云密布，丛林中一片昏暗。突然，一阵电闪雷鸣，下起了瓢泼大雨，大雨倾盆如注，连树干都被压弯了，天空中回荡着阿舍一阵阵凄厉的惊叫声。

这十一个人弯腰弓背地蹲在地上避雨，他们在等待着这场暴风雨的第一波雨势渐渐退去。

半小时过去了，雨势仍未缓和，泰山突然竖起了耳朵，紧接着，几个黑人也纷纷抬头朝天上望去。

“老爷，那是什么声音？”一个人怯生生地问道，“天空为何传来阵阵呜咽和哀鸣？”

“像飞机的声音，”泰山答道，“但我不明白，飞机来这里干吗？”

Chapter 3

燃油耗尽

亚历克西斯王子将头探入驾驶舱，苍白的面孔青一阵紫一阵的，如果他还没被吓得惊慌失措的话，至少也已经被吓得惶惶不可终日了。

“布朗，我们遇到危险了吗？”他大吼着问道，声嘶力竭的吼声震天动地，连飞机的轰鸣声都被压了下去。

“你觉得你能带我们摆脱困境吗？”

“看在上帝的份上，给我闭嘴！”飞机驾驶员厉声呵斥道，“难道我还不够麻烦吗？还要听你这个混蛋不停地瞎吵吵？”

坐在副驾驶位的男子被吓得面如土色。“嘘——”他提醒飞行员，“老兄，你不该这样和殿下讲话，这可是大不敬，懂吗？”

“我呸。”布朗抢白道。

王子摇摇晃晃地朝着客舱走去，突然刮过一阵狂风，飞机剧烈的颠簸让他打了一个趔趄，也让他几乎快要平复的屈辱和愤懑瞬间爆发了出来。他踉踉跄跄地倒在了自己的座椅上。

他的王后提醒他说："亲爱的，系好安全带。我们随时都可能坠机，我是说，说真的，你见过这么可怕的风暴吗？哦！我真不该来。"

"我也是！"亚历克西斯咆哮道，"首先，我本来就不想来。其次，如果我真的能降落到地面上，我要做的第一件事就是开除这个放肆无礼的家伙。"

"我认为，鉴于目前的情况，"简说道，"我们应该原谅他所表现出来的过激行为。他现在肩负重任，压力太大了。无论如何，我认为你们都必须承认他的表现已经证明了他是个非常了不起的飞行员。"

"安妮特，请把我的嗅盐拿来。"斯波洛夫王后喊道，她的声音显得很虚弱。

"我感觉我马上要昏倒了，真的。"

"活见鬼！好一次旅行啊！"斯波洛夫大喊道，"亲爱的女士，如果不是你在我身边，我简直要疯了。同行的人中，只有你若无其事。难道你不害怕吗？"

"不，我当然也怕，我们还在没完没了地在风暴里飞行，但情绪激动对我们没有任何好处。"

"但是你怎么可能还冷静得下来，现在的情况能指望谁冷静下来呢？"

"你看看迪波斯，"简说，"他就很冷静呀，简直可以算镇定自若。"

"呸！"斯波洛夫嚷道，"迪波斯根本不是人，我讨厌这些没心没肺的英国男仆。"

"说实话，亲爱的，"王后劝慰道，"我感觉他人好极了，堪称完美绅士的典范。”

一阵闪电划破了笼罩在四周的乌云，紧接着响起了阵阵雷鸣。飞机像喝醉了酒，在空中突然踉跄了一下，开始急速下坠。安妮特尖叫了起来，斯波洛夫王后昏了过去，布朗竭力控制着在空中翻转的飞机，经过一番奋力挣扎，他终于稳住了飞机。

“唉！”他长舒了一口气。

“天哪！”迪波斯喊道。

斯波洛夫王后倒在了她的座椅上，嗅盐洒落一地，她披头散发，滑落的帽子遮住了她的一只眼睛。

“你最好照顾一下王后，安妮特，”简说道，“我觉得她需要照料。”

没有听到回应，简一转身才发现安妮特也已经昏厥了过去。

简摇了摇头，喊道：“迪波斯，快来这里照看一下王后和安妮特，我要过去坐在布朗那里。”

迪波斯战战兢兢地走进客舱，简坐到了副驾驶位子上。

“刚才那一下真了不得，”她说道，“我真的以为我们完了，布朗，你的表现太棒了，简直不可思议。”

“谢谢。”他说，“如果他们个个都像你一样就好了，他们真让人抓狂。当然，”他补充道，“迪波斯也不错，我想是因为他太迟钝了，所以才不感到害怕。”

“你现在真的遇到大麻烦了，对吗？布朗。”她问道。

“是的，”他说道，“我可不想对其他人也这样说，我怕他们会发疯。这架飞机严重超载，起飞前我就和老太太说过这事，可她坚持非要把所有家当都带上，差点把厨房洗碗槽也搬上来。所以我现在无法爬升，这就是为什么我不能跃过暴风雨的原因。现在只能面对一片漆黑，像一只无头苍蝇一样四处乱撞，小姐，你是知道的，非洲有很多山脉，有很多该死的很高很高的山脉。”

“是的，这我知道，”简答道，“但你多多少少应该知道我们现在所处的方位吧，你有指南针，而且你也清楚我们的航速。”

“是的，”他说，“我是有个指南针，我也清楚我们的航速，但这件事我还得对其他人保密，我的指南针坏了。”

“你是说？”

“我是说我们没有指南针，我们一直在一片混沌之中盲飞。”

“这再好不过了，不是吗？布朗。”

“当然。”

“那我们该怎么办？”

“如果我们能进入货舱，就该把那些垃圾统统扔掉，”他答道，“但我们现在没办法去那儿，情况就是这样。”

“就是说你现在随时都有可能撞山，对吗？”

“是的，小姐，”他答道，“或者因燃油耗尽而坠机，这和撞山也没什么两样。”

“难道没有其他办法了吗？”她问道。她的声音显得很平静，眼神中也丝毫没有畏惧的神情。

“哦，我还有一招可能管用。”他扭头笑着对简说道。

“是什么？布朗。”

“啊，虽然没办法进入货舱扔掉垃圾，但是我们可以拿王子替代，他的体重足足约有一百五十磅呢。”

简忍俊不禁，连忙把脸扭向一旁，但她的笑容还是被布朗看到了。

“我想你会喜欢这个主意的。”他说。

“我们不应该拿这件事说笑，布朗。”她正色说道。

“我想我们免不了，”他说，“咱们俩都有点美国式的幽默感。”

“现在燃油已经剩得不多了吧？布朗。”她问道。

“你看，”他指了指仪表盘，“我们最多还能再飞大约一个小时吧。”

“我们没有配备降落伞吗？”

“没有降落伞，机舱乘务人员大多不会管这些琐事。”

简摇着头说道：“情况不妙，难道不是吗？但是最好不要把实情告诉别人，他们知道了也无能为力。”

“是呀，”他苦笑了一下，“当然，如果他们愿意，他们可以祈祷。”

“我想他们已经在这样做了。你准备怎么做？就这样一直盘旋到燃油耗尽吗？”

“不，当然不会。如果在半个小时之内，我还不能冲出这片风暴。我准备慢慢向下俯冲，然后努力控制飞机着陆。如果下面不是山区，就没什么大不了的。下面的状况是我最担心的。然后，我要找到一个适合降落的地方。我还是希望能冲出去，但我想先看看下面是什么情况。”

“简！简！”客舱里传来一阵恸哭声，“噢！我的天，我们这是在哪儿？我们都死了吗？”

简回头看到迪波斯已经捡起了地上的嗅盐，并成功地救醒了王后，安妮特也苏醒了，正在歇斯底里地抽泣。王子正神情紧张地坐在那里，他面如死灰，豆大的汗珠从面颊上滴落。看得出，他内心极度恐慌。他盯着简，问道：“我们还有救吗？布朗怎么说？”

“如果他能在云层中找到一处缝隙，我们就都会没事的。他现在正在找呢。”

“要是我们能找个像样的飞行员，就不会落到这步田地，”王子嘟哝着说道，“凯蒂，我早就说过，你应该雇一个优秀的法国飞行员。这些美国人根本不懂飞行，而且，你根本不了解布朗这个家伙。”

“我想那个家伙一定没听说过莱特兄弟或者林德伯格。”布朗咕哝着说。

“别介意他的话，”简说道，“现在我们所有人都要精神崩溃了，根本不知道自己在说什么或者在做什么。”

“小姐，我看你似乎一点儿都不害怕。”布朗说道。

“不，我们都很害怕，”她说道，“这很正常，我尽量掩饰自己并不代表我不是一样怕得要命。”

“不过你的确很勇敢，”布朗说道，“你很有胆量，所以我要对你说的是，我再也不要让自己觉得我就像个初次去郊游的小学生了。我要想出很多很多办法来，我不要坠毁在非洲内陆。”

“他说什么？”斯波洛夫问道。

“我们要坠毁？这都是你一手造成的，你这个蠢货，”他对着他的妻子愤怒地大吼大叫道，“你和你的返老还童，还有你的青春永驻，都见鬼去吧！你整容整了那么多次还不够吗？真应该判你有伤风化，把你抓起来。”

斯波洛夫王后早已泣不成声。“你说什么？亚历克西斯。”她哽咽着说道，然后便嚎啕大哭起来。

“唉，我为什么要来呢？”安妮特哀叹道，“我本来不想来的，我害怕，我不想死。哦！我的天呀，救救我！救救我！”

“给你，夫人，再闻闻嗅盐吧。”迪波斯说道。

“真够热闹的，”布朗说道，“他们也许认为我很享受这一切呢。”

“人在生死关头，往往只考虑自己。”简说道。

“我想是这样的。我现在就在考虑自己呢。但我也要为你、安妮特和迪波斯着想。你们三个人理应获救。至于另外两位，我真想把他们扔下去得了。但是我记得我好像在哪里看到过有法律条文是明令禁止这样做的。”

“是的，我想有的，”简笑道，“但是，说真的，布朗，你知道吗？我相信你会带着我们所有人脱离险境的。”

“这是我得到的第一个鼓励，”他答道，“我肯定能让我们安然无恙地离开这里的。当然，这还要取决于乌云下面是什么。如果云幕足够高，我们还是有机会的，这也是我所希望的。”

“我要为它祈祷。”

“小姐，我要降落了。我要慢慢地降落。”

“时速要保持在一百五十英里，这样，我们才能保持飞行高度。”

飞机遇到了一阵向下的气旋，剧烈地颠簸起来，在斯波洛夫王后和侍女安妮特的尖叫声和亚历克西斯的咒骂声中，飞机下降了一百英尺。

简倒抽着凉气说道：“哎呦，刚才下降得真快。”

“但是如果飞机像这样降落，你至少可以确定你还没有着陆，空气到处弥漫，但不可能渗入陆地，所以你不可能一直向下落。”

两人紧张不安地静静坐在那里，时间一分一秒地过去，突然，简发出一阵欢呼。“看那！布朗，”她喊道，“是树林！我们飞到云层下面了。”

“是的，”他说道，“离地面还有五百英尺，可是……”

她疑惑不解地看着他，问道：“还没出现转机吗？你还剩下多少燃油？”

“哦，也许还可以烧十五到二十分钟，我不应该告诉你，情况还没那么糟糕。”

“下面全是森林，”她说道，“根本没地方着陆。”

“我们得找块空地，听我说，这块空地不需要克罗伊登机场那么大。”

“如果找不到空地怎么办？”

他耸了耸肩。“那我们就只有降落在树上了，”他说道，“我们中大多数人能活下来，小姐。”他扭头冲客舱喊道：“迪波斯，坐到座位上，系好安全带。把你们的毛毯和枕头摆到前面。我们几分钟后迫降，到时候我会再次提醒你们。如果你们把头垫好了，你们不会受伤的。”

没有人回答。王后还在呜咽，安妮特仍在啜泣。

“现在风很大，是吗？”简说，“你看那些弯曲的树梢。”

“是的，”他说，“对我们可能是一件好事，风力会大大降低我们的滑行速度。如果我能让飞机的尾橇勾住那些树，我们会安然降落并悬停在树上。”

“你知道吗？那些树梢距离地面仍有几百英尺呢，甚至更高。”

“是的，”他说道，“我想是这样的，但我认为我们不会穿过它们，它们太茂密了，如果我们缓缓降落的话，机翼和机身会被挂住并被托住，我想我们还是有机会的。”

在婆娑摇曳的树梢上空的几百英尺高度，飞机已经滑翔了好几分钟，但仍没有看到空地。在这片波涛汹涌、浩瀚无垠的绿色海洋中甚至连一星斑驳的白沫也找不到。

“小姐，我们的油料已经耗尽了。”布朗说着便关上了开关。他转身回到了客舱，对大家说道：“抓好了，飞机马上着陆了。”

Chapter 4

在乌达罗的村寨

飞机径直冲向下面碧波汹涌的林海，白茫茫的雨水重重地敲打着飞机的舷窗。一道闪电刺破了阴森森的乌云，紧接着，阵阵惊雷响彻天地。飞机顶着狂风开始向下俯冲。飞行员保持着飞机水平的飞行姿态。只见这架飞机在强劲风力的重重遏阻下，仿佛在树梢上方悬停住了似的。在飞机落下的一刹那，他猛地压下尾翼，飞机瞬间冲进了迎风剧烈摇摆的树丛中，树木的劈裂声，飞机机体的撕裂声，顿时响成一片。但比窗外嘈杂轰鸣的风雨声和撞击声更加喧嚣的是机舱内乘客们的尖叫和咒骂声。

但这一切终于结束了，经过最后一阵痉挛般的颠簸摇晃，飞机终于不动了。

然后是一片寂静，气氛紧张得透不过气来。

布朗看着坐在他身边的女孩，问道 :“小姐，你没事吧? ”

“我没事，” 她答道，“只是有点眩晕，这太可怕了，不是吗? ”

他扭头扫了一眼客舱。只见那四名乘客，全都全身瘫软，姿势各异地挂在了安全带上。“后面一切都好吗？”他问道。“你怎么样了？安妮特。”他格外关切地询问道。

“哦，天哪！”这个法国女孩呻吟着说，“我要死了。”

斯波洛夫王后咕哝道：“啊，太可怕了！为什么没有人来帮帮我？为什么没人来救救我？安妮特！亚历克西斯！你们在哪儿？我快要死了。我的嗅盐呢？”

“这全都是你自找的，”亚历克西斯咆哮道，“还拉上我也加入这场疯狂的旅行。真不敢相信我们没死，如果是一位法国飞行员，这一切根本就不会发生。”

“别犯傻了，”简厉声道，“布朗处置得棒极了。”

亚历克西斯呵斥迪波斯道：“你为什么还不来帮帮我？你们英国人和美国人一个德性，愚蠢、呆板。我真应该找一个法国男佣。”

“是的，先生，”迪波斯说道，“我很抱歉，您没找到，先生。”

“好了，闭嘴，赶快过来。”

“需要我做些什么呢？先生。”

“混账！我怎么知道，只管做点什么。”

“我很抱歉，先生，我不是一只山羊或者猴子，如果我解开安全带，我会直接落在你头上的，先生。”

“等一下，”简喊道，“让我来想想办法。”她解开安全带，爬进了客舱。

飞机机头朝下呈四十五度角停在那里，但简还是轻松地进入了机舱，布朗紧随其后。她先来到了斯波洛夫王后身旁。

“你的伤真的很重吗？凯蒂。”她问道。

“我已经被撕成两半了，我感觉我的肋骨全都断了。”

“这都是你一手造成的，布朗，”亚历克西斯斥责道，“现在赶紧带我们离开这里。”

“听着，”美国人说道，“你最好还是老老实实待在这里。既然我们已经着陆，我就不是飞行员了。我也不再承担什么责任，更不会听你瞎唠叨。”

“你听到了吗？凯蒂，”亚历克西斯质问道，“如果你还无动于衷，让一个下人用这种方式和我讲话，如果你还不开除他的话，我会的。”

布朗反唇相讥道：“别闹笑话了，既然不是你雇的我，你这个小杂种，那就轮不到你来开除我。”

“别太放肆了，老兄，”亚历克西斯叫道，声音有些颤抖，“你不该忘记我的身份。”

“当然没有，我知道你是谁，你什么都不是，在你们那个国家，一半出租车司机都是王子。”

“好了好了，”简打断了他们，“别再吵了，我们现在要看看有没有人受伤。”

“快带我离开这里，”斯波洛夫王后哭诉道，“我实在忍受不了了。”

“现在出去可不太明智呀，”简说道，“你看看外面的暴风雨。在暴风雨停息前还是待在机舱里面更舒适和安全些。”

“啊，我们下不去了，我们全被困在树上了。”安妮特抽泣着说道。

“别担心，妹妹，”布朗安慰她道，“等风暴结束，我们再想办法下去。现在飞机停靠得很稳，根本不会跌落下去。所以我们就照着格雷斯托克夫人说的，好好坐着等待雨过天晴。”

迪波斯睁大眼睛注视着窗外，说道：“恕我直言，这风雨似乎压根就停不下来。”

“热带风暴来得快，走得也快，”简说道，“也许再过半个小时就会雨过天晴。这种事我经历过太多了。”

“哦，也许这雨会下个不停呢，我知道它不会停的。”王后哭着说。

“就算雨真的停了，我也不知道我们怎么才能从这儿下去。这太可怕了，我的意思是，我真后悔来这里。”

“凯蒂，现在哭哭啼啼也无济于事，”简说道，“现在只能既来之则安之，舒舒服服地坐好等着暴风雨结束，然后我们才好下去。听我说，布朗，拿几个坐垫垫在王后座椅前的地板上，这样当我们解开她的安全带时，她就可以转过身靠着驾驶舱的隔墙坐在地板上了。”

“我也来帮忙，太太。”迪波斯说着，解开自己的安全带，向前滑了过来。

“你们其他人最好也照这样做，”布朗说道，“解开安全带，靠着你面前的椅背坐在地板上。”

费了好一番周折，人们这才费力地将痛哭流涕的斯波洛夫王后安置在一个相对舒适的地方。其他人按照布朗的指示，尽量调整好自己的状态，静静地等待着暴风雨的停歇。

蜷伏在简陋的避雨处，泰山和瓦兹瑞人一直在耐心等待着暴风雨的平息。当风暴肆虐时，除非迫不得已，万不可和大自然的力量抗争，不自量力是极其荒唐和愚蠢的。

没过多久，泰山就听到在暴风之上传来了飞机马达的轰鸣声。很明显，一架飞机正在高空盘旋。然后慢慢地，这声响变得越来越弱，直至彻底消逝了。

“老爷，”慕维洛问道，“难道暴风之上有人？”

“是的，在暴风雨的上面或是里面，至少有一个人，”泰山答道，

“不管在哪儿，我可不愿和他待在同一个地方。这里的森林绵延不绝，漫无边际，如果他想找地方着陆的话，我可不知道在哪儿能找到这样的地方。”

“还是待在陆地上好呀，”慕维洛说道，“我相信众神并不想让人类能像鸟儿那样飞翔，否则，他们为什么不赐予人类翅膀呢？”

小内其马偎依在主人身旁。它全身早已淋透，浑身发冷，苦不堪言。内其马的世界是灰暗的，它看不到希望，并且，它坚信它的世界会永远暗淡下去，但它并不想向命运低头。糟糕透顶的心情令它无力抱怨，但很快天空开始发亮了。大风呜咽着刮过，发出了最后一声低沉的哀鸣。太阳突然喷薄而出，萧肃的丛林又一次焕发出了勃勃生机。

泰山站起身来，像雄狮一样抖动着身躯。“我现在就动身去布奇那村，”他说道，“我要和布奇那人谈谈，也许这次，他们会把卡乌璐人的住址告诉我的。”

“总会有办法让他们说的。”慕维洛说道。

“是的，”泰山答道，“总会有办法的。”

“我们也会随后赶到布奇那。”慕维洛说道。

“如果你们没有在那里见到我，那我就一定是在找卡乌璐人和布依拉的路上。如果我需要你们的帮助，我会派内其马叫你们过来的。”

来不及多说什么告别和祝福的客套话，泰山便一跃攀上树梢，向西一路飞奔，不见了踪影。

从布奇那人那里传出的奇闻异事，经过沿途一百多个部落的口口相传，以讹传讹，最终散播到了乌兹里，也就是瓦兹瑞人的地盘。这些传说都是关于卡乌璐人的，卡乌璐人据说是野蛮、神秘的。从没人见过，或是即便见过的也不可能活着回来。他们是长着角和尾巴的恶魔，还有人说，他们是无头人。但最流行的说法是，他们是一群白种野人，退化做回了原始人，他们全身赤裸，生活在一个隐蔽的城堡里。有人说她们都是女人，也有人说都是男人。泰山明白这只是些交口相传的流言，并不可信，只有眼见为实才能让人信服。

他知道很多部落会偷盗女人，但这些女人总会再次出现。但卡乌璐人偷走的女人却再也没人见到，因此他有理由相信在一个偏远的地方有一个专事偷盗年轻女孩子的部落。此外他还听到过很多不同的传说，他觉得并不可信。例如，有一个故事是关于卡乌璐人返老还童、长生不老的。泰山并不完全相信，尽管他也知道，在这片黑暗的非洲内陆，发生过许许多多不可思议的奇闻异事。

重新返回布奇那人的领地，即便对泰山来说，也是一场漫长艰辛的跋涉。丛林被雨水浸润，湿漉漉的，一派雾气蒸腾的景象，但是泰山并不在意环境的恶劣和不适。他一出生就习惯了艰苦的生活，丛林本来就不是个舒适的场所。就像温暖、舒适和安全对普罗大众来说，早已习以为常一样，这里司空见惯的是寒冷、炎热和危险。普罗大众的是一个世界，他的是另一个世界，这是再自然不过的事情。从幼年起，他就从不会为苦难而哀哭抱怨。如果有好的生活条件，他会欣然接受，如果没有，他也绝不会在意。

夜幕降临之前，泰山捕杀了一只猎物。新鲜的肉食让他暖和起来，并为他补充了新的能量。但在那个寒冷潮湿的夜晚，他并没有睡好。

天蒙蒙亮时他就已经起来了，吃完一片鲜肉，他又一跃而起出发了。一路上，他感到自己的一腔热血在血脉中奔腾，这让他温暖而愉悦。

但内其马却很苦闷．它想回家，但现在又得回到那个陌生的地方，它不喜欢那儿。它怨声载道，焦躁不安，但每当太阳升起，它身体暖和起来，心情也就好多了。然后它会跑到树林里上蹿下跳，到处寻衅滋事。

终于在第三天的清晨，泰山来到了布奇那人的酋长乌达罗的村寨。

只见这位浑身古铜色皮肤、身材高大的白人，肩头骑着一只猴子，昂首阔步地穿过大门，走进了村寨。他的出现立刻引来了一大群黑人“叽叽喳喳”的尾随和围观。他刚刚造访过这里，他们对他并不陌生，因此也并不惧怕他。但他还是令他们感到敬畏，关于这位人猿英雄的传说，其实早已将相距遥远的布奇那人和瓦兹瑞人的领地联系到了一起。

泰山并没有在意他们，就像他不会去在意一群角马一样。他径直朝酋长乌达罗的木屋走去，此时老人正坐在树荫下和几位部落长老攀谈。

乌达罗早已看到泰山沿着村寨的街道走来，他似乎并不欢迎泰山的到来。

“我们原以为这个大个子先生离开就不会再回来了，”酋长说道，“但是你为什么又回来了呢？”

“我想来和你谈谈。”

“我们谈过了，我已经将知道的全都告诉你了。”

“还不够，请告诉我卡乌璐人的领地在哪里。”

老人有些坐立不安，他说道：“我不知道。”

“你在撒谎。你一辈子都住在这个地方，你部落里的年轻女孩一个接一个被偷走，你不会傻到对女孩子的去向一无所知。你不敢把卡乌璐人村寨的位置告诉别人，是因为怕遭到报复。但你不用怕，卡乌璐人是不会知道泰山是怎么找到他们的。”

“为什么你执意去卡乌璐村寨？他们非常凶残。”

“是这样，”泰山说道，“布依拉，也就是瓦兹瑞酋长慕维洛的女儿，失踪了。慕维洛相信是卡乌璐人抓走了她。因此我作为瓦兹瑞武士的头领，必须要找到卡乌璐村寨。”

“我不知道。”乌达罗恼怒地一口咬定，在两人谈话过程中，村寨里的武士从四面聚集而来，他们手持长矛，虎视眈眈地将泰山和酋长团团围住。

乌达罗显得有些焦躁，心神不宁地环顾着四周。双方的猜疑使得气氛立刻紧张起来。连小内其马都察觉到了危险，它打了个寒颤，紧紧地抱住泰山。

“乌达罗，你这是什么意思？”泰山扭头瞥了一眼围拢过来的武士，质问道，“我是作为兄弟，为了和平来和你谈判的。”

乌达罗紧张不安地清了下嗓子道：“自从你上次一别，这里就议论纷纷。我们的人都听说过卡乌璐人的传说，据说他们都是像你这样的白种人。你是个不速之客，我们并不了解你。我们很多人相信你就是卡乌璐人，你是来这里刺探情报并物色女孩子进行偷窃的。”

“荒唐透顶，乌达罗。”泰山说道。

“我的人可不这样认为，”酋长怒吼道，“你来的次数也太多了吧。”他猛地站起身来说：“我不会再让你偷我们的女孩子了。”话音未落，他用力一击掌，周围的武士便立刻朝泰山猛扑过来。

Chapter 5

雄狮来袭

“我再也受不了了，”王后说道，“我的意思是，这里狭窄拥挤得要命，好冷啊，我简直都快冻僵了。”

“你有什么资格好抱怨的？”亚历克西斯嚷道。“这都是你一手造成的，还有你的飞行员。”他喷着唾沫星子，轻蔑地说。

“听着，王子，”简说道，“你和我们所有人都应该感谢技艺高超、头脑冷静的布朗，是他救了我们的命，而且，谢天谢地的是，我们竟然还都毫发无损。毫无疑问，能做到像他这样迫降成功的飞行员简直凤毛麟角。”

“请原谅，”迪波斯说道，“恕我冒昧，现在雨已经停了。”

“看哪，太阳。”安妮特激动地喊道。简打开舱门，向下张望。“我们距地面仅有五十英尺，”她说道，“但让我们，我是说我们中有些人伤脑筋的是，如何才能下去。”

“亲爱的，你这是要干吗？”看到简正在脱掉鞋袜，王后问道。

“我要出去看看，看能不能进到行李舱去，我们需要那里的一些东西。恐怕很快我们就会发现，地面的条件会很恶劣。也许这里很冷，但下面不仅会很冷，而且还会很潮湿。”

“恕我冒昧直言，夫人，我们可以生把火。”迪波斯建议道。

“所有东西都被雨水淋透了，但也许我们能应付，只可惜汽油没了，要是还剩下点该多好。”

“油箱底盘的油槽里应该还会有点。”布朗说道。

“但你为什么脱鞋袜呢？”

“是为了爬树方便，凯蒂。”

“但是，亲爱的，我想说的是，你不会真的要爬那棵树吧？”

“当然是真的，如果你想下去，你也得爬呀。”

“哦，亲爱的，我不会爬树，我绝对做不到。”

“到时候我们会帮你，你不会有事的。布朗，我出去查看情况时，希望你和迪波斯把解掉的安全带系到一起，做成一条长长的带子。可以用来把王后吊下去，也可以用来吊运行李。”

“小姐，最好你还是让我出去查看一下吧，”布朗说道，“你会摔下去的。”

简笑了：“这对我不算什么，布朗。”她接着说道：“和我相比，你才更可能会摔下去呢。”说着她便攀上了一处弯曲的树杈，然后又轻轻一跃，爬到旁边另一根树枝上去了。

“好家伙！小心呀！小姐，你会摔着的！”布朗大喊道。

“当心呀！夫人，你会没命的。”迪波斯显得很慌乱。

“亲爱的，我说，你赶快回来吧。”王后哀嚎道。

安妮特尖叫着捂住了自己的眼睛。

“亲爱的女士，回来！看在我的份上，回来！”亚历克西斯哀求道。

但是简仿佛没听到这些，只见她在树丛间快步穿梭到了行李舱旁边，由于没上锁，她迅速打开了舱门。

“哟！”她惊叫道，“真是一片狼藉，有一节折断的树枝插在行李舱里，幸好没有穿透到客舱。”

“是不是所有东西全都损坏了？”亚历克西斯问道。

“哦，我的天，没有啊。有些东西损坏了，但我想绝大多数东西还能用。我最想先找到一条运动短裤。穿裙子总让人感觉不便，尤其在树上，简直是累赘。太好了！我的箱子就在前面，我很快换好衣服，然后就能放开手脚做事情了。”

她打开行李箱，选了两三件衣服，然后轻轻一跃，跳到了飞机下面的一根树枝上，从众人的视线中消失了。

“我说！”布朗赞叹道，“她在树上就像猴子一样来去自如，这种场面我可从未见过。”

亚历克西斯向下面瞄了一下，不禁打了个冷战。“我们离地足有一百英尺高，”他说道，“我看我们是下不去的，这些树枝又湿又滑。”

“照她那样，把鞋袜脱掉。”布朗劝导道。

“我又不是猴子。”

“不是吗？”

“恕我冒昧，先生，我提议我们可以用带子把你系上，然后吊下去。”

“得有一千磅重，”布朗说道，“经过测试，这安全带是可以承受的，它是能承担你的体重，但你最好抛掉你的爵位，因为那才是你身上最重的东西。”

“你这个家伙，我早就受够了你的无礼，”亚历克西斯厉声骂道，“你再敢多说一句，我就……”

“你就怎么样？”布朗逼问道，“就你吗？”

“我希望你们两个别再吵了，”王后劝道，“我是说，现在我们的情况还不够糟糕吗？还要怎样？”

“亲爱的，我是不会和下人吵架的。”亚历克西斯傲慢地说。

“首先，”布朗说道，“我不是下人，其次，如果你识相点，最好别和我争吵。我现在正想找茬揍你一顿呢。”

“你敢碰我一下，我就……”

“你就怎样？又要开除我吗？”布朗高喊道，“现在我正想教教你如何好好做人呢。只有这样，你才会明白你到底算什么东西，你只不过是只蛆虫而已。就算你的贵族头衔长得能塞满整条街区，你仍然只不过是只蛆虫而已。”

“你难道敢打我？”王子尖声大叫道。

“这究竟是怎么回事？”简步履轻盈地回到客舱门口，“我记得我告诉过你们两个不要吵架。不说了，我想先谈谈正事。现在我们被困在这里了。天知道这是哪儿，这里方圆数百英里范围内大概也见不到白人，我们现在只能依靠自己。斗气争吵除了让我们的境遇变得更糟以外，没有任何意义。我们这里必须有一个人负责，这个人应该是个男人，据我所知，布朗是我们这里唯一有丛林生活经验并且有领导能力的男人。但是，鉴于他和王子之间龃龉不合，布朗无法胜任。”

“那我来负责。”亚历克西斯说道。

“你去见鬼吧！”布朗呵斥道。

“我的贵族头衔赋予我这项权利。”亚历克西斯傲慢不逊地坚称。

“这是你说的啊，”布朗讥讽道，“你的头确实又咸又臭。”

“不，亚历克西斯，你也不行，”简说道，“这个人必须能够服众。”

“那就只有迪波斯了，”布朗说道，“我觉得迪波斯合适。”

“哦，哎呀，不，”迪波斯哭叫道，“说真的，恕我冒昧，我从未想过领导谁，我、我……啊，夫人，你知道，这样我不习惯。”他可怜巴巴地望着简，“但是你，夫人，我坚信如果你能做我们的首领，那是我们所有人的荣幸。”

“这也是我想说的，”简道，“我比你们任何人都更熟悉丛林，并且，我相信没有人比我更能获得所有人的一致赞同。”

“但这是我们的旅程，”亚历克西斯反驳道，“是我们出的资，飞机和装备也都是我们的，负责指挥的人应该是我，不是吗？亲爱的。”他转头看着他妻子。

“哦，真的，亲爱的，我是说我不知道。你刚才对我说的那些话太可怕了，我已经垮掉了。听了这些话之后，我的整个世界都崩溃了。”

“好了，”布朗说道，“别再纠缠下去了。从现在起，格雷斯托克夫人就是我们的头儿，如果谁有意见，让他来找我。”

斯波洛夫王后垂头丧气地瘫倒在机舱地板上，她拿出手绢用力擦拭着眼泪。“我无所谓，”她说道，“现在不管发生什么事情我都不在乎。我死了也无所谓。我倒希望我死了才好呢。”说完，她抬起头，可能想看看别人听到她这番话后，会作何反应。她这才看到了刚刚返回机舱的简。“哦，亲爱的，”她惊呼道，“你这身装束太可爱了，我是说，这身衣服漂亮极了。”

“谢谢，”简说道，“很高兴你能喜欢，至少它很实用。”她身着一件夹克和一条运动短裤，她的腿和脚都露在外面。一条红色的花丝巾包着头，既束起了她的头发，又可以当帽子戴。

“但是，亲爱的，你难道不感觉冷得要命吗？”王后问道。

“哦，”简笑着说，“我不会冻死的，但很多时候我确实会感到冷，在丛林中你必须适应炎热和寒冷交替的气候。现在我要下去寻找宿营地了，你们最好为我祈祷在这附近能找得到。我不在的时候，布朗，你和迪波斯把行李吊运到地面上。亚历克西斯，你下去接着，下面必须有人及时解开系带。”

“叫安妮特去，”亚历克西斯愤愤不平地说，“你说我们要仆人有什么用呢？”

“我们每个人都有分工，亚历克西斯，”简平静地说道，“有些繁重危险的工作当然要由男人承担。现在我们之中没有主仆之分，我们越早认识到这一点，对我们自己越有利。”

亚历克西斯蹑手蹑脚地走到舱门前，他朝下看了一下，说道：“让布朗下去吧，我来帮迪波斯吊运行李。”接着，他又朝行李舱那边瞟了一眼，说道：“站在外面那根树枝上谁还敢干活？那会跌下去摔断脖子的。”

“唉，唠唠叨叨个没完，照格雷斯托克夫人说的去做，”布朗说道，“小姐，只要你一声令下，我就把他从这儿扔下去。”

“不，不要，你不要碰我。”

“那就靠边爬下去。”

“我还是做不到，我会摔下去的。”

“用带子给他系上，布朗，”简说道，“你和迪波斯把他吊下去，我现在走了。”说着，她轻轻地跳到旁边的一根树枝上，在枝繁叶茂的树丛中来回摆荡着下去了。

热带丛林散发的气味让她迷醉，社会秩序的拘束，现代文明的粉饰，纷纷黯然消退，她感觉到自由，自从她离开丛林返回伦敦以后，她就再也没有品尝过这种清新的自由所赋予她的乐趣。

周围的一切无不让她想到泰山，她环顾四周，侧耳倾听。她渴望下一秒就能在丛林中看到一个古铜色的伟岸身影一跃而出，紧紧地拥抱住她。但她随后等来的却是苦笑和叹息，她摇了摇头，深知泰山很可能还在数百英里以外，对她的去向和遭受的磨难一无所知。他可能还没收到她的电报呢，在电报中她说她即将飞抵内罗毕。就算他收到了，她却没到，那他又怎么知道该去哪里找她呢？他们盲飞了那么久，以至于连布朗也弄不清楚他们到底偏离了航线有多远，也不知道他们大致降落在了哪里。看来他们得到外界帮助的希望非常渺茫，他们唯一的希望是自救。

无论发生什么情况，她觉得，她和布朗应该都能应付。当然，如果只有他们两人的话。但其他人呢？她认为迪波斯也有一定的潜能和耐力。她拿不准的是亚历克西斯，像他这样的男人几乎没什么用。

安妮特风华正茂，但是她的性情并不能适应他们即将在丛林中不得不面对的残酷现实。持续的恐慌会消磨她的意志和体力。至于凯蒂，简简直拿她没有任何办法，绝望、彻底绝望，如何面对困难、意外，或是险情呢？是的，她知道自己和布朗能够战胜困难，脱离险境。但是他们能让其他人都做到吗？无论如何，他们俩绝不会抛下他们。

她一边在丛林低矮的洼地中行走，一边胡思乱想着。地面布满了灌木丛，为了加快步伐，她只得贴着树木底下的树枝行走。

她不会朝一个方向走太远，因为她知道，在茂密的灌木丛中，很难长距离运输他们的装备。

她绕着圈子，想找到一处空地，大小没关系，只要能临时搭建起露营地就行。但是这片丛林却似乎越走越荒芜，越走越难走了。

当她绕到半圈，走到她从飞机上下来的地方的正对面时，偶然发现了一条兽道。

她顿觉精神一振，这下子他们有一条通路了，而且几乎可以肯定的是，他们一定能够在这里找到土著人。

她并没急于回到飞机上，而是沿着这条小径向前走了一段。突然，她发现了一条小溪，接着，在小溪岸边的灌木丛中，她又看到了一片约一英亩见方的空地。

她兴奋地返身向飞机走去，她故意沿着这条小径向回走，想估算一下这条小径距离行李落地的地方有多远。

当她转身正准备返回时，忽然听到身后的灌木丛中传来一阵“窸窣”声响。她训练有素的听觉立刻作出了反应和判断，但她还不确定。

她还是加快了步伐，同时不断地抬头向前方和上方观望，以防发生不测时，她能及时找到逃生路径。

“沙沙”的声响仍在继续，从她身后不远处传来，和她行走的路径并行移动着。

她听到布朗和亚历克西斯又因为吊运行李吵了起来。亚历克西斯正站在地上，距离简已经很近了，当然，也许她搞错了，发出声响的可能不是她所害怕的东西。但是趁现在还来得及，最好还是提前警告一下亚历克西斯吧，于是她朝他大声呼叫。

“什么事？”亚历克西斯绷着脸问道。

“你最好爬到树上去，亚历克西斯，我发现一头狮子跟在我后面，已经很近了。”

“我不会爬树，”亚历克西斯喊道，“在灌木丛中我动不了了。救命！布朗，救命！快呀！来人呀！”

“把带子吊下来，拉他上去，”简呼喊道，“也许真的是头狮子，它可能不会招惹我们，但我们还是小心点好啊。”

“蠢货，快把带子给我。”亚历克西斯惊叫道。

“别着急呀，”布朗的回答让人抓狂，“至少我不着急。”

“如果你让那头狮子咬到我，你就是凶手。”

“哦，我想我担得起。”布朗答道。

“快放下带子，你这个杀人犯。”

“我这不是在尽力放着吗？”

“啊，我听到它了，它就在我上面，它要抓到我了。”

“你听到的是我，亚历克西斯。”简劝慰他道。

“哦，它抓到你又怎样？”布朗问道，“难道狮子不需要吃东西吗？在加利福尼亚州，人们会拿一些没用的动物喂狮子。你有什么牢骚可发的呢？”

“快点，布朗，”简喊道，“狮子马上就来了，它来得很快。”

Chapter 6

死亡抽签

尽管深陷重围，泰山却仍叉着手，装出一副若无其事的样子。布奇那武士们手持长矛，咄咄逼人，他意识到他现在如果做出要逃跑或开战的动作，会被立刻刺杀。

对他来说，要想争取时间，故作镇定才是最佳选择。

“杀掉卡乌璐人！”武士们身后有一位妇女喊道，“是他们偷走了我女儿。”

“还有我的。”另一位妇女跟着喊道。

“杀了他！杀了他！”这些野蛮的土著人纷纷叫嚷道。

一位蹲坐在乌达罗身旁的垂垂老者忽然站起身来喊道：“不可！不可！不要杀他，如果他真的是卡乌璐人，他的族人会来复仇的。他们会杀掉我们，然后把我们的女儿统统夺走的。”

黑人土著们立刻吵了起来。一些人坚持要杀他，另一些人想把他关起来，还有一些人希望把他放了，以安抚卡乌璐人。

他们七嘴八舌地议论起来，站在前排的长矛手开始放松警惕，他们中的一些人还扭过身和后面的人争辩起来，泰山知道这是他逃跑的绝佳时机。突然，像闪电阿拉一般迅捷，水牛戈尔果一般凶猛，泰山扑到了旁边一名武士面前，一把抓起他当作盾牌，冲破了人墙。他不停地左突右闪，武士们投鼠忌器，手中的长矛也纷纷偏离了方向。

他动作如此迅猛，这些黑人完全没缓过神来。正当他已经甩开人群，奋力朝村寨大门冲去的一刹那，他感到自己的后脑勺突然被什么东西重重地击打了一下。

当泰山慢慢地清醒过来时，他发现自己置身于一个臭味熏天的小黑窝棚里，手脚被紧紧地捆住了。

他这才回忆起之前发生的事情，泰山感到有些庆幸，显然那些害怕杀他的土著们的意见占了上风。幸运之神又一次眷顾了他。

至少他目前是安全的，他仍有机会逃脱。他就是这样，只要一息尚存，他定会想办法逃脱。无论身处何种险境，都无法打消他战胜困难的勇气和信心，因为他就是人猿泰山，丛林之王。

他感觉到捆绑他手脚的绳索异常粗壮结实，根本无法挣脱。他现在什么也做不了，只有等待时机。

与普通人不同，他不会把时间无谓地耗费在担惊受怕上，相反，他尽量让自己舒舒服服地躺着，呼呼大睡了起来。

在他熟睡时，乌达罗的议事厅里一群武士正在和乌达罗酋长秘密筹划着，他们正在商议如何处置泰山。

之前警告他们不要杀泰山的那位老人仍在据理力争，他是巫医古平谷，他确信这个人一定是卡乌璐人，如果他们加害于他，他预言他们都将遭受灭顶之灾，但仍有一些人坚持要处死泰山。

“如果他是卡乌璐人，”其中一人说道，“一旦他的族人发现是我们袭击并抓捕了他，我们也一样会遭到报复和惩罚的。但是如果我们杀了他，他就不可能回去报信，他的族人也就永远不会知道他的遭遇。”

“说得对，”又有一位说道，“一个死了的卡乌璐人总比一个活着的好。”

乌达罗终于发话了：“这件事不应由一个人决定，而应集体裁决。”

他身边摆放着两个碗。一个碗里盛着玉米粒，另一个盛着小圆石子。他将一个碗递给站在他右首的武士，另一个递给站在他左首的武士。“让每一个武士各拿一粒玉米和石子，各拿一粒，不要多拿。”他说道。

于是碗被分别传递下去，每个武士各拿了一粒玉米和一粒石子。最后碗又回到了乌达罗手中，他将碗放下，又拿起了一只尖嘴葫芦。

“我们再把这只葫芦传递下去，”他说道，“这位不速之客的性命将由各位手中的玉米粒或石子投票决定。如果你希望他活，把玉米粒放进葫芦，如果希望他死，就放石子进去。”

接着开始传葫芦，室内一片寂静，在武士们涂满油彩、表情凝重的脸上，一双双凶残野性的眼睛闪烁出一道道寒光，映照在这枚葫芦上，令人感到不寒而栗。

生死攸关的石子或玉米粒落进空葫芦时发出的阵阵清脆的响声回荡在议事厅内。最后，葫芦传递完毕，回到了乌达罗手中。

这群武士足有一百多人，而乌达罗数数的能力不到一百。但他一样有办法在不清楚票数的情况下，判定投票结果。

他把葫芦里的东西统统倒在地上，然后用一只手捡起一粒玉米，同时另一只手捡起一粒石子，各自放进两个碗里，如此往复，直到双方无法再匹配为止。很快，玉米粒没有了，而石子还有七十五到八十粒左右，表明仅有极少数人投票支持不杀泰山。

乌达罗抬头环顾了一下四周，说道："处死这位不速之客。"武士们立刻爆发出一阵凶狠粗野的欢呼声。

"我们现在就去宰了他，"一个人说道，"趁现在卡乌璐人还没发现他在我们手中。"

"不，"乌达罗说道，"明晚再处死他，这样能让妇女们有时间筹备一个宴会，明晚处决他的同时，我们将欢聚一堂，载歌载舞，尽情地吃喝。"

"要好好折磨折磨他，就像他偷走我们的孩子，让我们痛不欲生一样。"

人群中又爆发出一阵赞同的欢呼声。

会议结束后，武士们都各自回到了他们的木屋。炉火焖封，布奇那人的村寨陷入到宁静之中，就连犬吠声也听不见了。整个村寨进入了梦乡。

从紧邻酋长住所的另一间木屋里，突然闪现出一个人影，他在那间木屋附近犹豫了一下，惊恐不安地四处张望着。

泰山曾被议事厅内传出的喧嚣吵醒了，由于捆绑造成的不适，他好一阵子都无法入睡，但过了没多久，又传来了他的鼾声。

但还没等他沉入梦乡，又一阵声响将他惊醒，这种声响，对于你我普通人来说，是很难觉察到的。他听到有人光着脚丫，蹑手蹑脚地慢慢潜入到他所在的棚屋里来了。

泰山翻过身，看着棚屋的入口，突然出现了一个黑影。有人进来了，难道他就是来处决泰山的刽子手吗？

Chapter 7

一群几近崩溃的人

这头狮子猛地蹿出灌木丛，出现在简身后，离她仅有几步之遥。这时，她呼喊着亚历克西斯，向他发出警报。

看到简，狮子张开血盆大口咆哮起来，它快步跑向简，说时迟那时快，简飞身一跃抓住了上面一根树枝，狮子猛扑过来，尖利的双爪从简的脚边划过。简奋力攀爬，最终摆脱了狮子的攻击。狮子怒吼了一声，转身又扑了过来。王子就在不远处，飞机下面茂密的灌木丛遮蔽了他的身影，但狮子的咆哮声近在咫尺，王子早被吓得魂飞魄散，瘫倒在那里。

这一切都被树上居高临下的简看到。“亚历克西斯，你最好离开那儿，”她说道，“但是要安静，一旦听到你的声响，狮子就会冲着你来。这头狮子很狂躁，一定是昨晚错失了它的猎物。”

亚历克西斯想回话，却失了声，他面如死灰，浑身颤抖得如同筛糠。

简没看到布朗，但她知道他在上面。“布朗，”她喊道，“快把带子放下来给王子，亚历克西斯，用带子绑住腋下，布朗和迪波斯会拉你上去的。我尽量引开狮子的注意力。”

饥肠辘辘的狮子在树下来回走动，不时抬起头怒视着这个女孩。

简折断一小根枯树枝，朝这头野兽扔过去，结果正好砸在它脸上。狮子大吼了一声，又一次朝简站着的那根树枝扑了过去。

与此同时，布朗迅速将带子放了下去。“赶快把带子系到身上，”他对亚历克西斯说道，“拜托，你怎么了？快点。”

但亚历克西斯只是站在那里瑟瑟发抖。他被吓得牙齿打颤，两条腿也直打哆嗦。

“亚历克西斯，快振作起来，”简喊叫道，“趁狮子还没看到你，快系好带子。你还不明白吗？这对你性命攸关。”

“你这个可怜虫蠢货，”布朗叫嚷着，“快动起来。”

亚历克西斯颤抖着双手接过了带子，他似乎恢复了嗓音，但紧接着却大声尖叫着喊起了“救命”。

“别出声，”简警告道，“狮子听到了，它正朝你那边看呢。”

“快点吧！你这个笨蛋。”布朗喊道。

狮子在灌木丛中来回穿梭着，搜寻着声源。简拿起树枝砸它，但这一次没能吸引它的注意。它只是咆哮了一下便蹑手蹑脚地钻进灌木丛中了。

亚历克西斯终于费力摸索着套上了带子。

“快吊起来，布朗，”简喊道，“狮子来了。”

布朗和迪波斯拼命用力向上拉，亚历克西斯被从灌木丛间吊了起来。

狮子稳步走了过来，它站在这个惊恐万状的男人下方，低着头的亚历克西斯正好面对着狮子那残暴狰狞的双眼，不禁又发出了一阵惊恐的尖叫声。

布朗和迪波斯正几英寸、几英寸地慢慢向上拉拽着亚历克西斯，想让他脱离险境。但危险的是，他离这头巨兽仍然很近，突然，狮子立起身朝他抓了过去，利爪像耙子一样抓到了他的鞋后跟。亚历克西斯尖叫一声昏厥了过去。

布朗和迪波斯更加奋力地向上拉。狮子将身体一蜷，“噌”的一声跃起扑了过去，差一点就扑到了亚历克西斯。还没等它再次起跳，亚历克西斯就已经被拉上去了。

两人将瘫软的斯波洛夫王子拉到飞机上，然后再把他费力地拽到地板上。

王后一看到他就尖叫起来。“他死了！他死了！哦，亲爱的，你的小凯蒂不应该那样对待她的亚历。”

“拜托！安静！”布朗厉声呵斥道，“我都要神经错乱了，这个混蛋没死，他只是吓昏过去了。”

“布朗，你怎么敢这样对我说话！”王后叫嚷道，“哦，太可怕了，没有人理解我的痛苦，我是说，没人理解我，所有人都针对我。”

“天哪，”布朗喊道，“再这样下去，我们全都得疯掉。”

“抱歉，夫人，”迪波斯说道，“他似乎苏醒过来了，我想他很快就会恢复的，夫人。”

“快帮帮我，安妮特，”王后喊道，“你像根木头一样呆坐在那里。我是说，我的嗅盐呢？我要喝点水，哦，这糟糕透了，哦，亲爱的亚历，快对你的小凯蒂说话呀。”

亚历克西斯睁开眼打量了一下周围，然后他又闭上眼睛打起了寒颤。“我以为它扑到我了。”他颤巍巍地说道。

“你没那么走运。”布朗说道。

“真的太悬了，先生，恕我冒昧，先生。”迪波斯说道。

简走进机舱。“一切都好吗？”她问道，“刚才你大声呼喊，凯蒂，我还以为发生了什么可怕的事情。”

“如果真的要发生什么事情，只有上帝知道会发生什么，”布朗厌烦地说道，“我受够了这样没完没了的尖叫和抱怨。以前我对王室成员从没有过成见，现在可谓根深蒂固了。”

简摇摇头。“耐心点，布朗，”她说道，“你知道他们可没经历过这些，经过这场劫难，他们自然会变得有些神经质。”

“唉，难道我们没有脾气吗？小姐，难道我们就不感到沮丧吗？但是你并不会听我们像他们那样哭哭啼啼的，我想，正因为是王室成员，他们才会觉得这样无理取闹是理所当然的。”

“别太介意，”简说道，“否则你也和他们一样了。布朗，我现在考虑的是那只狮子该怎么应付，它可能会在这里徘徊好几个小时，那样的话，我们就被困住了。它非常暴躁，因此为安全起见，在不能确认它离开之前，我们先不要下去。当然最好能杀死它，因为它可能会在这附近出没，伺机加害我们。它是一头老狮子，因此，可能会吃人，当狮子衰老到无法捕获它们惯常的猎物时，它们就会这样。”

“吃人！”斯波洛夫王后打了一个寒战，“太可怕了，我是说，太恐怖了。”

“我想我们能除掉它，”简说道，“你一定带来复枪了吧，亚历克西斯。”

“哦，是的，当然，有两把呢，都是强力来复枪，它们能干掉一头大象。”

“好，”简说道，“放在哪里了？”

“在行李舱，小姐，我去拿。”布朗说道。

“还要拿些弹药。”简说道。

“谁下去射杀那个可怕的家伙呢？”王后问道。

“当然是我。”简说道。

“但是，亲爱的，”王后大声说道，“我是说，你不能去。”

布朗拿回来一把来复枪。“我没找到弹药，”他说道，“斯波洛夫，你把弹药塞到哪里去了？”

“嗯，什么？”王子问道。

“弹药。”布朗斩钉截铁地说。

“哦，弹药？”

“是的，弹药，你难道……”

王子清了下嗓子：“哦，是这样的，我……啊……”

“你是说你没带弹药？”布朗问道，“好吧，所有的……”

“没关系，”简说道，“没有弹药就没有呗，发牢骚也没有用。”

“恕我冒昧，我想我能帮到你们，夫人。”迪波斯不无骄傲地说。

“怎么？迪波斯。”简问道。

“我行李箱里有一把枪，夫人，我可以杀了那头野兽。”

“好的，迪波斯，”简说道，“请你快去拿过来。”

当迪波斯走到门口时，突然停住了。他脸涨得通红，显得局促不安。

“出了什么事？迪波斯。”简问道。

“我……我忘了，夫人，”他结结巴巴地说，“我的行李箱已经吊运到地面上去了，就在狮子身边。”

简忍不住笑了出来。“这真是一场错误的喜剧呀！”她大声说道，“没弹药的来复枪，唯一的枪支却在敌人那里。”

“哦，亲爱的，那我们下一步该怎么做呢？”王后问道。

“什么也做不了，只能先等那头野兽离开。现在下去扎营也有些晚了，我们只能先凑合着在飞机上过一夜了。”

就这样，伴着狩猎狮群的怒吼和猎物凄惨的哀鸣，这群情绪低落、牢骚满腹的人战战兢兢地度过了一个困顿而又漫长的夜晚。终于，新的一天“猝然而至”，在热带地区，黎明的破晓总是那样突然，那样出人意料。

天色刚刚放亮，简便出外侦查了。狮子不见了，在丛林低矮的灌木丛中，简以飞机为原点对周边区域进行侦查，并未发现狮子的踪影或其他威胁。

“我想我们现在可以下去扎营了，”她返回机舱说道，“大部分行李都在下面吗？布朗。”

“除了个别几件东西，都在下面。”布朗答道。

“好的，尽快下去，然后我们会开辟一条连通那条小径的道路，只要几码就够了。”

“好的，小姐，”布朗说道，“来吧，殿下，我们先把你放到下面去接吊运的行李。”

“你们不能放我下去，”亚历克西斯说道，“去他的行李，我绝不会一个人下去的。”

布朗毫不掩饰地露出一脸鄙夷。“好吧，”他说道，“你待在这里帮助迪波斯，我下去解开吊运的行李。”

“如果你以为我会站在那根树枝上又要努力保持平衡，又要从行李舱卸货的话，你就大错特错了，”王子说道，“这绝对不行。我恐高，一站在高处就头晕，很可能会摔下来。”

“哦，那你做什么呢？”布朗问道，“坐在这儿等着我们伺候你吗？”

“这正是你们这些仆人应该做的。”亚历克西斯说道。

“哦，是吗？好。”

“我下去了，”简说道，“布朗，你和迪波斯负责吊运行李，现在开始工作吧。”说着，她转身顺着树干爬了下去。

布朗厌恶地哼了哼，爬到了连接行李舱的树枝上。迪波斯紧随其后，两人很快就把其余的行李吊下去了。

“现在将你的乘客们吊下来，”当布朗告诉她行李吊运完毕之后，简喊道，“亚历克西斯，你先下。”

“来吧，殿下，”布朗说道，“你第一个下。”

“我告诉过你，我是不会独自一个人下去的，”王子说道，“先让其他人下。”

“好吧，殿下，如果你现在不下，你要么自己爬下去，要么冻死在这里，我才不在乎呢。安妮特，你过来，我想你应该第一个下去，然后是那个老太太。”

“布朗，你怎么敢这么放肆地称呼我？”斯波洛夫王后的声音从客舱内传来。

“原来她耳朵没事呀。”布朗咧嘴笑道。

“我害怕极了，布朗先生。”安妮特说道。

“小家伙，你不要害怕，”他安慰道，“我们保证你不会有事的。来吧，在门口坐好，我要把带子系在你身上。”

“你不会把我扔下去吧？”

“怎么可能，亲爱的，就算我把王室成员扔下去，也不会把你扔下去的。”

她莞尔一笑，说道：“你真好，布朗先生。”

“你才发现啊？好了，过来吧，妹妹，爬到这根树枝上，我来帮你。慢点，现在坐下，迪波斯，你准备好了吗？”

“准备就绪，先生。”迪波斯答道。

“好的，现在你开始下降。”

安妮特紧紧地攥着她那串念珠，闭上眼睛，开始祈祷。不知不觉间她就已经着陆了，简忙着帮她把身上的带子解开。

“现在该王后了。”布朗喊道。

“啊，我动不了了，”王后哭着说，“我瘫痪了，我说的是真的。”

布朗扭头看着斯波洛夫。“你进去，先生，搀着你老婆出来。”他厉声道。

“我们可没空胡闹，告诉她，如果她不立即出来，我们就把你们两个留在这里。”

“你这个无耻透顶的混蛋。”王子气急败坏地说。

“闭嘴，去吧，照我说的做。”飞行员吼道。

斯波洛夫来到他妻子身边，搀扶她来到机舱门前，谁知她只稍微向下瞟了一眼，便尖叫着开始向后退缩。

“快点，快点，快点。”布朗说道。

“我不行，我是说，我做不到，布朗。”

布朗手持带子的一端，信步走进客舱。“来吧，”他说道，“让我把这个东西套在你身上。”

“但是我做不到，我告诉你，我是说，我会被吓死的。”

“你死不了，傻子都很长寿。”

“够了，布朗，我已经受够你的无礼。”王后愤怒地昂起头，努力想摆出一副高贵威严的架势，但此时蓬头垢面的她早已力不从心了。

布朗弯腰将带子系在了她身上。

“准备好了吗？迪波斯。”他问道。

“是的，先生，一切就绪。”英国男仆答道。

“那么你过来吧，王后，这里，你，帮我托一下她，从后面推她一把。”布朗在前面拖，亚历克西斯在后面推。斯波洛夫王后大声尖叫着，胡乱抓着任何她能看得见的东西，企图固定住自己不被他们拽走。

“上面出了什么事？”简问道，“有人受伤了吗？”

“没有，”布朗答道，“我们正在拖运皇家成员的另一半呢。听着，王后，我们是为了你好，如果你独自待在这里，就会被饿死的。”

“是呀，凯蒂，快点吧，你在浪费时间。”亚历克西斯说道。

“我死了你就高兴了，亚历克西斯，我想你巴不得我死呢，你就是想让我死，我干了件蠢事，但是，相信我，我的意思是，只要我找到纸和笔，我马上更改。听到你是怎么对我说的和怎么称呼我的之后，我是一个子儿也不会给你留下了，亚历克西斯，一个子儿也不。”

斯波洛夫恶狠狠地眯着眼睛，他眉头紧锁，一言不发。

布朗抓住王后的手，然后把它们从她紧抓不放的椅子上拿开。“这样没用，王后。”他说道，这一次语气缓和了些，他看出这个女人真的害怕了。

“迪波斯和我保证你会安然无恙的。我们会把你慢慢地放下，格雷斯托克夫人和安妮特会在下面帮你，你只需控制好自己的情绪，勇敢一点，这一切很快就会过去的。”

布朗和亚历克西斯将她抬出机舱，放在门口的树枝上。慢慢地他们放下了她，最后小心翼翼地把她放到了地面上。

“好的，迪波斯，”布朗说道，“我想下一个轮到你了，是我们把你吊下去呢？还是你自己爬下去呀？”“我爬下去，”迪波斯答道，“你和我可以一起爬，这样可以相互照应。”

“嘿，那我呢？”斯波洛夫问道。

“你也爬下去。你这个废物，或者你待在这里，”布朗答道，“我的意思是这由不得你。”

Chapter 8

卡乌璐人伊登尼

借着外面的夜色，泰山看到一个黑影鬼鬼祟祟地出现在门口，他意识到有个人钻进来了。

被捆住了手脚，丛林之王动弹不得，丧失了自卫能力，他只有等待，虽然他并不甘心就这样不明不白地等死，但他仍丝毫没有畏惧。

这身影在黑暗中摸索着走了过来。“你是什么人？”泰山突然开口问道。

这个人“嘘”的一声想让他安静下来。“别出声，”他警惕地说道，“我是古平谷，是这里的巫医。”

“你想干吗？”

“我是来放你走的。当你回去见到卡乌璐人，你的族人的时候，对他们说是我古平谷救了你的命，让他们记住我的救命之恩，不要加害于我，也不要抢走我的女儿。”

黑暗中，泰山的脸上隐约浮现出了一丝笑容。“你真是个聪明人，古平谷，”他说道，“快割开我的绳索。”

“还有一件事。”古平谷说道。

“什么事？”

“你必须保证永远不会让乌达罗，或者其他任何我的族人知道是我放掉的你。”

“他们绝不会从我这儿知道的，”泰山答道，“但你告诉我，你的族人以为我们卡乌璐人住在哪里？”

“你们住在北边，穿过一片荒野，是一片平原，在平原的中间屹立着一座高山，你们就孤零零地住在山脚下。”

“你的族人认识去卡乌璐人村的路吗？”

“我认识，”巫医答道，“但我保证不会带人去的。”

“那么你说这条路在哪里，我想看看你是不是真的认路。”

“在我们村寨北边有一条朝北的古老象道，这条道路尽管蜿蜒曲折，但它能够通达卡乌璐人的村寨。你们村寨旁边的山坡上长满了竹子，多少年来，大象们一直是走那条路去吃嫩竹笋的。”

这位巫医走上前摸索着泰山手腕上的绳索。“我放开你，”他说道，“等我走回我的木屋之后你再离开。出去后，你要悄悄地溜到村寨的大门口，那排栅栏的内侧有一个高台，就是供武士们遇到敌情时居高临下向敌人放箭的台子。你可以轻而易举地从台子上翻过栅栏逃出去。”

“我的武器在哪里？”泰山问道。

“在乌达罗屋里，但你拿不到的，有个武士就睡在门廊，你一进入就会惊醒他。”

“割开我的绳索。”泰山说道。

古平谷用刀割断了泰山手脚上的绳索。“等一下，等我回到我的小木屋。”他说着，转身悄悄地溜出了房间。

泰山站起身来伸展着四肢。他揉了揉酸胀发麻的手腕和脚踝。在等古平谷回去的间隙，他一直在思考该如何拿回自己的武器。

匍匐着爬出棚屋后，他站了起来，长出了一口气。获得自由的感觉真棒啊。他悄无声息地穿行在村寨的街道上。除了保持安静以外，他并不会刻意躲藏，他相信即便自己被发现了，他也能够从容地跑到大门口，翻越栅栏，他是再不会被抓到了。

路过酋长的房间时，他停下脚步，内心在苦苦挣扎。制造武器要耗费大量时间和精力，而他的武器就近在咫尺。

一缕昏暗的火光在屋内闪烁着，那是余火未尽的燃屑。他来到门口，这扇门比其他的门大得多。他看到一个武士正睡在门栏内侧。

泰山弯下腰向室内窥探，他那双敏锐犀利的眼睛早已适应了黑暗的环境，他的眼力远超你我普通人。他一下子就看到了他的武器，它们就摆放在这位武士身后的炉火旁。

这人正在酣睡，他的脖颈完全裸露在外面，泰山那粗壮有力的双手可以瞬间夺走他的性命。但稍加思索后，泰山还是放弃了。他有两点顾虑。一是，他从不滥杀。二是，这可能也是他最大的顾虑，就是即便不喊，这个人也一定会拼命挣扎，睡在屋里的人会被惊醒，这样他更难取回他的武器了。最后，他决定冒险一试，采取更大胆的行动。

他弓着腰，小心翼翼地跨过这个武士的身体。然后又悄无声息地挪动到了他的武器旁边。

他先拿起他宝贵的匕首，插进腰间的刀鞘内，又将箭袋斜挎在右肩上，将套索卷起挎在左肩上，然后一只手拿起弓和短矛，转身走到了门口。他回头朝屋内匆匆一瞥，想看看里面的人是不是还在沉睡。

就在那一刻，门口这个武士突然翻了个身，睁开了眼睛。当他看到炉火前有一个人影时，立刻坐了起来。由于室内昏暗，他无法确认对方的身份。他觉得应该是屋里的人晚上出来走动，但这个身影他并不熟悉。这个武士感到有些迷惑。

“谁呀？”他问道，“出了什么事？”

泰山走到这个人身边。“安静，”他小声说道，“再出声就杀了你，我是卡乌璐人。”

这个黑人瞠目结舌地愣在那里，即便借着昏暗的夜色，泰山也能看出他在浑身发抖。

“出去，”泰山命令道，“只要你安安静静地走，我就不伤害你。”

武士浑身抖得像在筛糠，他老老实实地照做了，泰山紧跟在他身后，这个武士一直带他来到大门口，然后打开大门。就这样，泰山离开了乌达罗的村寨，在深夜漆黑的丛林中消失得无影无踪。很快，他就听到这个武士在大喊大叫，整个村寨都骚动起来。但泰山知道他们不会追来，他们是不敢在深夜的丛林中追赶卡乌璐人的。

顺着古平谷指引的路径，泰山向北走了一个钟头。夜晚的丛林发出的嘈杂声回荡在四周，灌木丛中隐秘的爬行声，厚墩墩的兽爪的踩踏声，附近一头狮子低沉的吼叫声，还有远处另一头狮子的吼叫声。靠着灵敏的嗅觉和听觉，他知道哪些地方暗藏杀机，也总能机警地避开风险。

他迎着风向行进着，很快，他嗅到了一头还未进食的狮子，一头饥肠辘辘、正在捕猎的狮子。泰山爬到树上，并很快找到了一块舒适的地方过夜。他牵挂着内其马，回想着被抓后经历的人和事，在阵阵熟悉的丛林声响的抚慰下，泰山不知不觉地进入了梦乡。

天刚蒙蒙亮，他就又向北进发了。在乌达罗的村寨里，此刻的小内其马正蜷缩在酋长房舍上面一颗大树的树梢上呢。

内其马现在是一只最不幸的小猴子了，一只担惊受怕的猴子。头一天夜里，村寨里的黑人们纷纷跑出家门大声喧嚣，它也被吵醒了，但它并不了解其中缘由。它并不知道它的主人已经逃脱了。内其马看到布奇那人把它的主人关进了一间小木屋，它以为主人还困在那里呢。

当内其马又一次从睡梦中醒来时，天空早已破晓。向下俯瞰，村里的街道仍冷冷清清，也无人声从屋舍内传出。它望着它主人被押进去的那间棚屋，终于，它鼓足勇气，从树上跳了下来，蹦蹦跳跳地沿着村寨的街道朝那间棚屋跑去。

一个妇女从她的木屋出来正准备生火做饭，看到了这只小猴子，她想要抓住它，但被它挣脱了，于是，这只猴子飞快地穿过村寨，翻过栅栏逃走了。

现在内其马再不敢进村了，它又害怕独自孤零零地待在这陌生的地方，内其马只得朝家的方向走去。在丛林中赶路的内其马并不知道它的主人早已脱身了。

泰山沿着这条蜿蜒的象道走了一整天，直到接近傍晚时分他才捕获了一只猎物，吃完东西他又躺下休息了一晚。

第二天下午，他发现周遭的地形开始出现变化，这片丛林的地势越来越开阔，灌木几乎不见了，树木也愈发稀疏。对泰山来说，这是一个完全陌生的地方。这激发了他的想象力和探险精神，探险本就是他的一种本能，也深深地改变了他的命运。在丛林中，聪明好学的天性使得他远远胜过了其他动物。

泰山静静地赶着路，他突然警觉地从游荡的微风中闻到了一股不同寻常的气味，他猛地停下脚步，呆呆地愣在那里，全身的每一根神经都紧绷着。

泰山很疑惑，这气味像是塔曼咖尼人，但又不是，他从没闻到过这种气味。突然这股气味又和另一股更淡的气味混杂到了一起，这是他熟悉的狮子努玛的嗅迹。

这两种气味混杂在一起，意味着有麻烦。但泰山并不急于从这头狮子口中解救这个人，也不想从这个人手中救这头狮子，他对谁猎捕谁并不感兴趣，他只不过是出于好奇的天性，想去一探究竟。

眼前的树木还算茂密，他可以攀援前进。他喜欢这样做是因为他可以据此居高临下地搜寻他的目标。尤其是当搜寻的目标是人的话，还可以做到出其不意。

人类的眼睛是平视的，而猫科动物有一双垂直的瞳孔，与人类相比，它们能够更为迅速地发现头顶上的东西。也许是因为，长久以来，猫科动物都在捕食树上的猎物。虽然狮子已不再如此，但它的眼睛仍然继承自它的那些小个子祖先们。当泰山摆荡着靠近那股奇怪的气味时，他发现，与那股异味相比，狮子气味变得愈发浓烈，且变浓的速度越来越快。他意识到这头狮子正在不断逼近这个人。这是巧合还是故意，他仍不能确定，但这显然是头饥饿的狮子，因此他相信这头猛兽正在追踪这个人。

肚子吃饱的猛兽所散发出的气味与空着肚子的猛兽不同。空腹意味着饥饿，狮子饥肠辘辘就会狩猎。在泰山看来，毫无疑问的是，这个人就是掠食者狮子的猎物。

泰山先看到了这个人，看到他第一眼，这位丛林之王便愣住了。

他竟然是个白人，但又和泰山之前见过的白人不同。这人只穿着一条腰布，腰布像是由大猩猩皮制成的。他的手腕和脚踝戴满了镯子，胸前佩戴着一串串由人的牙齿编制而成的项链。鼻子上穿孔并佩戴着鼻环，鼻环纤细，呈圆柱状，由骨头或象牙制成。他戴着重重的耳环，一缕长发从额头直抵项背，头两边剃得光光的。在这缕头发上插满了鲜艳的羽毛，羽毛飘荡在他涂满油彩的脸庞上方，显得面目狰狞而又荒唐可笑。尽管一副黑种野人的装束，皮肤也被晒成了古铜色，但这个人明显是个白人。

他背靠在一棵树下坐着，吃着从一个皮袋子里掏出的什么东西，皮袋子系在捆扎腰布的绳子上。显然，他对这头来袭的狮子一无所知。

泰山神不知鬼不觉地爬到了这人头顶的一棵树上。他仔细地打量着这个人，关于卡乌璐人的传说不断在脑海中涌现，他尤其记得有一个传说把卡乌璐人描述为白人。

那么，这个陌生人有可能就是卡乌璐人，泰山似乎有理由作出这种判断，但旁边一阵低沉的嘶吼声立刻分散了他的注意力。

这个野人立即站了起来，他一手抓起一把重矛，另一只手拿着一把粗糙的匕首。

这头狮子从灌木丛中一跃而出，扑了过来。由于距离太近，这个人根本来不及上树躲藏。他只能做他能做的，迅速将手中的长矛向后一扬，闪电般将重矛投掷了出去。

也许狮子的出现过于突然，慌乱中，他的长矛投偏了。与此同时，泰山从树上一跃而下，扑向了这头猛兽。

他一头撞到狮子的肩部，此时正立起身准备捕捉猎物的狮子被直接撞得侧身翻倒在地上。狮子发出了一声惊天动地的怒吼，但还没等它重新站起身，泰山那粗壮有力的双腿早已盘住狮子的腰部，他那力大无比的臂膀也卡住了狮子硕大的脖颈。殊死搏斗的两头猛兽让这位白种野人又敬又怕，惊叹不已。他听到缠斗中的泰山和狮子竞相怒吼咆哮着。他看到他们在地上翻滚，狮子那尖利的兽爪不停地试图撕开泰山古铜色的皮肤。刀光血影中，泰山手起刀落，将刀锋连续刺进了百兽之王狮子的腹部，终于，咆哮声慢慢地消逝了，狮子棕黄色的身躯轰然倒下，一阵抽搐后，狮子最终气绝身亡。

泰山一跃而起，他一脚踏在对手的尸体上，仰天长啸，发出了雄猿获胜后的欢呼声。听到这声怪异凄厉的叫声，白种野人不住地向后退缩，手中握紧了刀柄。

随着在远方回荡的声声长啸渐渐消逝，泰山转过身，注视着他救下的这个人。

两人默默对视良久后，这个野人终于打破了沉默。“你是谁？”他问道，操着和布奇那人相同的方言。

“我是猿人泰山，”泰山答道，“你呢？”

“我是卡乌璐人，伊登尼。”

果然不出所料，泰山感到一阵欣喜。这确实是意外的收获。现在他至少可以认识一下卡乌璐人了。说不定这人还会带他去那个他一直苦苦追寻的地方呢。

“你为什么杀死这头狮子？”伊登尼问道。

“如果不这样，它早就把你杀了。”

“你为什么会在乎我的死活呢？我们难道不是陌生人吗？”

泰山耸耸肩。“也许因为我看你也是白人吧。”他说道。

伊登尼摇了摇头，说道：“我不认识你，也从没见过你这样的人。你不是黑人，但也不是卡乌璐人，你到底是谁？”

“我是泰山，”泰山答道，“我在寻找卡乌璐人的村寨，你快带我去那里，我有事要和你们的酋长商谈。”

伊登尼摇了摇头，面露不悦地说道：“除非自寻死路，没人会去卡乌璐人的村寨，因为你救了我一命，我就不带你去那里了。我本该杀了你，但我不会这样做，你走吧，泰山，千万不要去卡乌璐村了。”

Chapter 9

猎豹希塔

飞机上所有人都已安全回到了地面。布朗手持一把短柄斧正披荆斩棘地想要开辟一条通道。幸运的是，在斯波洛夫王子夫妇为促成这次征程所携带的众多繁杂无用的辎重中，竟然还有这把小小的斧头。

迪波斯想帮忙，但男仆的职业生涯使得他干不了这种斧劈刀凿的粗活。他虽一片好心，但手脚笨拙的样子令布朗十分担心他会伤到自己或别人。于是布朗一把将斧子从他手中夺了过去。

斯波洛夫并没有想帮忙的意思，布朗也不在乎，深知他的能力还不如迪波斯呢。但轮到搬运行李时，这位飞行员坚持要王子承担他分内的活儿。

“可能你的确是显赫的‘出租车司机’的皇室后裔，”他说道，“但你也得干活，不然我饶不了你。”

斯波洛夫牢骚满腹，但还是服从了。

当行李运达小溪边简发现的空地之后，简吩咐大家要架起一道防兽栅栏，并搭建几间棚屋。

接下来，在安妮特和迪波斯的鼎力协助下，布朗和简承担了大部分的工作。除了哀叹呻吟，凯蒂还能做什么呢？但她没有哀哭。亚历克西斯的任务是用别人砍下的荆棘搭建防兽栅栏，就连这点活也让他力不从心、叫苦不迭了。

“我真搞不懂像他这样的人是怎么长这么大的，”布朗咕哝道，“让这些家伙长大成人有什么好处，我之前还从没见过这样的废物。”

简笑道：“他舞跳得棒极了，布朗。”

“这我相信，”飞行员答道，“这该死的小白脸，就带了这把破短柄斧和一些没有弹药的来复枪，”他怒不可遏，一字一顿地说道，“翻翻这些破烂，兴许还能再找到点什么，我们应该清点一下，看看还有些什么东西。”

“这是个好主意，”简说道，“哦，对了，迪波斯，你的那把枪呢？我们现在手头上需要这个。”

“好的，夫人，稍等片刻，”迪波斯说道，“我出门总会带上它。不知道什么时候就会派上用场，尤其是在非洲，这个狮子，还有别的什么野兽出没的地方。”

他找到了自己的行李箱，搜了个遍才发现这把武器。他小心翼翼地抽出这把枪，不无骄傲地高高举起来展示给所有人看。

“夫人，就是这把，”他说道，“这玩意很别致吧。”他得意地在简面前摇晃着这把点二二口径的小左轮手枪，简看到后却心中一沉。

布朗放声大笑起来。“我说，”他说道，“如果德国人知道你们英国人只有这些玩意儿，就不会爆发世界大战了。”

“你说什么？布朗，”迪波斯说道，语气有些生硬，“这可是一把很棒的武器，卖给我的那个人就是这样说的，先生，这把枪花了我七个先令呢。”

“让我看看。”布朗说着，拿过这把左轮手枪，他打开了枪膛。“没装子弹，”他说道，“装了也没多大用处。”

“我的天！我才不会呢！”迪波斯激动地喊道，“我才不会带一把上了膛的武器呢，太危险了，先生，谁敢保证它不会走火。”

“好了，”简说道，“这把枪可用来猎杀一些小动物。带来了很多弹药吗？”

“呃，夫人，”迪波斯支吾道，“你看我本来打算买一些子弹的，但一直没时间。”

瞠目结舌的布朗怜悯地看着迪波斯：“好吧，我真想……”

简坐在一个倒放的行李箱上，哈哈大笑着说道：“迪波斯，抱歉啊，这实在是太滑稽了。”

“我来告诉你们，我们该怎么做，”布朗说道，“晚上我们让迪波斯守夜，如果看到狮子的话，他可以用这个东西砸向狮子，这东西可管用了。”

“如果狮子真的来了，我看你还能笑得出来，简，”凯蒂说道，“迪波斯，你应该带上弹药的，你太粗心了。”

“这没什么分别，凯蒂，如果是狮子的话，这把左轮手枪装没装弹没什么分别。”

“我知道我们都会被咬死，”凯蒂哭着说道，“我想我们还是回到飞机上吧，那里安全些。”

“别怕，”简说道，“防兽栅栏能够起到防护作用，晚上我们燃起一堆篝火，大部分野兽都怕火，它们不会靠近我们的。”

接近傍晚时分，众人搭起了一间小棚屋，小棚屋被分成两个隔间，一间女人睡，一间男人睡。虽然简陋，但毕竟能挡风遮雨，并且棚屋能给人一种超乎寻常的安全感。虽然这间小棚屋很不结实，但毕竟有了藏身之处，总比露宿在外面安全些。

在搭建棚屋和防兽栅栏的间隙，简又在忙着另一件事情。凯蒂盯着她看了好一阵子，最后终于禁不住好奇，她问道："亲爱的，你究竟在做什么呢？"此时，简正用短柄斧削着一节短树枝。

"我在制作武器呢，制作一张弓和一些箭矢，还有一杆长矛。"

"哦，太不可思议啦，我是说，太有趣了！亏你想得出，造弓箭。这样可以消磨时间。"

"我造这些东西是为了弄点吃的，还可以防身。"简答道。

"哦，当然！"凯蒂感叹道，"我真蠢！但我一想到弓箭，就会联想到插在稻草箭靶上一支支五颜六色的小箭，亲爱的，我是说，它们是被粉刷成这样的。浮现在我脑海中的是一幅幅美妙的画面，年轻人身着运动服，绿茵茵的草坪，明媚的阳光，远处是风景怡人的小树林。但谁会想到用弓箭狩猎呢？这主意肯定只有你才能想得出，亲爱的，你太聪明了，假如真能打得到什么东西的话。"

至午后过半时分，简已做好了一张简陋的弓和半打箭矢，箭镞经过炙烤，变得异常坚硬。

全部工作完成后，简站起身打量了一下宿营地。"你们干得非常棒，"她说道，"我去看看能不能弄到点晚饭。布朗，你有刀吗？我也许用得着。"

"但是，亲爱的，我是说你不会一个人去吧？"凯蒂喊道。

"当然不会，"布朗说道，"小姐，我和你一起去。"

"我恐怕，"简微笑道，"我去的地方，你跟不上，来，你的刀给我。"

"我想无论你去哪儿我都能跟得上，小姐。"布朗咧嘴笑道。

“让我看一下这把刀，”简说道，“这真是一把很棒的长刀！我喜欢看到身上带着把长刀的男人。”

“好了，如果一切就绪，”布朗说道，“我们出发吧。”

简摇了摇头。“我说了，你是跟不上我的。”她说道。

“我们要不要赌一把？”

“当然可以，”简说道，“我出一英镑赌你这把刀，我赌你跟着我不会超过一百码。”

“小姐，我接受你的赌注，”布朗说道，“我们出发吧。”

“那走吧。”简说道。话音未落，只见她轻轻一跃，跳过了这片空地，然后飞身攀上了一根低垂的树枝，在树丛中摆荡穿梭着，瞬间便消失得无影无踪了。

布朗在她身后狂奔着，他极目仰望，想要找到她的身影，但很快便踉踉跄跄地陷入到一片茂密的灌木丛中动弹不得了。

他立刻意识到他输了，于是垂头丧气地回到了宿营地。

“天呀！”王后惊呼道，“你们有谁看到过这一幕吗？这太神奇了！我是说，这真的是。但我还是担心她会遭遇不测。亚历克西斯，你不应该让她一个人去呀。”

“我以为布朗会和她在一块儿，”亚历克西斯说道，“如果我知道他会胆怯，我就亲自跟去了。”

布朗给了亚历克西斯一个白眼，轻蔑的神情溢于言表。接着他又继续忙着收拾小棚屋了。

“我想无论谁一个人出去都会害怕的，”安妮特一边说一边帮布朗在棚屋的屋顶大片大片地铺设着树叶，“格雷斯托克夫人一定是个非常勇敢的人。”

“她胆量很大，”布朗说道，“你看到她爬树的样子了吗？简直和猴子一样。”

“就像她一生都是在树上生活着似的。”安妮特说道。

“你真的相信她能用弓箭捕猎吗？”迪波斯问道，“似乎……呃……还欠火候吧，恕我直言。”

“我说，”布朗说道，“她可不是一个莽撞的人，她知道自己在做什么。在我们迫降前，我一直以为她又是个幼稚愚蠢的上流社会贵妇人。但说实话，我现在对她佩服得五体投地。相信我，如果我愿意听命一个女人，那这位女子绝对是个人物。”

“格雷斯托克夫人是个奇女子，”亚历克西斯说道，“也是个大美女，但有一点也请你牢记，布朗。她还是个贵妇，是英国贵族。老兄，我十分厌恶你如此放肆地称呼她为女人，还说她胆子很大。我知道你们美国人是出了名的粗野，但我对你的忍耐是有限度的。”

“是吗？”布朗质问道，“那你要怎么样呢？你这个娘娘腔。”

“亚历克西斯，你太丢身份了，”王后说道，“你怎么可以和一个佣工争吵不休呢。”

“您说对了，夫人，”布朗说道，“他最好别屈尊和我这个粗人吵架，我现在正愁没有借口痛揍他一顿呢。”

安妮特一把抓住了布朗的臂膀。“布朗先生，请别再吵了，”她说道，“难道现在的情况还不够糟糕吗？还要再起内讧让我们雪上加霜吗？”

布朗转身揶揄地看着她，他握起她的手说道：“我想你是对的，小妹妹，就凭你这番话，如果他不再招惹我，那我就不会去招惹他。”他紧紧地握着她的手说：“我觉得你和我很投缘，孩子。”

“投什么？布朗先生。”

“我的意思是，咱们两个很对脾气。”他大声说道。

“对脾气？是什么意思呢？”

“就是投缘，能交朋友的意思，我以为你懂英语。”

“哦，交朋友，我明白了，我很高兴和你交朋友，布朗先生，安妮特愿意和所有人交朋友。”

“那太好了，孩子，但朋友不能滥交，我感觉到我会很喜欢你的。”

这位法国女孩娇羞地低下头，“布朗先生，我想我们还是开始工作吧，要不今晚就只能铺半个屋顶了。”

“好的，孩子，我们以后再诉衷肠吧，今晚应该是满月。”

离开营地，简沿着小溪在树丛中敏捷轻盈地来回穿梭。她想通过动物留下的痕迹找到它们经常饮水的地方。

微风拂面，带来了各种动物的嗅迹，尽管她的嗅觉远不及她的伴侣，但远比文明社会的普通人敏锐得多。简很早以前就明白人的感官是可以通过训练进行发掘的，她也从不会放弃任何能够充分磨炼自己感官的机会。

突然，飘来一股淡淡的气味，她感到自己像一个猎手那样兴奋了起来。前面有猎物。

这位女孩更加小心翼翼地挪动着步伐，甚至沿途的树叶她都生怕碰到。很快她看到了前方有她想要的东西。一头小羚羊，是一头公羚羊，正悠然自得地在她前方的小径上踱着步。

简加快速度，但现在她更要做到悄无声息，因为这种小动物都非常紧张，也非常警觉，一旦有风吹草动，便会立刻逃走，快如闪电。

她很快进入射程，但前面总有草叶遮挡，无法瞄准。

耐心是丛林猎手最宝贵的品质，她从泰山那里和她自己过往的经验当中学会了忍耐。

这只羚羊突然停了下来，扭头向左张望。与此同时，简也发现那个方向的灌木丛晃动了一下。她知道已经有什么东西惊动了

她的猎物，现在她不能再迟疑了。树丛中，她和羚羊之间恰好出现了一道缝隙，事不宜迟，简立刻张弓搭箭，“嗖”的一声，一支箭疾如闪电般正中羚羊的左后肩部。只见这只羚羊猛地朝空中一跃，便倒地身亡了。

简怀疑还有其他东西在追踪这只羚羊。但她并没看见什么，她所处的岔路口形成了一道侧风，吹开了这个动物的气味。

她知道自己处境危险，但是饥饿让她顾不得那么多了，她知道她所有的同伴也同样处在饥饿之中，他们必须获取食物。刚才在行李中翻到的一些三明治已经吃光了，除此之外仅剩下区区几根巧克力棒、六瓶法国白兰地和两瓶法国橘香酒而已。

她想碰碰运气，速战速决，于是她轻轻地跳到小径上，飞快地跑向倒毙的羚羊。

她紧张忙碌着，按照泰山教她的，她首先割开羚羊的喉咙把血放掉，然后迅速掏空内脏以减轻重量。正忙着时，她又听到了身后小径旁的灌木丛发出了异动的声响。

活儿干完后，她折起刀子，放进了口袋，然后扛起了这头小羚羊的尸体。就在这时，一阵咆哮声划破了寂静的丛林，一只豹子径直冲到了离她二十步之外的小径上。简马上意识到携带着猎物的她是不可能逃脱的，而要舍弃她的猎物给这只凶残的“大猫”，又让她心中充满忿恨。

她相信只要自己丢下羚羊给希塔，就能够爬到树上躲过一劫。但满腔的怒火，对这次意外遭遇的心有不甘，又迫使她站在了原地。她要做一件傻事。

扔下羚羊，她奋力将弓拉满，然后一箭射向了豹子的胸膛。

这头野兽中箭后，痛苦地发出一阵怒吼，冲了过来。

营地里的人好像听到了人的喊叫声。

“活见鬼！这是什么声音？”亚历克西斯喊道。

“我的天呀！这是女人的尖叫声。”安妮特大叫道。

“是格雷斯托克夫人。”布朗惊恐地说道。

“哦，亚历克西斯，亚历克西斯！安妮特！”王后哭喊道，“我的嗅盐呢？快拿给我，我要晕倒了。”

布朗抓起短柄斧朝发出声响的方向跑去。

“哦，你要去哪儿？”凯蒂哭喊道，“别离开我，别离开我。”

“住嘴，你这个老蠢猪，”布朗骂道，“格雷斯托克夫人出事了，我要去看看。”

迪波斯从口袋中抽出他的空左轮手枪。“我要和你一起去，布朗先生，”他说道，“有我们在，绝不能让夫人出事。”

Chapter 10

绑　架

虽然伊登尼拒绝了泰山造访卡乌璐村寨的请求，但泰山并不感到意外和沮丧。他谙熟人心，尤其了解这些野蛮人，以及他们个人和部族生活中的种种禁忌。他希望能有个友善的卡乌璐人带他去见卡乌璐酋长。但没有也没关系，至少和伊登尼相遇也没让他损失什么。他相信这个野蛮人无论有多凶残，也会对他的救命之恩心存感激的。

“如果我是去交朋友的，”泰山说道，“去那里也没什么坏处呀。”

“卡乌璐人没有朋友，”伊登尼答道，“你绝不能去。”

泰山耸耸肩，无奈地说道：“那就当我是敌人好了。”

“那他们会杀了你，你救了我的命，我不想你被害。但这是卡乌璐人的法律，我也无能为力。”

“这么说，你们把偷走的女孩子都杀死了？”泰山质问道。

“谁说我们卡乌璐人偷女孩子了？”

“这件事众所周知，你们为什么这样做？你们自己的女人不够吗？”

“卡乌璐人没有女人，”伊登尼答道，“在有四个人的手指和脚趾加起来之多的雨季降临之前，曾经有一位卡乌璐女人，但她为了救卡乌璐男人的性命而献出了自己的生命。”

“八十年来，你们都没有女人吗？”泰山问道，“这不可能，伊登尼，我看你还是个年轻人，你也有母亲，难道她不是卡乌璐人？”

“我母亲是卡乌璐人，但她在最后那位卡乌璐女人去世很久以前就死了。我告诉你的事情已经太多了，陌生人，卡乌璐人的生活方式和劣等人的不同，劣等人无法理解我们，我们也被禁止和他们讲话。现在我们分道扬镳吧。”

意识到自己不可能再从伊登尼这里打听到些什么了，泰山爬上树离开了。为了迷惑伊登尼，他故意向西走，这样伊登尼就不会以为他还会去卡乌璐村寨了。但很快，他就顺着原路折返了回来，如果伊登尼不愿带他去村寨，他就自己偷偷去。

当泰山回到他屠狮的地方时，那个卡乌璐人已经不见了。他以为伊登尼向北进发了，于是追了过去。但没过多久，泰山就意识到他的猎物并没走这个方向。

他迅速转了一个大圈，以捕捉伊登尼的嗅迹。

他在丛林和沼泽中游荡着，过了一个钟头，风神阿舍才终于将伊登尼的气味吹送了过来。当他再一次看到伊登尼时，泰山感到很困惑，这个卡乌璐人竟然在朝着正南方行进。

泰山推算伊登尼这样做的目的是为了甩掉他，抑或是他得到的有关卡乌璐村地址的情报有误。但他相信，如果他一直跟在伊登尼身后，伊登尼迟早会领着他到达他的目的地的。

泰山紧跟在他的目标身后，顺着他从乌达罗酋长的村寨离开的漫漫长路又折返了回去。尽管对泰山来说，伊登尼的身影是那样清晰可辨，但伊登尼却丝毫没有察觉到自己被跟踪了。

泰山饶有兴趣地仔细打量着这位离奇而又充满神秘色彩的人。伊登尼身上的装饰品和他所携带的武器与他之前见过的都不一样。他尤其注意到这个卡乌璐人腰间缠绕着一圈圈的绳索。据他所知，丛林中的其他土著人没有拿绳索当武器的。他想知道伊登尼到底是如何使用它的。

这天傍晚，泰山发觉他们俩离布奇那村寨已经越来越近了。令他吃惊的是，伊登尼突然上了树，他的爬树技巧虽远不及丛林之王，却也相当敏捷灵巧。

他变得十分警觉，不时停下来侧耳倾听。接着，他解开了腰间的绳索。泰山看到绳索的一端有一个活套环。

这时泰山听到远处隐约传来一阵人声，显然，那个卡乌璐人也听到了。只见他转了一下方向，让自己面朝着声音传来的地方。

这一下提起了泰山的兴致，前面这个人摆出了一副猎人的架势，他正在跟踪猎物。泰山预感到一个谜底即将揭晓。

不一会儿，这个卡乌璐人在一片空地旁停了下来，在他下面是一群在田间劳作的妇女，他低头打量着她们，很快便锁定了一位十五六岁的小姑娘，接着，他跳到另一棵树上，靠了过去。

泰山跟了过去，同时目不转睛地盯着卡乌璐人的一举一动。只听他发出了一阵古怪的叫声，这声音格外低沉，那个女孩应该几乎不会察觉。果然，她并没在意，但不一会儿，她忽然转身望着丛林，目光迷离呆滞，用来给玉米地锄草的尖木棒也不由自主地从她瘫软的手中滑落到了地上。

伊登尼还在继续，发出阵阵迫切的、奇异的喊叫声。那个女孩向丛林的方向走了几步，然后又停了下来。泰山能够感受到她的内心正在挣扎，她想要摆脱正在驱使她离开同伴的这股神秘的魔力。但伊登尼的声音听上去是那样强烈，那样迫切。而她如同迷醉一般，精神恍惚地走了过来，痴痴的眼睛盯着伊登尼。

现在卡乌璐人开始退回到密林深处，同时不停地呼唤着，呼唤着身后这个身不由己的女孩。

泰山目睹了这一切，他并未出手相救。在他看来，这个黑人女孩的生命和一头羚羊或丛林中其他动物的生命没什么分别。在他看来，所有人都是动物，包括他自己。没有人比其他动物更高贵，除非他可以凭借他的力量、狡诈或凶残战胜对手。

与这个黑人女孩的性命相比，更关键的是要了解众多女孩失踪迷案的真相，这些女孩据说都是被卡乌璐人劫掠的。

伊登尼诱使女孩进入了密林深处，最后他在一株粗壮的树干上停了下来。

女孩也慢慢地靠了过来，显而易见的是，她已无力主宰自己的意志，那古怪、单调、低沉的嗡鸣声已麻醉了她的知觉。

她最后站在这棵大树下，上面是蹲伏在树杈上的伊登尼，他立即抛下绳套套在她身上。

她既没有哭喊，也没挣扎。只见他套紧这女孩，然后慢慢地将她拉了上来，口中的哼唱仍未停息。

然后，他解开了她身上的绳索，把她瘫软的身子往自己宽厚的肩膀上一扛，转过身便朝着他来的方向进发了。

泰山目不转睛地注视着绑架女孩的全过程，过去那么多女孩子接连不断的神秘失踪终于有了交代。

他知道这些神秘的失踪案会给那些迷信的土著们造成多么大的阴影。除了卡乌璐人那奇异的催眠魔力多少有些令人困惑以外，这一切其实很简单。

他不明白这些土著人是如何将失踪案和卡乌璐人联系到一起的。似乎唯一合理的解释是，过去曾有一些女孩子们格外执着的亲人追踪至此，不经意间撞见了绑架者和受害者。所以尽管他们还不确定他的作案手法，但已经明确了作案者的身份。

这件事与泰山并无干系，因此他没想救这个女孩，他现在最想做的就是跟随伊登尼找到卡乌璐人的村寨。如果慕维洛的女儿布依拉还活着，他相信自己一定能找到她。

伊登尼在树丛间行进了几个小时，直到他确信他已经摆脱了任何潜在的追踪者可能的搜寻范围，而且他也没有留下脚印可供追寻。于是他扛着这个女孩子，下到了地面，这女孩毫无知觉地趴在他的肩上，仿佛一具尸体。

他迈着沉重缓慢的步伐，似乎不知疲倦地向前走着。在他身后的树丛间，泰山仍紧紧跟随。

至傍晚时分，卡乌璐人停下了脚步。他将女孩托到树上，用套住她的绳索把她牢牢地捆住，然后就离她而去了，泰山仍跟在后面。

伊登尼只是找吃的去了，他带着一些水果和坚果回到了她身旁。

被催眠了许久的女孩开始慢慢苏醒。她惊恐万分地睁大眼睛看着向她走来的伊登尼，伊登尼一碰到她，她就畏缩地躲避着。

伊登尼解开绳索，把她放到地面上，他递给她吃的。

此时，这个女孩已完全清醒了过来，她显然意识到了自己所处的困境以及对方的身份，被吓得面无血色的她嚎啕大哭起来。

“闭嘴，”伊登尼呵斥道，“我并没伤害你呀，如果你老实点，我是不会伤害你的。”

“你是卡乌璐人，”惊恐万状的她呜咽着说道，“带我回到我父亲身边，你答应过他，你不会伤害他家人的。”

伊登尼吃惊地看着这个女孩。“我答应过你父亲？”他问道，“我从没见过你父亲，也从没和你们部落的男人接触过。”

“你答应过，当时乌达罗把你绑起来关在小棚屋里，准备杀你，我父亲把你救了出来，你答应他的，因为这件事，你答应过他的。”

伊登尼丝毫不为所动，但藏身在上面树丛中那位冷峻沉默的旁观者却再也不能无动于衷了。原来这就是古平谷的女儿，这可真是机缘巧合，命运弄人呀。

这个女孩的身份为整件事平添了一丝变数，泰山意识到，在那位巫医放走他时，他无意中确实承诺过他的女儿们绝不会受到卡乌璐人的伤害。道义让丛林之王再也坐不住了，但如果他从伊登尼手中把这个女孩夺走并带回到她家人那里，他就无法跟踪这个卡乌璐人到达他们村寨了。但是不管怎样，他无奈地耸了耸肩，为了荣誉，他必须承担这份责任。

泰山在思考他该怎么做，他当然可以直接冲下去把女孩夺走，他知道没什么动物能拦得住他，更别提人了，但他转念就放弃了这个念头。他不希望伊登尼知道是他夺走了这个女孩。也许到了卡乌璐村寨，还能用得着伊登尼呢。他毕竟救过这个人，这一点就连最卑鄙的畜生也不会忘怀的。

他想看看伊登尼晚上怎样处置这个女孩，他打算晚上偷偷把她带走。这样的话，即使出现差错，黑暗中伊登尼也很难认出他来。因此他默默地等待着，就像其他猛兽那样静静地等待着最佳出击时间。

看到这个卡乌璐人丝毫不为所动，这个女孩只得安静了下来。她幽怨的双眼怒视着这位绑架者，心中充满恐惧和仇恨。

很快，夜幕降临，卡乌璐人一把抓住这个女孩重重地摔到地上，女孩像一头雌狮般拼死抵抗，但强健有力的伊登尼很快占据上风并制服了她。他将她双手反绑，双腿紧紧地捆在一起。动弹不得的女孩躺在地上，吓得浑身发抖。

把她绑好后，伊登尼接着说道：“现在你跑不了了，我要睡觉啦，你最好也好好睡一觉，明天还有很长的路要赶，我可扛不动你了。”

女孩一言不发，伊登尼躺倒在她的身旁。一个身影正悄无声息地爬到他们旁边的树上。夜色已深，一片死寂，只有远方隐约传来的几声狮吼还在证明着丛林的生机。

泰山耐心等待着，伊登尼的呼吸开始变得均匀，泰山知道他已经睡着了。但他的睡眠还不够深沉，泰山并不放心。

半个小时过去了，一个小时过去了，伊登尼睡得很香，而那个女孩仍辗转难眠，这太好了，这正是泰山想要的。

他从树丛中探下身，低声对女孩说：“别出声，我马上下来带你回家。”

他轻轻跳下地，甚至连女孩都没察觉到他是什么时候从树上下来的。泰山弯下腰，口中发出提醒女孩安静的嘘声。

女孩害怕极了，但她更害怕那个卡乌璐人，因此泰山扛起她时，她一声也没吭，生怕惊醒伊登尼。泰山扛起她，沿着一条小路悄悄走去。

直到远离伊登尼后，确认安全的泰山才停下脚步，解开了女孩身上的绳索。

“你是谁？”女孩低声问道。

“我就是被你父亲从乌达罗手里救走的那个人。”泰山答道。

她吃了一惊。“这么说，你也是卡乌璐人。”她说道。

“我不是卡乌璐人，我告诉过他们，可他们不信。我是人猿泰山，瓦兹瑞部落的酋长，从你们那里朝日出方向走上几个时辰就到瓦兹瑞部落了。”

“你是卡乌璐人，”她固执地说，“我父亲告诉我的。”

“我不是，管它呢，只要我把你带回到你父亲身旁。”

“我怎么知道你会带我回去？”她问道，“也许你在骗我。”

“如果你不放心，”泰山说道，“我现在就可以放了你。但你一个人孤零零地在丛林中会怎么样呢？狮子或豹子很快就会找到你，即使不会，你也许永远都回不了家。因为你根本不知道在你昏迷期间卡乌璐人带你走的是哪个方向。”

“我还是跟你去吧。”女孩说道。

Chapter 11

七百万美元

布朗和迪波斯沿着兽道朝尖叫声传来的方向奔去。“夫人！”迪波斯喊道，“夫人！你在哪里？出了什么事情？”

布朗跑在气喘吁吁的迪波斯前面。“对呀！小姐，”他高声喊道，“你在哪里？”

“我在这儿，沿着小路过来，”传来一声坚定而又清脆的应答声，“我没事，别担心！”

很快布朗就看到了她，她正从一具豹子尸体上拔出最后一支箭头，身边还有一具被掏空内脏的羚羊尸体。

“这是怎么回事？”布朗问道。

“我刚刚杀死了一只羚羊，”简解释着，“这时，豹子冲过来想要抢夺猎物。”

“你也把它杀死了，”布朗问道，“用弓箭？”

“是呀，我不会是咬死它的吧，布朗。”女孩笑道。

“是它还是你发出的那声尖叫？”

“是希塔，它冲了上来，我一箭就射中它了，它似乎很痛苦。”

“一箭就解决了？”飞行员问道。

“又射了两箭，我也不知道是哪一箭射倒了它，三箭全部命中心脏。”

布朗擦着额头上的冷汗，“我的天！好家伙！”他说道，“小姐，我对你佩服得五体投地。”

“行了，过奖了，布朗，快把羚羊扛回营地，这才是对我最大的奖赏呢。”

迪波斯走上前来，目瞪口呆地站在豹子尸体前。“恕我直言，夫人，我是说这太不可思议了，令人难以置信。夫人，我以人格担保，这绝对难以置信。我不相信除了打鸟，这些小箭头还能做些什么。”

“别大惊小怪了，迪波斯。”简说道。

“我是有点，夫人。”

“我们把这只‘大猫’也带回营地吗？”布朗问道。

“不”，简答道，“它的毛皮太难剥了，而且，王后见到它会崩溃的。”

飞行员扛起地上羚羊的尸体，一行三人返回到营地。

安妮特正望眼欲穿地等待着他们，当她看到三人全都安然无恙时，长长地舒了一口气。

“哦，”她大声说道，“你们真打到猎物了，我都饿坏了。”

“王子和王后在哪儿？”简问道。

安妮特指着棚屋，偷笑着小声说：“布朗和迪波斯刚一离开，他们就跑进去躲起来了。”

话音未落，王子突然出现了，他面色惨白，怒不可遏地说道：“你们两位有什么权力擅离职守，让营地处于一种无人把守的状态。

天知道这里会发生什么，从今往后，你们两个不得同时离开营地。”

“哦，主啊！赐给我力量，”布朗咕哝道，“我真受够了，再也受不了这个笨蛋了。”

“你说什么？”亚历克西斯问道。

“我说你再这样冲我哇啦哇啦地嚷嚷个不停，我就准备给你加冕。”

“什么？”亚历克西斯有些疑惑。

“就是说给你头上来上几下。”

“我想这又是一句奇怪的美国俚语，”王子冷笑道，“我不管什么意思，从你嘴里肯定吐不出象牙。”

“那还用说！”布朗吼道。

“别站在那里争吵了，”简说道，“大家动起来，布朗，请你和迪波斯生一堆火，亚历克西斯，你来切羚羊肉，切成五六大块肉排，安妮特负责烹饪，你会用明火烤肉吗？”

“不会，夫人，不过我可以学，你示范一下。”

王后也从棚屋里出来了。“哦，亲爱的，这是什么呀？”她问道，“哦，血淋淋的，赶快给我拿开。”

“这是您的晚餐，凯蒂。”简说道。

“吃这个？哦，不，会生病的，赶快拿走埋掉吧。”

“好的，夫人，这可是您减肥的好机会，”布朗说道，“如果你不吃这东西，就没东西吃了。”

“布朗，你怎么敢含沙射影地说不让我吃东西呢？”王后质问道。

“我不是不让你吃东西，我是想告诉你除了这个没其他吃的了，你不吃这个，就没得吃了，就这么简单。”

“哦，可我吃不下这个，真的，亲爱的，这气味我实在受不了。”

一个小时还没过，王后就已在狼吞虎咽地吃着羊排了。“这太刺激了，”她好不容易才得闲，说道，“我是说，难道我们不像是在野炊吗？”

“确实像。”简淡淡地答道。

“太可怕了，”亚历克西斯说道，“这羊排没烤熟，安妮特，从今往后，我只吃那些熟透的。”

“公子哥，你有什么吃什么，知足吧，”布朗说道，“从今往后，对安妮特或对我们其他人说话时不许用这种语气。”

迪波斯显得非常尴尬，当他所谓的社会底层的人对他眼中的贵族阶层的人没有表现出应有的恭顺时，他总会这样。“夫人，请允许我冒昧地问一下，”他对简说道，想要岔开话题，“我能否问一下我们怎么逃离这里，回归文明社会呢？”

“迪波斯，我也一直在考虑这个问题，”简答道，“你看，我们个个体力充沛，我们可以顺着这条小溪找到一条河流，然后我们肯定能找到一处土著村落。在那里，我们不仅可以弄到些食物，还可以雇向导和挑夫将我们带到一个有欧洲人居住的定居点，就算做不到这些，至少可以雇些信使把我们的消息传递出去。”

“我觉得这主意不错，夫人，我希望尽快出发。”

“但我担心我们有人受不了长途跋涉。”简说道。

“我想你指的是我，亲爱的，”王后说道，“我其实很喜欢漫步，我记得我曾经每天早晨出去走上个一英里路，但那是在我亲爱的彼得斯先生过世之前。他坚持让我这样做，他是个热爱运动的人，他每周三下午都会去打高尔夫球。但他去世后，我就放弃了，脚太疼了。”

“我们可以做个担架，”亚历克西斯提议，“我在电影里看到过，布朗和迪波斯可以抬着王后。”

“是吗？”布朗问道，“那谁抬你呢？”

“哦，我觉得这是个好主意，我是说，我觉得这样问题就解决了，”凯蒂大声说道，“我们可以做个双人担架，这样我们两个人都能坐下了。”

“为什么不做个四人的？”布朗问道，“这样我和迪波斯可以把你们都抬上。”

“哦，不，”王后嚷嚷道，“恐怕那样对你们来说太重了。”

“这家伙在挖苦我们呢，亲爱的，”亚历克西斯说道，“但他们不抬你是毫无道理的。”

“有一个道理。”布朗说道。

“我洗耳恭听，是什么道理呢？”凯蒂问道，“我是说，你和迪波斯没有理由拒绝抬我呀。”

“凯蒂，这绝对不可能，”简严厉地说道，“你根本不知道你在说什么，两个人根本不可能抬着另一人走出这片丛林，不管你怎么想，我们这样走，连一个小时都坚持不下来。”

“哦，我亲爱的简，那我该怎么办，永远待在这里吗？”

“我们得挑一两个人出去求救，其他人仍待在营地，这是唯一的办法。”

“谁去呢？”布朗问道，“我和迪波斯吗？”

简摇摇头。“恐怕迪波斯做不到，”她说道，“他在这方面毫无经验，他最好还是留在营地。我想你和我一起去。我们两人对非洲熟悉些，也懂得如何在丛林中照顾自己。”

“我没想到这些，”布朗说道，“但我知道我们俩不应该离开这里，丢下这几个人，这几个人是我见过的最无助的废物。”

斯波洛夫夫妇对布朗对他们这番生硬的评价非常不满，但他们没有说话，迪波斯显得有些惊讶，安妮特把脸转了过去，暗自发笑。

“我告诉你该怎么做，”飞行员接着说道，“你留下来照顾好这些人和营地，我出去寻求帮助。”

“我不信任他，简，”亚历克西斯说道，“一旦他离开，就不会再回来了，他会丢下我们在这里等死的。”

“胡说，”简厉声道，“布朗说得对，我们两人不能同时离开你们，你们没人有丛林生活经验，你们不会觅食，不会保护自己。不，我们必须留下一位，鉴于我在丛林中跑得最快，还是我出去求助吧。”

但这个计划也遭到了反对。亚历克西斯眯着眼睛盯着这个女孩，他似乎在仔细打量她，脸上现出猥琐的表情。

“你不该一个人去，简，”他说道，“你是对的，我在营地也帮不上什么忙，我和你一块儿去吧，你需要人保护。”

布朗哈哈大笑起来，冒失粗鲁的笑声听上去格外令人气恼，王后一脸惊愕。

“什么，亚历克西斯，”她喊叫道，“真想不到你会不顾简的名誉，提出如此荒唐透顶的请求。”

简也大笑不止。“我亲爱的凯蒂，”她朗声说，“别犯傻了，我当然不会让亚历克西斯和我一起出发，但不是出于你说的原因，当人处于危急时刻，是不会考虑那么多传统观念的。”

“那当然。”王子附和道。

“那好，”王后坚决地说，“亚历克西斯可以去，但他去，我也要去。”

“好吧，”亚历克西斯说道，“是你把事情搞得一团糟。现在又想阻止我们脱离困境，如果不是你，我们就能一起离开。就事论事，如果不是你和你的飞行员，这场灾难本来就不会发生。”

“哦，亚历克西斯，”王后抽泣道，“你怎么能这样对待我呢？你不爱我了吗？”

他鄙夷地瞟了她一眼，转身离开了，众人陷入一片尴尬，终于简打破了沉默。

“我明早出发，”她说道，“明天一早，布朗，我离开后，你觉得你能够为这些人提供食物吗？”

“如果他们口味清淡，要求不高的话，我想我能。”他咧着嘴笑了笑，答道。

“你知道哪些植物和水果能吃，哪些不能吗？”她问道。

“我认识的那些还能应付，”他说道，“其他的我是不会碰的。”

“那就好，对食物和饮水的挑选要格外小心。”

布朗笑道：“我们也没那么多可供仔细挑选的。”

丛林的夜晚是清凉的，大多数人围坐在篝火旁，温暖惬意，只有亚历克西斯一个人待在远处，郁郁寡欢。他站在男人的隔间里，恶狠狠地瞪着那些火光中的倒影，他那双阴暗邪恶的双眼落在了他妻子身上。此时王后正背对着他，所有人都没注意到他那充满憎恶的神情。在他狭隘的内心深处包藏着不可告人的恶念，在远处篝火隐隐的映照下，他现出了原形，一个渺小、卑鄙、内心阴险邪恶的骗子。

接着，他的目光转向简，表情立刻起了变化，他垂涎欲滴地舔舐着自己的嘴唇，他那松垂丑陋的双唇。

他又转头盯着他妻子浮想联翩。“如果不是你，”他想，“不是为了你的七百万美金，我真不想待在这个鬼地方，布朗，那家伙，我真想宰了他。安妮特长得也不错。七百万美金，巴黎、尼斯、蒙地卡罗，这个老蠢猪，简真美，我觉得这个老蠢猪永远都死不了，死、死、死，七百万美金。”

篝火旁，简正在排班守夜。“我想安排三个班次，每班三个小时就足够了，”她说道，“主要是看护好这团篝火，如果有动物靠近，黑暗中你会看到它们闪烁的眼睛，一旦它们靠上来，就点燃一根火把朝它们扔过去，它们都怕火。”

“哦，亲爱的，我也必须守夜吗？”凯蒂哭诉道，“我干不了，真的，我是说，让我晚上一个人坐在这里？”

“不，亲爱的，”简说道，“你不用值班，安妮特，你能行吗？你觉得自己可以吗？”

“我能行，夫人，”这个女孩答道，“别人能干的，我也能。”

“真是个好女孩。”布朗说道。

“恕我直言，夫人，”迪波斯毕恭毕敬地说道，“我认为应该由我们三个男人守夜，不应该由女人承担。”

“我认为迪波斯说得太对了，”王后说道，“但我认为亚历克西斯真的不适合守夜，他怕冷，夜晚的寒气会冻坏他的。我想现在我该去睡觉了，安妮特，来帮我一下。”

“你也该睡了，”布朗说道，“你明天一早就要出发，需要好好地睡一觉。”

简站起身。“也许你是对的，”她说道，“晚安。”

简走后，布朗看了下手表，“现在是九点，迪波斯，你值守到午夜，然后叫醒我，我接着值班到三点钟，然后是那位大人，我们伟大的公爵将守夜到天明。”

“说真的，布朗先生，如果你指的是王子，我相信他可不喜欢守夜。”

“噢，他必须守夜，”布朗说道，“他会喜欢的。”

迪波斯叹气道：“如果不是王后，我们就不会待在这里了，我可不喜欢待在这里苦等下去，我感觉如果格雷斯托克夫人一走，就会有不幸的事情发生，她是唯一能做事的人。”

“是的，”布朗说道，“这个老女孩确实是个麻烦，你可以去把她干掉，迪波斯。”布朗笑着站起身，伸了个懒腰，“我要去睡了，迪波斯，午夜叫醒我。”

斯波洛夫正坐在棚屋入口，距离篝火仅几步之遥，布朗进门时，他对布朗说道：“我刚才无意中听到了你们的话，我非常乐意守夜，三点钟叫我，我会值班的。我现在去睡了，我睡得很死，要叫醒我可能会很难。”

这个人突然态度大变，委实让布朗大吃一惊，他一时竟无言以对，只是哼了一声便走进了棚屋。斯波洛夫跟了上来，也躺下来。不一会儿，布朗便睡着了。

午夜时分，当迪波斯叫醒他时，他好像还远远没有睡够。

他值班没过几分钟后，安妮特便出来陪他了。她坐到了他的身旁。

“小姑娘，你这么早出来究竟有何贵干呀？”

“大约半小时前，我被什么东西吵醒了，”她说道，“之后便再也睡不着，我还没搞清楚究竟发生了什么，就突然被惊醒了。我感觉有人爬进了我们这边，你知道，我们的门上挂着帘子，屋里一片漆黑。”

Chapter 12

深夜凶杀案

“也许你听到的是格雷斯托克夫人在屋里走动时发出的响声。”布朗提醒道。

“不，”安妮特说道，“我能听到她的呼吸声，她睡得很熟。”

“那就是那个老女孩。”

“也不是，我醒后，听到了她咕咕哝哝的喘息声，我想可能是她在打鼾，但突然就停下来了。”

“小姑娘，那我猜你可能是在做梦吧。”布朗说道。

“也许，”女孩说道，“但肯定有奇怪的声响惊醒了我，我睡眠一向很好，我一定听到了人的动静。”

“也许现在你应该回去再睡上一觉。”他劝道。

“真的吗？布朗先生，我睡不着，我现在彻底醒了，但我还是觉得有些反常，好像……哦……我也不知道。”

她压低了嗓音：“好像有什么可怕的事情发生了。吓人的事情，你不介意我在这里和你待一会儿吧？布朗先生。”

“当然不介意，小姑娘，你和格雷斯托克夫人是这里头脑还算清醒的人，剩下的人全都是疯子。”

“你不喜欢他们吗？布朗先生。”

“嗯，老女孩人不坏，就是麻烦。迪波斯也很好，就是一干正事就犯迷糊。”

“还有一位呢？”安妮特追问道，“我看你不太喜欢他。”

“他？他是最不值一提的家伙。”

“对，我也不喜欢他，布朗先生，我怕他。”

“怕他？你怕他什么？”

“在伦敦他对我说了一些不该和体面女孩说的话。”

“哦，是脏话吧，”布朗愤愤地说，“以后他要是再对你无礼，告诉我，我要好好地教训他一下。”

“你会保护我吗？布朗先生。”她一双乌黑的大眼睛深情地望着他，问道。

“那还用说！”

女孩叹息道：“你是那么高大强壮。”

“你知道吗？”布朗说道，“小姑娘，我很喜欢你。”

“我很高兴，我觉得我也喜欢你。”

布朗沉默了一会儿，说道：“如果我们能逃出去……”他欲言又止。

“嗯？”她追问道，“如果我们能逃出去，然后呢？”

他显得有些慌乱，手忙脚乱地拿起一块木柴，丢进了火里。

“我在想……”他支支吾吾起来。

“你在想什么呢？”

“我在想你和我可以……可以……”

“可以怎样？”她喘息着激励他说道。

“我想说，你不必称呼我布朗先生。”

“那我叫你什么？”

“我的好朋友们都叫我阿芝。”

“多有趣的名字，这名字我从没听到过。什么意思呢？这是你的真名？”

“这是我家乡的名字，芝加哥的芝。”他解释道。

“哦，”她“扑哧”一笑，“那这名字应该拼读成‘芝’，而不是‘怯’，我还以为你拼成了后面那个字呢。”

“以前从没有人说我胆怯，”他说道，“但我想你是对的，我一和你说话，舌头就打结。”

“这个比喻太好玩了，你们美国人都很有趣。”

“哦，这我倒没意识到，”他说道，“我一直觉得外国人很有趣。”

“我有趣吗？”

“哦，你有时候也非常有趣，你逗起人来，非常可爱。”

“真的吗？很高兴你喜欢，布朗先生。”

“阿芝。”

“阿芝，你还有别的名字吗？更顺口点儿的。”

“有，我真名叫尼尔。”

“这名字很棒。”

“安妮特这个名字也很棒呀，我特别喜欢这个名字。”

“你喜欢这个名字？”

“是的，还有你本人，我很喜欢你。”他伸手抓住了女孩的手，把她拉到身旁。

“不，不要这样，”她尖声说道，抽回了自己的手，突然她大声叫着，“哦，看，看。”她用手指着什么。

布朗顺着她手指的方向望去，只见黑暗的丛林中幽幽地闪烁着两束黄绿色的光。

安妮特立即靠了过来，紧紧地依偎在布朗的身旁。

“那是什么？”她惶恐不安地小声问道。

“别怕，亲爱的，它只是看着我们，不会伤害我们的。”

“那是什么？”她问道。

“我在黑夜见过牛的眼睛，就像这样，”他说道，“也许是头牛。”

“但你是知道的，那不是牛，森林里没有牛，你只是不想吓到我。”

“好了，既然你也说了，丛林里没有牛，那不管它是什么，我把它吓跑就行了。”他弯腰从篝火中拾起了一根木柴，木柴的一端还燃着烈火，然后就站起来朝着那灼灼发亮的眼睛投了过去。

远处火星四溅，一阵咆哮声过后，那双眼睛消失了。

“这就把它打发走了，”他说道，“你看，这多简单。”

“哦，你太勇敢了，尼尔。”

他坐在她的身旁，这次，他鼓足勇气，伸手抱住了她。

她叹了口气，紧紧地偎依着他。“一个好姑娘不该这样做，”她说道，“但这样让我感觉很安全。”

“小姑娘，你的生活不是一直很安逸嘛。”布朗说道。

“你觉得那双眼睛还会回来吗？”她打了个冷战，问道。

“小姑娘，我现在不去想那双眼睛。”

“噢。”

等布朗想起来去叫斯波洛夫的时候，三点钟早过去了，当王子来到篝火旁时，他显得非常紧张不安。

“你晚上听到或看到什么了吗？”他问道。

“不知是什么东西跑了过来，看着我们，”布朗说道，“我扔了根火把过去，把它打跑了。”

“营地里一切正常？”他问道。

“当然，”布朗答道，“一切正常。”

“我睡得很香，期间可能会有什么事情发生，”王子说道，“从我躺下睡觉到你叫醒我的这段时间，我对发生过的事情一无所知。”

“好的，我想我也得去打个盹儿了，”飞行员说道，“小姑娘，你最好也回去睡觉吧。”

他们并肩朝棚屋走了几步，她突然打了几个寒战。“我不想回去，”她说道，“我也不知道为什么，就是害怕。”

“别傻了，”他说道，“没有什么能伤害到你，刚才只不过是一场梦。”

“我不知道是什么，”她答道，“但我还不确定那是不是梦。”

“好吧，做个听话的女孩子，回去吧，我睡觉时也会时刻保持警惕的，如果你再听到什么动静，叫我好了。”

天刚亮，布朗就被隔壁传来的一阵刺耳的尖叫声惊醒了。

“我的天！”迪波斯喊道，“怎么回事？”布朗早已站起身，冲到了女士的隔间。借着晨曦，他看到斯波洛夫站在篝火旁，面如死灰。他有气无力地张大了嘴，眼睛直直地盯着女士们居住的隔间。

刚进隔间，布朗就与向外冲出的安妮特撞了个满怀。

“不，尼尔，”她哭喊道，“那不是梦，昨晚发生了可怕的事情。”

他越过女孩，进到隔间里面，简目瞪口呆地站在那里，愕然凝视着地上的斯波洛夫王后。

“上帝呀！”布朗大喊道，“凯蒂死了，她的头被人劈了。”

“太可怕了，”简喘着粗气说道，“谁竟然做出了这种事情？”

迪波斯也跑进了隔间，看到这恐怖的一幕，他却默不作声，面无表情地站在那儿，真是仆人的楷模。

“王子在哪里？”简问道。

“他在守夜，”布朗说道，“我进来时，他正站在篝火旁。”

“快去通知他。”她说道。

“我想不必通知他了。”布朗说道。

简迅速抬起头，看着他。“哦，不是他吧！”她喊道。

“那会是谁呢？”飞行员反问道。

“如果可以的话，夫人，”迪波斯自告奋勇道，“我去通知殿下大人吧。”

“好的，迪波斯。”

迪波斯跑了出去，王子仍站在那儿盯着棚屋，但当他看到赶来的迪波斯时，他强打起精神。

“那里发生了什么事情？”他问道，“安妮特为什么尖叫？”

“王后殿下出事了，她……她……死了。”

“什么？谁？不可能。她昨晚睡觉时还好好的。”

“她被人谋杀了，殿下大人，”迪波斯说道，“啊，太恐怖了！”

“谋杀！”他仍站在原地，并没有想进入棚屋的意思，他看着简和布朗走出棚屋来到他面前。

“真令人发指，亚历克西斯，”简说道，“我无法想象谁会干出这种事，为什么？”

“我知道是谁干的，”亚历克西斯激动地说道，“我知道是谁，也知道是为什么。”

“那你说，是谁？”简问道。

亚历克西斯颤抖着指了指布朗：“昨天晚上我听到这个人指使迪波斯去杀她，他们两人中必有一个是凶手，但我相信不是迪波斯。”

“斯波洛夫王子，我不相信是他们两人中的任何一位干的。”简说道。

“那问问迪波斯是不是布朗叫他去杀她了。”斯波洛夫吼叫道。

简疑惑地看着迪波斯。

“哦，夫人，布朗先生确实让我干掉她，但这只是一句玩笑话，夫人。”

“她是怎么被杀死的？”王子问道。

简看上去有些困惑:“哦，对了，一定是那把短柄斧，斧子呢？”

“找到斧子，就能找到凶手。”斯波洛夫说道。

“也许他已经把斧子扔掉了。”简说道。

“他不可能扔掉，三点钟往后，我就一直在这里守夜，期间安妮特进入女士隔间后，便没有人再进去过。无论他是谁，他只可能把凶器藏起来。”

“这件事在你值班前就已经发生了，”安妮特说道，“这件事发生在布朗先生守夜前。我当时被惊醒了，我现在明白了，我还以为她是在说梦话,在打呼噜呢。原来是她临死前嘶哑的喘息声。哦，这太可怕了。”

“安妮特，这是什么时候的事情？”简问道。

“是迪波斯值班期间，大约在布朗开始值班半小时之前，我当时怎么也睡不着了，就出去找布朗了，我们在一起坐着，直到叫醒王子。”

简扭头看着迪波斯 :“你去叫布朗时，他睡着了吗？”

“睡着了，夫人。”迪波斯答道。

“你怎么知道的呢？”

“是这样，一是靠判断他的气息，另外我当时费了好大力气才把他叫醒。”

“他可能是假装的。”斯波洛夫说道。

“当你进去叫布朗的时候，王子睡着了吗？迪波斯。”

“他好像也睡着了，夫人，我当时举着火把进去的，看得很仔细。”

“我想他是真睡着了，我是装睡着的。”布朗说道。

“去找那把短柄斧。”斯波洛夫说道。

“好的，你会找到的，”布朗呛声道，“我不知道去哪里找。”

“迪波斯说你们两位都睡着了，那么迪波斯、安妮特和我的嫌疑最大。”简说道。

“这简直是无稽之谈，”布朗说道，“我们都清楚不可能是你和安妮特干的，你们两位排除，我绝对相信我没干，我几乎可以肯定也不是迪波斯干的，这位老太太的死只会对我们中的一个人有利。”

“你从中得到的好处不会比我们任何人少。”斯波洛夫恼怒地说。

“你知道自己性命堪忧，如果不能尽快逃离这里就会被困死在这个地方。你自己清楚，你也说了，受到我老婆的拖累，我们明天不能一块儿出发了。老兄，我知道你是怎么想的，你知道王后无论如何也走不出去了，因此就动手杀了她，一了百了。”

“好吧，夏洛克·福尔摩斯，既然你都猜到了，你想怎么样呢？”

“去找短柄斧。”斯波洛夫重复说。

“好吧，”简说道，“你们男士去搜查女士居住区，安妮特和我去你们男士那里搜。”

斯波洛夫跟着简来到男士隔间门口。“我不能看见她的惨状，”他说道，“我想保留她活着时的样貌的记忆，就是我最后一次看到她的样子。”

简点点头："那就帮我们搜这里吧，除了作为男士们床铺的干草垫外，这里也没什么好搜的。"

简检查亚历克西斯睡过的地方，亚历克西斯负责迪波斯的铺位，安妮特在布朗睡的地方翻查着。没过多久，安妮特的手就摸到了一件冰冷坚硬的东西。一碰到这个东西，这个女孩就僵住了，仿佛她凭直觉就能知道这是什么东西似的。安妮特哆嗦了一下将手拿开，她此时默默无语，神情紧张地待在那儿，她的大脑在飞速旋转，最后她站了起来，说道："这里什么也没有。"

斯波洛夫立刻瞟了她一眼，这时简也说道："这里什么都没有。"

"迪波斯的铺位也什么都没有，"亚历克西斯说道，"但是，安妮特，也许你搜得还不够仔细，让我看看。"

她迎面朝他迈了一步，好像要阻止他。"何必呢？"她说道，"既然没有，何必浪费时间再搜一遍呢？"

"无论如何，我还是得看看。"亚历克西斯说道。

他弯下腰，把手伸进干草下面，很快，他说道："在这里，我不知道你为什么没找到，安妮特。"接着，他又冷笑着说："你一定有你自己的考虑吧。"

他将短柄斧从干草垫中抽出，并高高举起展示给大家，斧头还血迹斑斑。

"这下你明白了吧，简？"王子得意地问道。

"我不相信是布朗干的。"她说道。

"那你相信是我干的吗？"

"说实话，亚历克西斯，是的。"

"好吧，现在你有足够的证据证明是谁干的，你该怎么做？这个家伙应该被处死。"

"处死谁？"布朗质问道，他和迪波斯站在门口。

“布朗，我们在你的铺位上找到了这把短柄斧，”简说道，“王子手里拿着呢，你看，上面还有血迹。”

“哦，这么说是你栽赃的喽，对吗？你这个令人作呕的小崽子。还想陷害我？嗯？”

“我不知道你在说什么，”亚历克西斯说道，“我只知道你昨晚说过的话和我在你铺位上找到的这件东西。迪波斯已经证实了你说过的话，格雷斯托克夫人和安妮特都看到了，我是从你这儿找到了这把被窝藏起来的斧子。”

布朗用质疑的眼光环视着大家，难道这些人相信是他干的吗？他意识到现在他们手头上的证据对自己极为不利。

“好吧，”他说道，“你们该不会把我绞死吧。”

Chapter 13

阴　谋

和泰山分别后，慕维洛率领的一小队瓦兹瑞武士们一路向西跋涉，这一行十人沿着蜿蜒的林间小径默默行进，一路上他们没有欢声笑语，也极少相互交谈，他们说话时会压低嗓音。这是一片陌生的地域，他们并不了解这里的风土人情，他们一举一动都会十分小心，并时刻保持着警惕。

他们希望今天能见到布奇那人，这个部族居住在离卡乌璐人最近的地方，他们希望能得到泰山的消息。

突然，在嘈杂的丛林中，传来一只兴奋的猴子“叽叽喳喳”的啼叫声，很快，一个熟悉的身影从树上蹿了下来。

“是内其马，”慕维洛说道，“老爷一定就在附近。”

小内其马啼叫着跳到了慕维洛的肩上，只见它激动地手舞足蹈，口中“叽里咕噜”叫个不停，接着它又跳到了地上，一边向前跑，一边回头张望，嘴里“叽叽喳喳”地尖叫着。内其马一直向前跑去，但一跑到路口拐角处，快要看不到慕维洛他们时，它就又会转身跑回来拽着慕维洛的裤腿，然后又向前跑去。

“情况不妙，”一个武士对慕维洛说道，“小内其马想告诉我们什么。”

“它在催我们快点，”慕维洛说道，“老爷可能出事了。”接着他便跑了起来，其他人也紧随其后，但内其马仍在不停催促他们跑得快点。

部落武士们从小饱经磨炼，和常人不同的是，瓦兹瑞人可以像这样一直长途高速奔跑而不会感觉疲倦。

他们黝黑光滑的肌肤上早已汗水涔涔，伴着均匀的呼吸，宽厚的胸膛起起伏伏，他们肌肉发达，动作灵巧，堪称原始野人的典范。此外，他们手环和脚环上的那些奇异的图案、他们的武器和盾牌，还有头顶灵动飘逸的白羽毛，更是为这幅充满原始野性美的画卷平添了几分生气。

事实上，这群人会让任何部族的人内心感到敬畏甚至恐惧。

就这样，在内其马的引导下，他们越过丛林，来到了一片空地。他们面前的原野上有一二十个妇女在田间劳作，远处就是布奇那人的酋长乌达罗的村落。

听到警报声，妇女们尖叫着逃回了村子。

布奇那武士拿起武器跑出来接回了他们的女人，当所有女人全部跑回村寨后，一些武士立即关闭了大门，同时另一些武士爬上栅栏内侧的城楼上开始向敌人放箭。

看到四散奔逃的女人和一座村寨，慕维洛命令武士们停止前进，他感到布奇那人怀有敌意，但他认为这是因为布奇那人不清楚他们的来意。

内其马开始变得兴奋起来，挥舞着双手，它拼命地大声聒噪着，想告诉他们它的主人正是被囚禁在这座村寨里，让它大惑不解的是，这些高曼咖尼人为什么听不懂它的意思呢。除了它的表亲、它的兄弟姐妹，还有泰山以外，似乎没人懂它。他们一定都很愚蠢。

慕维洛让他的同伴们停下后，独自一人慢慢朝村寨栅栏走去，同时打出和平的手势，让村民们明白他们此行并没有敌意。

乌达罗酋长此时正站在城楼上，他俯身看了一下这一行人，这些人的确都是武士，但仅有区区十个人，看到对方打出和平的手势，他很高兴，不过这些人也许只是前锋，谁知道他们背后的丛林里还藏匿着多少人马。

慕维洛来到村寨栅门前停下，他抬头仰望，乌达罗首先打破了沉默。

“你是什么人？来这里有何贵干？”他质问道。

“我是瓦兹瑞人的酋长慕维洛，我们来这里是为了见我们的大酋长泰山，或者得到他留下的口信。”

站在乌达罗身旁的巫医古平谷，此时内心正饱受煎熬，有苦难言的是，他不敢泄露他放走泰山的秘密。泰山曾承诺卡乌璐人绝不会偷走他女儿，但泰山刚一离开，他最宠爱的女儿奈卡就失去了踪影。

古平谷相信泰山的确是卡乌璐人，正是泰山回来偷走了他女儿。他的内心充满忿恨，他记得泰山也承认自己是卡乌璐人，经过一番揣测琢磨，他认为眼前的瓦兹瑞人不是卡乌璐人的走狗，就是他们的帮凶。

“乌达罗，不要相信他们，”古平谷对酋长说道，“他们是那个逃跑的卡乌璐人的手下，那个人一定是派他们来复仇的。”乌达罗低头怒视着慕维洛，并在盘算着什么。

乌达罗想找卡乌璐人复仇，又怕遭到报复。他不知道对面丛林中埋伏着多少人马，在做出决断前，他必须先理清思路。

看到对方没有回应，慕维洛显得有些不耐烦。“我们没有恶意，”他说道，“我想问的是，我们的老爷泰山在这里吗？”

“你看，”古平谷对乌达罗耳语道，“他也承认那个卡乌璐人是他的主子。”

“他不在这里，”乌达罗说道，“我们不认识这个人，也不清楚你们的来意。”

“你撒谎，”慕维洛说道，“泰山的朋友——小猴子内其马，带我们来到这里，如果泰山没来过这里，它是不会带我们来的。”

“我并没有说泰山没来过这里，”乌达罗反驳道，“我只是说他不在这里，我不认识他，也不知道他离开这里之后又去了哪里。”

“如果……”

“你们十个人没有什么好怕的，”乌达罗说道，“你们十个人可以进入村寨，我们可以谈谈，如果你们果然没有恶意，你们就进来吧，如果你们不敢进村，那就说明你们是来开战的。你也看到了，我手下武士众多。虽然我们不想打仗，但也不怕打仗。”

“我们确实没有敌意，”慕维洛答道，“但武士不能不带武器，如果你确实有那么多勇猛的战士，为何怕我们区区十个人呢？”

“我们并不怕你们这区区十个人，”乌达罗说道，“你们十个人可以携带武器进来，但其余的人不能靠近村寨。”

“我们没有带其他人来，”慕维洛说道，“只有我们这些人。”

乌达罗终于得到了他想知道的信息。“你们可以进来，”他说道，“我马上打开大门。”接着他扭头和古平谷耳语起来。

慕维洛示意他的人过来，门开了，他们径直走进了布奇那村寨。

乌达罗和古平谷走下城垛，一起朝酋长的屋舍走去，他们边走边比划着手势，喋喋不休地耳语着，古平谷在辩解着，乌达罗一边允诺一边下达着命令。

在酋长屋舍前两人分开了。乌达罗留下来迎接访客，而古平谷则步履匆匆地赶回了他自己居住的小屋。

瓦兹瑞人一进村，就被武士们团团包围，他们被带到了酋长屋舍前。乌达罗正在那里等候。

然后，非洲土著们便开始了他们熟知的漫长谈判历程，没完没了说着客套话，但最后还是无果而终。乌达罗称泰山不在村落里，对他的去向更是一无所知，他也不知道卡乌璐人的情况，对他们的住所更不知情。慕维洛根本不相信他的这些话。

与此同时，古平谷正在他的屋舍内忙着研磨草药，他通过熬煮从这些草药中提取药水，他的口中一直念念有词。古平谷的这些举动非常可疑，他面对熬制的药水念诵着咒语，面前却没有摆放驱邪符，而是一直用魔杖或响尾蛇尾搅动着汤汁。他一个人在那里忙碌着。

在布奇那武士与他们的访客交涉以及古平谷熬制草药的同时，村寨的女人们也正按乌达罗的吩咐紧张忙碌地筹备着一场宴会。空地旁边的树丛里，一只抓耳挠腮的小猴子一直在焦躁不安地等待着，它还以为它的主人仍被关在村子里的一间小窝棚里，它在等待着释放它的主人。

终于，手里拿着一个装满药汁的小葫芦的古平谷从屋舍里走了出来，他径直走到那些正为宴席酿造土制啤酒的妇女们面前。

这些女人正把酒装进一个个小葫芦里以便武士们能够相互传递品尝，古平谷找到了那位负责为仪式专用的大葫芦装酒的女人。这个葫芦将由酋长传递给来访的武士们，他们两人窃窃私语了一会儿，古平谷便留下盛满药汁的小葫芦离开了。他从瓦兹瑞人身后走过，赶到了谈判现场。迎着乌达罗的目光，他点头示意了一下，酋长立即鼓了鼓掌，命令宴席开始。

女人们端着酒菜，走上前来，领头的手中捧着一只装土制啤酒的仪式专用葫芦。乌达罗从她手中接过葫芦，默默捧到嘴边，只见他喉咙“咕噜咕噜”作响，做出豪饮的姿态，但事实上，他滴酒未沾。接着，他把葫芦递给慕维洛，慕维洛喝了一大口又传给了他身边的瓦兹瑞武士们。就这样，他们所有人传递完毕，最后一位也喝完了，这个女人站在那里等待着收回这只葫芦，虽然里面还有酒，但其他女人立即端上来很多其他的小葫芦供布奇那武士们饮用。慕维洛及其手下并未察觉异常，因为他们亲眼看到乌达罗就是用他们用的葫芦饮酒的。

接着，食物端了上来，但慕维洛还没开始吃，就感觉自己有些神情恍惚，他目光迷离地看着他的同伴，他的眼睛怎么了？为什么一切开始变得模糊起来？他看到他的手下一个个目光呆滞地坐在那儿，身体也像醉汉一样摇摇晃晃起来。瓦兹瑞酋长慕维洛跌跌撞撞地站起身来，从腰间抽出长刀。“杀呀！”他大喊道，“我们被下毒了。”但紧接着他一个趔趄摔倒在地上。

余下几位瓦兹瑞人想要站起身来，但古平谷调制的药汁很快便发挥作用了，慕维洛发出号令之后，乌达罗一声令下，布奇那武士们也纷纷跃身而起，但还没等他们举起手中的长矛，瓦兹瑞人便一个一个地倒在了地上。

布奇那武士们面面相觑地看着眼前这奇怪的一幕，古平谷的阴谋只有乌达罗和那个女人知道。

横七竖八的瓦兹瑞人躺倒在地上，巫医一跃而起，跳到那里，他拍着自己的胸脯，洋洋得意地说：“古平谷奇效百出的草药能打倒所有布奇那的敌人，甚至连了不起的卡乌璐人也不在话下。”

“杀！”一个女人大喊道，其他人也跟着齐声高喊，“杀！杀！

杀！”

“等一下，”乌达罗说道，“把他们先绑好，别让他们跑了，然后关进曾关押那个卡乌璐人的棚屋里。我会派信使通知布奇那人的其他村寨，等到明晚月圆之夜，大家载歌载舞，开怀畅饮，一起吃掉这些敌人的心脏。”

众人齐声高喊着，一致赞同这个提议，武士们立刻将这些俘虏绑了起来，抬进了曾经关押泰山的那间棚屋里。

丛林边的小猴子仍在眼巴巴地望着村寨的大门，它突然眼前一亮，看到了几个武士的身影。只见这几个身形矫健的年轻人轻快地奔跑着，四散开去。他们不是它想见到的瓦兹瑞人，小猴子又变得消沉起来。

好几个小时过后，麻醉药才渐渐失去了效力，瓦兹瑞人逐渐开始恢复了意识，又过了好一会儿，他们才慢慢意识到自己的困境。他们感到头晕恶心，想动弹却动弹不得，原来手脚都被捆了起来。

“我明白了，”慕维洛说道，此时他们都已恢复了意识，“那个酋长在骗我们，我应该小心点的，不应该喝他的啤酒，更不应该让你们和我一起喝。”

“我看到他喝了，还以为没问题。”一个武士说道。

“他假装的，”慕维洛说道，“这个乌达罗真可恨。”

“你说他会如何处置我们？”

“我不清楚，”慕维洛说道，“你说呢？”

“我曾听说过这些布奇那人的事情，我听说他们是食人族，他们会吃掉敌人的心脏，他们相信这样做会让他们变得勇敢，因为他们全都是懦夫。”

“他们会吃掉我们的心脏吗？”

“是的。”

“什么时候？”

“这我就不知道了，如果我们看到他们在准备宴席，那我们就知道我们的死期到了。”

“那我们就这样束手待毙，像山羊那样被宰杀吗？”

“如果我们当中谁能挣脱绳索，那我们就能像瓦兹瑞武士那样，战斗至死了。”慕维洛答道。

“如果老爷得到消息，”一个年轻人说道，“他一定会来救我们的。”

“我想乌达罗已经杀了他，并把他的心吃掉了。如果真是那样，我也不想活了，如果老爷死了，我活着还有什么意义？”

“我也是，”另一个武士说道，“我头晕、恶心，难受极了，我甘愿去死。”

夜幕降临，没有人来这间棚屋给他们食物和水，他们个个苦不堪言，慕维洛尤其懊悔自己不该落入陷阱，他非常惭愧，觉得唯有一死才能弥补他的过错。

困顿中的他们还有个难兄难弟，它就是躲在村外树林中那只浑身哆嗦、瑟瑟发抖的小猴子。听到狮子的咆哮声、豹子的怒吼声，它尽可能高地爬到树梢上。它蜷缩在那里，浑身战栗，生怕有什么猛兽冷不丁地扑上来把它吃掉，这就是小内其马的生活。

Chapter 14

健忘的内其马

巫医古平谷的女儿奈卡，只得跟在她的新劫持者身后，她没有选择，一个人留下，不仅会成为丛林中猛兽的猎物，还会被隐没在这片黑暗森林中的妖魔鬼怪戕害。一开始，她没有抱任何希望，但是慢慢地，她发现这个一身古铜色皮肤的高大武士并没有伤害她。她逐渐对他有了信心，最终她对他的恐惧也全都渐渐地烟消云散了。

虽然不怕泰山了，但她仍旧终日提心吊胆的，夜晚的丛林是那样阴森，她总是担心自己突然被黑暗中潜藏着的什么恐怖的东西攫住。她不明白泰山在黑暗中行走，怎么还能这么沉稳淡定。他的勇气令人惊异，她知道凡人几乎不可能有如此胆魄，因此她断定他一定是个魔鬼。

这绝对是一场值得她终生夸耀的冒险经历。如果陪她在黑暗丛林中穿行的不是个魔鬼，她就会直截了当地质问他，但这样做是会惹恼魔鬼的。如果她能委婉地提出一些问题，不经意间，他或许还是会透露出一些实情的。

经过激烈的心理挣扎，她好不容易才鼓起勇气向他发问："你来自哪一块领地？"

"我来自瓦兹瑞人的领地。"

"他们是什么样的人？"

"他们是黑人。"

"但你是白人。"

"是的，"他答道，"很多年前，在我幼年时，这个部族收养了我。"

"你以前遇到过魔鬼吗？"她问道。

"没有，这些东西是不存在的。"

"这么说，你不是魔鬼？"

"我是人猿泰山。"

"你不是卡乌璐人？"

"我对你说过，我来自瓦兹瑞人的领地，等你回到你的族人那里，告诉他们泰山不是卡乌璐人，告诉他们是我从卡乌璐人的手中救了你。让他们与泰山和瓦兹瑞人友好相处。"

"我会说的，"奈卡顿了一会儿，说道，"我累了。"

"我们就在这里过夜吧。"泰山说道。

泰山抱起她，爬到树丛的高处，奈卡怕极了。当泰山将她放到一根树杈上时，她不顾一切地抱住树干。

皎洁的月光掠过斑驳的枝叶，映照下来，这里显得没有地面那么阴暗。借着月色，泰山砍掉一些树枝，搭了一座平台。这样奈卡就能躺在上面了。

第二天清晨，泰山找了些吃的。两人吃完东西，又开始朝布奇那村进发了。

感到自己离家越来越近了，奈卡不再害怕了，她又说又笑的，情绪也高涨了起来。就这样，两人来到了布奇那村周围的空地边上。

“你现在安全了，奈卡，”泰山说道，“回到你族人那里，告诉他们泰山不是他们的敌人。”话音未落，泰山便转身消失在了密林之中，但他的身影还是被一双犀利的小眼睛捕捉到了。奈卡呼喊着跑向村寨大门，小内其马却飞快地穿过丛林，声嘶力竭地尖叫着、呼喊着，追逐着它的主人。

很快小猴子追上了泰山，它欢呼雀跃着跳上了泰山宽厚的肩头。

泰山伸手将小猴子放在掌中。“你终于又回来了，”他说道，“希塔没有抓到你呀？”

“我不怕希塔，”猴子吹嘘道，“希塔爬上树来抓我，它向后一蹲，猛地一扑，差一点就逮到我了，我抓起一根树枝打在它的头上，吓得希塔抱头鼠窜了。”

“是呀，”泰山说道，“你真勇敢。”

受到激励，猴子兴奋起来，开始变得口无遮拦起来。“后来又冲过来一个高曼咖尼人，是很多高曼咖尼人，他们想杀死并吃掉我，我又拿起两根树枝打在他们的头上。他们也被吓跑了。”

“是呀，”泰山说道，“所有动物都怕小内其马。”

小内其马站在泰山的掌心，拍着胸脯，张牙舞爪地做着鬼脸，装出一副凶狠狰狞的模样。“所有动物都怕我。”它说道。

泰山和内其马一路向北搜寻着卡乌璐人的村寨。而在布奇那人的村寨里，奈卡却成了众人瞩目的焦点。

虽然有些添油加醋，但她还是将她的经历原原本本地呈现给了大家。所有人都听得入了迷，都被她精彩的故事深深打动了，她一遍一遍地讲述着，黑人都喜欢重复，每次她都要强调一下，是泰山救了她，泰山是布奇那人的朋友，他们绝不要加害泰山或瓦兹瑞人。当时她并不知情，有十个瓦兹瑞武士正被绳捆索绑着关在旁边的一间小棚屋里，等待着那场狂欢盛宴，等待着他们的末日。

布奇那武士们一个个面面相觑，他们不约而同地扭头注视着他们的酋长乌达罗。乌达罗也有些不知所措。他派出的信使早已到达了目的地，此时，那几个村落的土著居民们一定正赶往这里，乌达罗也不知道该怎么办了。

古平谷也很苦恼，他知道自己误会了，偷走他女儿的人并不是他解救的那个大个子白人，相反，正是这个大个子白人救了他女儿，并把她送回到了自己身边。乌达罗疑惑不解地看着他，但此时古平谷也不知道该说些什么好。

面对着武士们茫然无措的神情，酋长终于发话了："奈卡，你说你以为他是个魔鬼，你说他不怕黑暗，能力远超常人，你说他能在丛林中穿梭自如，比卡乌璐人更强，你说的我们都相信，但不相信他是和我们一样的人类。他一定是魔鬼，也只有魔鬼才能像他那样轻而易举地挣脱捆绑，逃离我们的村寨。"

"如果他是魔鬼，为什么会把我从卡乌璐人手中救出，又送我返回村寨呢？"奈卡问道。

"魔鬼们行事诡秘，"乌达罗说道，"我认为他是想打消我们的疑虑，这样他就能肆无忌惮地进人我们村寨为非作歹了。不，我确信他是魔鬼，他是卡乌璐人，我们抓到的这些俘虏也都是卡乌璐人，我们不能放走他们，他们会回来报仇雪恨，把我们全都杀光的。还有，布奇那人正从四面八方赶来，我们仍将载歌载舞，欢聚一堂，一起吃掉敌人的心脏。"

就这样，布奇那最高法庭维持了原判，终审判决了慕维洛及其手下死刑。

在迷雾重重的森林里，丛林之王正一路向北跋涉，对他手下人即将遭受的厄运一无所知，他肩头上的内其马也只关心现在的事情，它的那点小心思全花在吹牛上了。

猴子的记性都很差，有点自私而自负，小内其马并不是有意忽略瓦兹瑞人，作为朋友，它爱他们。

现在它只想着自己，很庆幸，它又一次安然无恙地回到了主人身边，瓦兹瑞人的劫难完全被它抛诸脑后了。当然最后他仍会回想起来，但也许已经为时已晚了。

午后过半时分，内其马心情愉悦，泰山也很高兴，他终于又踏上寻觅卡乌璐人的征途了。

和伊登尼的短暂接触激发起他浓厚的兴趣。这位卡乌璐人充满神秘色彩的言语让他对这个奇异的原始部落的风土人情和生活方式非常好奇。

泰山没有忘掉瓦兹瑞人，但他并不担心他们，他相信，他救下奈卡后，乌达罗村寨一定会热情款待瓦兹瑞人并引导他们去找卡乌璐村落的。

泰山一向不苟言笑，在众人面前，他总是显得沉默内敛，但和内其马、大象丹托在一起时，却显得非常轻松，因为它们是他儿时的伙伴，它们的理解和忠诚让他刻骨铭心，终生难忘。

想到瓦兹瑞人，他对内其马说道："慕维洛一定快到布奇那村了，所以等我们抵达卡乌璐村寨时，他和他的武士们一定也会接踵而至的。到时候又会有很多好朋友保护你，把那些想吃掉你的猎豹希塔、毒蛇西斯塔，还有所有高曼咖尼人统统赶跑。"

内其马愣了好一会儿，它在集中精神，思索和回忆着，突然它一下跳到泰山肩头，在泰山耳边尖声大叫起来。

“内其马，你怎么了？”泰山问道，“你精神错乱了吗？不要冲着我耳朵大叫。”

“泰山，瓦兹瑞人！瓦兹瑞人！”小猴子哭喊道。

泰山猛地转过身问道：“他们怎么了？他们不在这里呀。”

“他们在那里呢，”内其马哭道，“他们还在高曼咖尼人的村子里，他们被捆绑起来关在了你之前被关的小窝棚里。高曼咖尼人会杀了他们，再把他们吃掉的。”

泰山停下脚步，问道：“你说什么？内其马。”接着，内其马用大猿猴、小猿猴、猴子和它表亲狒狒唐咖尼，还有它们的朋友泰山都听得懂的语言，长话短说地将它和瓦兹瑞人在林中相遇后的遭遇描述了一遍。

泰山立刻返身朝布奇那村寨奔去，他并没有去问内其马为什么不早告诉他，也没有训斥和埋怨它，因为他明白这无济于事。他深知这只不过是只猴子，天性如此，尽管在很多方面它有着人所没有的高贵品质，但还是不能和人的心智相提并论。

终于，泰山在日落不久之后赶到了这个村寨，从空地边的一棵大树上，泰山眺望着栅栏后面的村中景象。他看到那里有很多人，比往常多得多，凭着他对黑人风俗习惯的了解，他料想这些人都是来赴宴的。宴会并未设在今晚，他们显然还在等候明天的来客，可能那时宴会才会开始，他推测他们到那时才会献祭瓦兹瑞人。

危急时刻，泰山行事非常果敢。但他也绝非一介莽夫，不到万不得已，他也能像狩猎中的野兽那样，凭借直觉，本能地去规避任何风险和威胁，小心翼翼地在暗中行动。

他判断瓦兹瑞人如果今晚已经遇害了，他贸然闯入村寨也无济于事，如果他们还活着，那么在明晚前他们遇害的可能性并不大。倘若他判断失误，他们今晚将会被处决的话，他也有足够的时间应对。他们会被带到村寨广场上，当着所有布奇那人的面，公开行刑处决，以儆效尤。那样的话，他就不得不立刻采取行动了。但现在他应该做的是，先近距离观察一下村中的情况。

“泰山要进村了，”他低声对内其马说道，“如果你也去，必须要安静，你明白吗？”

“绝不出声，绝不说话。”猴子喃喃重复道。

泰山在树丛中绕着这个村落悄悄地行走，身后的小内其马也静静地跟在后面。

最后，两位来到村子后面，由于大多数的村民都聚居在酋长乌达罗屋舍前大街的两侧，这里显得格外冷清昏暗。

泰山跳到地上，朝村寨栅栏走去。在离栅栏还有几步之遥时，他猛地向前一冲，高高跃起，像猴子一样灵巧地翻越了过去，小内其马也紧紧地跟在他身后。他们两个神不知鬼不觉地潜入到位于村寨后面的棚屋间的阴影之中。

就像一对魅影，他们悄无声息，蹑手蹑脚地进来，悄悄地逼近酋长的屋舍。历经万千岁月的进化变迁，两位在生理上已有天壤之别，一个是只小猴子，另一个是英国贵族，但夜色中他们两位的行进姿态却几乎没什么两样，他们敏捷地爬到乌达罗屋舍旁一棵大树的树冠上。

泰山俯身近距离观察着，喧嚣的屋内，黑人们正在跳舞，他觉察到他们喝了大量土制啤酒，他知道在这种情况下，很容易发生意外。

一个醉酒的大个子黑人正朝着乌达罗大喊大叫，这个人显然是另一个村落的副酋长。“把卡乌璐人带上来，”他吼道，“让我们见识见识，我们要先让他们尝尝明天受刑的滋味。”

“其他人还没到呢，”乌达罗说道，“我们等部落其他人都到齐了再说。”

“带他们上来，”另一位嚷道，“我们还没见过他们，我们想见见偷走我们女孩子的卡乌璐人都是些什么人。”

“带上来，”一个女人尖叫道，“他们偷走了我女儿，我要用烧红的烙铁烫瞎他们的眼珠，让他们和我一样痛苦。”

泰山接着听到了一个女孩子的喊声。“不要伤害瓦兹瑞人，”她喊道，“他们是泰山的朋友，而泰山是布奇那人的朋友，是他把我从卡乌璐人手中救走并带我回到了村子。”

“你不能相信一个卡乌璐人或者说是魔鬼，”乌达罗说道，他转身吩咐几个武士，“把囚犯带上来，但今晚不要杀他们。”

泰山早已跳到酋长屋后的地上，现在是危急关头，必须拿出丛林之王的威风来，当机立断地处置所有威胁和挑战。

泰山迅速跑进那间当初关押他的小棚屋，当他低头进去的时候，他敏锐的嗅觉告诉他瓦兹瑞人就被关在这儿。

“安静，”他低声说道，“是我，泰山，他们要把你们带走了，我马上割断你们的绑绳，我们要出其不意地打倒前来的武士，抢走他们的武器，然后绑住他们，塞住他们的嘴，别让他们出声，然后你们带上他们跟在我后面，我们到酋长屋舍后面去。”

泰山一边说着一边割开了绳索，当那三个武士前来押解俘虏时，所有人都被松绑了，他们在暗处静静地埋伏着。

Chapter 15

一块布条

“你们不会把我绞死吧？”布朗带着挑衅的语气说道，这话听起来像罪人在负隅顽抗一样，但简还是不相信杀死斯波洛夫王后的人会是他。

“我们谁也不会被绞死，”她说道，“我们不能施加私刑，在一个合法组建的法庭作出判决前，我们每个人都有嫌疑。现在我们唯一要做的事情，就是尽快找到最近的一个文明社会定居点，把我们的经历呈报给该地方的司法当局，然后依法处置。”

“我完全同意你的话，夫人。”迪波斯说道。

“哦，我不同意，”亚历克西斯抗议道，“和一个杀人犯结伴穿越这片孤寂的丛林是很危险的，他会轻而易举地杀了我们，消灭所有指证他的证人。”

“那你建议怎么做呢？”简问道。

“我们得把凶手留下，然后去最近一个驿站报告案情，让当局去抓捕罪犯。”

简摇摇头：“但我们并不知道谁是凶手，依照法律，我们现在都是嫌疑犯。不，我们应该先找到一个治安官或行政长官，汇报案情，要求展开调查。”

“不，”布朗说道，“在海外定居点我无法得到公平对待。总之，欧洲人对美国人很不友好。但他们肯定会屈从于贵族的，一个贫穷的美国人如何斗得过一个腰缠万贯的王子呢？不行，小姐，没人能把绞索套在我的脖子上。”

“你看，简，”亚历克西斯说道，“他不打自招了，一个清白的人是不会惧怕审判的。”

“听着，小姐，”布朗扭头对简说道，眼中露出恳求的神情，“我从没杀过人，但是如果你不想让凶杀案再次发生的话，让那个混蛋住口，永远闭嘴。”

“那你不想和我们一起走吗？布朗，”简问道，“我想你这样做并不明智。”

“也许我很傻，小姐，但我绝不接受海外法庭的审判，英国法庭还行，但我们不是在英国领土，不，我和这几个人来这里是为了得到长生不老的药方。这东西回去能卖上大价钱，但我既然来了，我就要勇往直前，尽力找到它，我也不知道该怎么做，但我要拼尽全力。”

“就我们这几个人，”简说道，“装备又这么差，至少在找到一些友好的土著人之前，我们现在应该团结一致才对呀。”

“我不打算抛弃你们，小姐，”飞行员说道，“我会继续和你们在一起的，直到确保你和安妮特安全为止。”

“我相信你会的，布朗，就这么定了，我们还有件事要做，一件非常令人不快的差事，我们必须把王后埋葬了，我想你们男士得挖个墓穴吧。”

挖墓的工具只有那把杀死她的短柄斧，这让这件原本就可怖的差事愈发令人毛骨悚然、不寒而栗了。

三个男人轮换着，一个用斧子松土，另外两个用手把土捧出来，男人们忙碌的同时，简和安妮特从王后的行李箱中取出些衣物，把她的尸体包裹起来，以便尽可能体面地将她安葬。

安妮特止不住地落泪，虽然简内心所承受的痛苦和失落远比这位年轻的法国侍女强烈得多，但她没有落泪，她还有很多工作要去做，还有使命没有完成，她不能太感情用事。

当一切就绪，死者的遗体被安放在墓穴里，简为王后举行了葬礼，她将能想到的悼词全部背诵了一遍。其他人站在一旁，鞠躬致敬，男人脱帽默哀。

“我想，”简说道，这时葬礼已经结束，墓穴也已填满了泥土，“我们最好立即出发，没人愿意待在这里。”

“你有什么打算呢？”亚历克西斯问道，“你想好我们要去哪儿了吗？”

“我们现在有两条路，”简说道，“要么沿着这条路向西走，要么沿着这条路向东走，抛硬币决定和我们自己商定没什么分别，反正我们自己也不知道自己在哪儿，更不知道离这里最近的村落位于什么方向。就我个人而言，我倾向于向东走，因为东边我比较熟悉，而且那里有我很多土著朋友。”

“那我们就向东走吧，”布朗说道，“你是头儿，你说了算。”

“我质疑你的决定是否明智，简，”亚历克西斯说道，“比属刚果在西边，我想我们可能已经在比属刚果了，如果真是这样的话，往西走能更快地回到文明社会。”

“这只是你的猜测，亚历克西斯，”简说道，“其实往哪儿走都差不多，我们投票表决吧，你说呢？迪波斯。”

“我……嗯……不好意思，夫人，我听大伙的。”

“你的话真管用啊。”布朗说道。

“你呢？安妮特。”简问道。

“哦，如果你和布朗都希望向东走，那我也想往东走。”

“就这么定了，”简说道，“我们向东走。”

“我反对，”亚历克西斯提出异议，“作为这次旅程的出资人，是我付的钱，且所有的费用都是我支付的，我想我的意愿应该考虑一下吧。”

“亚历克西斯，”简说道，“你在自找麻烦，和其他人一样，你必须服从我的命令，即便有疑问，你也应该服从大多数人的意愿。至于说到为这次旅程出资，如果我们乐意，我们每个人都会付出，但这不是钱的问题，这是合作、忠诚、勇气和毅力。”

亚历克西斯一直紧紧地盯着她，突然他改变了态度。“对不起，简，”他说道，“我说话欠考虑了，你知道我对发生的一切太难过了，我失去了亲爱的妻子，心都碎了。”

布朗厌烦地扭着头，拿拇指和食指捏着鼻子。

“好吧，亚历克西斯，”简说道，“现在我们带上随身物品出发吧。”

“早餐呢？”布朗问道。

“哦，我全忘了，”简说道，“好的，我们还得接着吃羚羊肉。”

“我可能吃不下了。”安妮特对布朗说道。

“哦，小姑娘，你能行的，”飞行员答道，“不管你想不想吃，都得吃，还有许多磨难在前面等着我们呢，我们必须保持好体力。”

“那我尽力吧，”她说道，“就算为了你。”

他突然用力抓起她的胳膊，说道：“你说，你不会相信真是我干的吧？对吗？”

“是的，布朗先生，我不信。”

“哦，是那位先生吗？小姑娘。”

“当然，尼尔，但我还是不敢相信真是他干的，我无法想象一个男人会杀害自己的妻子，而且她又是那么好的人。”

“是呀，虽然她有些神经兮兮的，但人还不错，比他好多了。这么说来，老太太是自杀的。”

“你这是什么意思呀？她怎么可能那么凶狠地用斧子砍自己呢？”

“是的，是她干的，当她对他说要修改遗嘱时，她就已经自杀了。”

“哦！这个人太可怕了。”

“我知道有些人曾为了得到比这笔钱少得多的钱去杀人，”布朗说道，“在那个自由的国度，那个勇士的乐园，只需花一百美钞你就能雇凶杀人。”

“什么是美钞呀？我的英语不好。”

“我也发现了，孩子，没关系，我会教你的。”

“现在我要烤点肉做早餐了，”安妮特说道，“如果你乐意，切几片后腿肉给我吧。”

“当然愿意，”他掏了掏兜，“我的刀子呢？哦，我想起来了。”他扭头对简喊道：“我说，小姐，如果你用完了，就把我的刀子还给我吧。”

“你的刀子没有了，”简笑着说道，“但我可以把我的刀子借给你。”

布朗用手揉搓着下巴：“是呀，我赌输了，对吗？”

趁安妮特烤羚羊肉的间隙，其他人全都忙着翻找他们觉得自己路上用得上的、又便于携带的东西，迪波斯按照亚历克西斯的吩咐，重新将行李打包。简把自己的武器收了起来，然后把一个小手袋系在自己运动短裤的腰带上。这是女士们通常用来放钱、钥匙、口红和其他零碎物件的袋子，除了这些，简只挑了点她必备的衣服。

布朗还穿着飞行员皮靴，他又挑了一双鞋和几双袜子。他还把一纸板箱的香烟全塞进了他全身上下的衣服口袋里。除此以外，他还拿了些火柴和那把要命的斧子，这就是他的全部装备，他知道负重跋涉的艰辛。

安妮特在炭火上烤着肉，余烬未灭的火堆边有个东西引起了她的注意，这是一块烧剩下的布条，上面还有三颗纽扣。安妮特拿木棍把它拨了出来，这块布被平放在火堆旁的地上，她发现这块布底部还没燃尽，颜色和花纹仍清晰可见。

安妮特眼前一亮，她认得这块布，随后她眯起眼睛，陷入了沉思。

布朗信步走向篝火。"剩下的肉我来烤吧，"他说道，"你去看看你有什么行李要带的吗？"

"我不知道带些什么，"女孩说道，"我也带不多。"

"带上你需要的东西，小姑娘，"他说道，"我会帮你拿的，带几双替换的鞋，多带些长筒袜，还得有一条厚毛毯。如果我没说错的话，我们要用到好多双鞋和袜子，尤其是你，你现在穿的根本不适合走路。"

"我有两双平底鞋。"女孩说道。

"那就把你脚上的这双鞋扔掉，穿上平底鞋。"

"好的，"她说道，"我去收拾东西，我走之前，你先看看这东西。"她用手中的木棍挑了一下那块没烧光的布条。

布朗捡起地上的东西，仔细端详着，然后他抬起头冲着亚历克西斯吹了个口哨。安妮特走开收拾行李去了，迪波斯还在忙着打包，简正坐在一根朽烂的木桩上，思索着什么。布朗吹着口哨，他似乎发现了什么，只见他抬头看着众人，招呼道："大家来看看吧。"

"抱歉，你说什么？"迪波斯说道，"来看什么？"

"宝贝。"布朗解说道。

"宝贝？"斯波洛夫冷笑着说。

简站起身，"我想我们该吃饭了，"她说道，"我终于饿了，我没想到我会饿的。"

他们围拢在篝火旁，布朗将烤好的一片片肉挂在了炭火旁干净的小树枝上。

"各位都过来，我们开始吃吧。"布朗说道。

"迪波斯，"亚历克西斯说道，"你拿给我一块既不要太熟也不要太生的烤肉，我要半熟的。"

布朗一脸鄙夷，他用木棍戳起一块肉，扔到亚历克西斯面前。"给你，拿破仑，"他说道，"很抱歉没有金盘，皇家御膳房的主管离我们远去了，别人都没钥匙。"

亚历克西斯恶狠狠地瞪着布朗，但他还是拿起了那块看起来可怜兮兮的肉啃了一口。

"太难吃了，"他说道，"这块肉外面都烤焦了，里面却还是生的，我的胃受不了了，我不吃了。"

"好吧，这可真糟糕呀！"布朗说道，"让我们一起哭吧。"

"你最好吃吧，亚历克西斯，"简说道，"不然晚上会很饿的。"

"从今往后，迪波斯给我做饭，"亚历克西斯傲慢地说道，"我要分开吃。"

“这正合我意，”布朗信誓旦旦地说道，“你分开得越远越好。”

“好了，好了，”简说道，“你们又开始了，我们全都受够了。”

“好的，小姐，”布朗附和道，“但有件事我想问问我们这位伟大的公爵，我看到他今天换了件大衣，昨晚他穿的那件大衣非常漂亮，如果他不穿的话，我想买下来。当然，是在这件大衣完好无损的前提下。”

亚历克西斯猛然抬起头，面色惨白。“我的衣服不卖，”他说道，“如果我不穿了，我可以送给你。”

“你人真好，”布朗说道，“现在我可以看看吗？我想看看合不合身。”

“现在不行，老兄，我已经打包了。”

“都打包了？”布朗质问道。

“都打包了？你什么意思？当然全都打包了。”

“噢，这片你落下了，先生。”布朗拿出边角焦黑的一块袖口布片，上面还有三颗纽扣。

斯波洛夫被吓得面色发青，他惊慌失措地看着这片布，但随即恢复了镇定。

“又在耍美国式幽默？”他问道，“这东西又不是我的。”

“这明显是你昨晚穿的那件大衣上的，”布朗说道，“安妮特也认得出来，迪波斯也应该认识，他是你的男仆，迪波斯，你之前见过这个吗？”

男仆咳了起来：“我……呃……”

“过来好好看看。”布朗说道。

迪波斯走近仔细观察着这片布，拂去纽扣上的灰烬，翻来覆去地查看着。

“你上次看见它是什么时候？迪波斯。”布朗问道。

“我……真的……”他焦虑不安地看着斯波洛夫。

“你这个骗子，迪波斯，”王子大吼道，“我没有一件大衣是这样的，我告诉你，这不是我的。”

“迪波斯什么也没说呀，”布朗提醒他道，“他除了哼着说‘我……呃……’以外，什么也没说，他没说这是你大衣上的，但是你自己快要露馅了，不是吗？迪波斯。”

“这块布非常像，先生，”英国人答道，“当然我还不敢完全确定，毕竟已经被烧得不成样子了。”

布朗扭头盯住亚历克西斯：“当你砍杀她时，一定溅上了血迹。”

“别说了，”亚历克西斯尖叫起来，“我的天！别说了，我从没碰她。我对你说。”

“你还是对法官去说吧，”布朗说道，“安妮特，你最好保存好这件证物。”接着他又补充道，“也许法官也想知道这到底是怎么回事呢。”

亚历克西斯很快控制住自己的情绪，“这是我的大衣，”他说道，“有人从我的行李箱中偷走了，在你们美国这叫陷害。”

“我们还是把这件可怕的事情留给法庭处置吧，”简说道，“我们自己不要擅作主张，总是纠缠这件事会让我们的处境变得更糟。”

布朗点了点头：“我一如既往地同意你的观点，小姐。”

“那就好了，如果你们都吃完了，我们出发吧，我在小棚屋里留下了一张便条，上面介绍了我们的空难和我们进发的方向，还有我们一行人的姓名，希望，虽然希望很渺茫，未来某一天有人恰巧经过这里，万一我们没能走出丛林，某个白人猎手也会把我们的口信带出去的，你们都准备好了吗？”

“一切就绪，”亚历克西斯说道，“迪波斯，拿上我的行李。”迪波斯走到堆放行李的地方，这里有迪波斯的一个小手提包，一个大莱斯顿式旅行包，还有两个行李箱。

“你的行李呢？简，”亚历克西斯问道，“布朗可以扛。”

“我扛我自己的，”简答道，“我带的东西不多。”

“你也没有多少东西。”王子说道。

“我只带我需要的东西，我们现在不是在度假。”

众人站在一旁，默默地看着迪波斯为方便携带，在那里费力地捆扎着这四件行李。

“对不起，先生，”他说道，“恕我冒昧，我觉得我一个人扛不动这些东西。”

“好吧，那让安妮特拿你的小提包，剩下三件你应该拿得动，我见过搬运工扛的行李是你的两倍多呢。”

“但不是扛着穿越非洲。”简说道。

“好吧，”亚历克西斯说道，“我带的东西都是我确实需要的，大部分东西都被我丢下了，迪波斯会有办法的，如果布朗可以的话，他可以帮忙。”

一直以来，布朗都在竭尽全力地克制自己，现在他终于忍不住了。“听着，先生，”他说道，“我才不会扛你的东西呢，安妮特也不会，如果迪波斯会，那他就是个该死的傻瓜。”

“我想我和你想到一块儿去了，布朗先生。”说着，迪波斯将所有三件行李箱全丢在了地上。

“什么？”亚历克西斯问道，“你不扛我的行李，为什么？你这个无耻狂妄的家伙，我要……”

“不，你不用了，先生，”迪波斯说道，“我知道你要说什么，恕我直言，不需要了，先生。”他轻蔑地挺直身子，“我特此通知你，我要立即和你解除雇佣关系。”

“格雷斯托克夫人，”亚历克西斯义愤填膺地说道，“你有权下命令，我要求你命令这些人替我扛行李。”

“胡说八道，”简说道，“带上几双鞋袜，还有其他你方便随身携带的东西，赶快出发吧，我们浪费的时间已经够多了。”

就这样，这群不幸的人开始向东进发了，他们刚才猜测出两种情形，他们全都猜错了，但值得庆幸的是，他们对向东行进的道路上究竟潜伏着多少凶险和危难还一无所知。

Chapter 16

一封信

小棚屋内，泰山和另外十位瓦兹瑞武士正静静地埋伏着等待那三位布奇那武士自投罗网。

当最后那位一进屋，泰山猛地将他扑倒，强壮有力的双手卡住他的喉咙，与此同时，慕维洛和其他几位武士将另两位也扑倒在地，虽然他们手脚乱蹬，奋力挣扎，但他们并没能发出喊叫声，不一会儿连挣扎也停了下来。

这三人立即被堵住嘴绑了起来，接下来，瓦兹瑞人在泰山的引导下，扛着俘虏来到酋长屋舍边的大树旁，他们隐蔽在屋后的角落里，前面街道上三三两两喝醉的土著们对他们丝毫没有觉察。

泰山扛起一个武士，爬上了树，然后把这个武士安稳地放在了一处不容易跌落的地方，接着瓦兹瑞人把另外两位武士也递给了他。

泰山把他们放在了枝叶繁茂的地方，以防下面人看到。三人被并排放在一根挺拔粗壮的树枝上，下面正对着三五成群的黑人土著。

泰山把一根绳索套在捆绑俘虏脚踝的绳子上，接着他把这家伙嘴里填塞的东西取了出来。然后将他头朝下吊了下去，还没等下面的人看到他的头从枝叶丛中冒出，泰山突然发出一声凄厉的长啸，这是雄猿的警告声。下面的歌舞戛然而止，土著们惊慌失措地四处张望着，这叫声如此响亮，仿佛就在他们身边，但他们一时还无法确定它究竟来自哪里。

接下来是一阵寂静，这时一个武士的头从头顶的枝叶丛中冒了出来，然后是他的身体。

这些黑人早已魂飞魄散，他们从未见过，也根本无法理解眼前这神秘灵异的一幕。他们愣在那里，不知所措，仿佛已经着了魔，动弹不得。

这时，只听得头顶上传来一个雄浑有力的声音：“我是人猿泰山，谁若对泰山和他手下的瓦兹瑞人不利，给我小心点，打开大门让我的人平安离开这里，否则，你们中的很多人都会命丧泰山手下。”

这时，那位头朝下吊着的人才缓过神来。“打开大门，”他高声喊道，“让他们走吧，否则我就没命了。”

“留给你们的时间不多了。”说着，泰山开始把悬吊的武士向树上拖拽。

“你能保证如果我们打开大门，你不会伤害我们中任何人吗？”乌达罗问道。

“如果打开大门，让我们平安离开，就没人会受到伤害，把武器归还我的瓦兹瑞人。”

“遵命，”乌达罗说道，“把瓦兹瑞人的武器拿来，打开大门让他们走，希望他们以后别再回来了。”

泰山将这个武士拖回到树上，放在他的同伴旁边。

“别动，”他警告他们，“我不杀你们。”说着，他跳到地上，来到瓦兹瑞人身旁。

他们威风凛凛地从屋后现身，黑人们纷纷胆怯地向后退缩，让出一条道路，初生牛犊不怕虎的小男孩们拿着武器怯生生地在后面追赶，武士们却被吓破了胆。大门打开后，泰山率领着瓦兹瑞人径直走了出去。

“我那三名武士呢？”乌达罗问道，“你没有信守诺言。”

“他们都活着，在你屋舍上面的树丛里，”泰山答道，他突然停下来，转身面对着酋长乌达罗，“听我说，当有人拜访你的村寨时，好好款待他们，尤其是泰山和瓦兹瑞人。”说话间，他们的身影便消失了，村外的丛林被笼罩在一片茫茫夜色之中。

小内其马和巫医古平谷的女儿兴奋地跳了起来，奈卡连连拍手称快。“就是他！”她大喊道，“就是这位白人武士救了我，我很高兴在我们还没来得及杀他们之前，他和他的瓦兹瑞人就已经安全离开了这里，我告诉过你们，不要这样做。”

“住口，”乌达罗吼叫道，“回到你屋里去，我再也不想听人说起这个白人了。”

“我还以为一切都完了呢。”慕维洛说道，他们正穿过一片开阔地域向着森林走去。

“拜内其马的坏记性所赐，差一点就真的完了。”泰山答道，他发出了一声怪叫，紧接着，从漆黑的丛林深处传出了一阵应答声。

“快点，快点，”猴子喊道，“我正在和猎豹希塔打架呢，我用一根树枝打了它的头，还一拳击中了它的鼻子，希塔怕极了。”

泰山咧嘴一笑，继续缓缓地向丛林走去，他刚进入丛林，小猴子就一下子跳到了他的肩头。“希塔呢？”泰山问道。

“我狠狠地打了它的脸，它跑掉了。”

“你真勇敢。”泰山说道。

“是呀，”猴子答道，“我是个伟大的斗士，一个伟大的猎手。”

翌日，泰山和瓦兹瑞人开始向北慢慢行进，他们时常停下来休息，他们还没有完全从巫医古平谷的药物的副作用中恢复过来。后来，当泰山也意识到这一点时，他下令停止前进，于是这一行人在一个河岸边驻扎下来。

泰山的时间观念并不强，除非情况紧急，他并不在意延误，他可以等上一天，或者两天，或者一直等下去，直到他的武士们完全康复。泰山是绝不会抛下他们不管的，他吩咐他们好好休息，然后独自狩猎去了。

在他们离开乌达罗村寨的第二天，一个武士孤零零地穿过空地，来到了乌达罗村寨门前。他头顶上白色的羽毛随风飘扬，手中握着一根分叉的木棍，棍子分叉的一端夹着一个信封。

他对门口接待他的武士们提出要面见他们的酋长。他们将他领到了酋长面前。令他们感到忧虑不安的是，这位武士的穿着和逃走的那十个人极其相似。

乌达罗白了他一眼，沉下脸问道：“你是谁？来乌达罗村寨有何贵干呀？”

“我是瓦兹瑞人，”他答道，“我是给我们老爷泰山送信的。自从他离开他的领地前去寻找卡乌璐人，已经过去好多时日了，我特意赶来捎信给他，你见过他吗？”

“他来过这里，但是已经离开了。”乌达罗闷闷不乐地说道。

“他是什么时候离开的？往哪个方向走的？”信使问道。

“他昨天和十位瓦兹瑞武士一起走的，他们沿着这条小路向北走了，你要去追吗？”

“是的。”

“临走前我会给你一些食物，你见到泰山时，告诉他我待你不薄。”丛林之王的威名早已深深烙在了酋长乌达罗的心中。

第二天中午，瓦兹瑞人正在河边他们的营地里休息，泰山蹲在一株树下制作箭矢，小内其马栖在他的肩头，正忙着捉肚子上的虱子，这是猴族们一项古老的娱乐活动，它玩得非常开心。

突然，泰山抬起头，沿着从他们营地所在空地伸展出去的小径极目向南远眺。

“有人来了。”他说道。

瓦兹瑞人一阵骚动，一些人抓起武器，站起身来，但泰山抚慰他们说道：“这里很安全，他只有一个人，他没有鬼鬼祟祟，而是迎面坦坦荡荡走过来的。”

“他会是谁呢？”慕维洛问道，“自从我们离开布奇那村，在这片陌生的地域还没有遇见过任何人。”

泰山耸耸肩。“我们只有等了，”他说道，“只有看到他才会知道，他在我们的下风向。”

小内其马看到其他人全是一副侧耳倾听的模样，就没再继续捕捉它身上那些异乎寻常的昆虫，也学着瓦兹瑞人的样子，凝神注视着南方。

“有什么东西要来？”它问泰山。

“是的。”

小内其马顺着泰山后背滑了下去，它站在泰山身后，不安地从泰山左肩向前窥视。“有东西来吃我了？”它问道。

它抬头看着身后的一棵树，估算着它离最下面那根树枝的距离，小脑瓜盘算着稳妥的逃生策略，不过，以目前的形势看，它还是安全的，于是它稳住阵脚，没有退缩。不一会儿，那位独行武士一路小跑着来到了这片空地，看到扎营的这一行人，他兴奋地发出一连串土著人特有的欢呼声，瓦兹瑞人也用同样的方式应答着。原来他是给泰山送信的信使。

信使走上前，想把分叉木棍里的信交给泰山，内其马表现得异常亢奋，信件刚交到它主人手中，它就一把夺过木棍，“叽叽喳喳”地叫了起来。

泰山取出信，把信封扔到地上，小内其马跳过去捡起信封，可无论它怎么折腾，也没能把信封像信使那样垂直地夹进木棍顶端。

瓦兹瑞人满怀期待地看着正在读信的泰山。在丛林深处传递信件确实是一件非比寻常的大事。

泰山的神情变得越来越凝重，看完信，他扭头看着慕维洛。

“是坏消息吗？老爷。”这个黑人问道。

“夫人乘飞机从伦敦飞往内罗毕了，”他说道，“前不久发生过一场暴风雨，你还记得吗？慕维洛，风雨声中我们听到有飞机在头顶盘旋？”

“记得，老爷。”

“我们当时都明白这凶多吉少，夫人乘坐的可能就是这架飞机。”

“它飞走了，”慕维洛提醒他道，“后来就再也没听到它的声响，也许它继续飞往内罗毕了。”

“也许吧，”泰山说道，“但那是一场可怕的暴风雨，飞行员也迷失了方向，要么就是他遇到了麻烦，在找着陆点，否则他不会像那样盘旋。”

泰山坐在那儿沉思良久，慕维洛终于打破沉默：“老爷，你要立刻返回内罗毕吗？”

“那又有什么用呢？”泰山反问道，“如果他们抵达了内罗毕，她就安全了，如果没有，我上哪里找呢？飞机一小时的航程相当于我们步行一天的路程。也许他们遇到了麻烦，在我们听到它以后，飞机又飞了好长时间才降落。如果飞行员迷失了方向，就说不准他往哪里飞了，我也不大可能找得到他们，即便找到也太迟了。这样看来，他们飞往我们前进的方向和飞往其他方向的概率其实是差不多的。”

“那我们还继续寻找我女儿布依拉吗？”慕维洛问道。

“是的，”泰山答道，“你们休息好，身体康复以后，我们就继续前往卡乌璐人的领地。”

小内其马开始烦躁起来，这张信封无论它怎么塞，也无法竖着塞进木棍的顶端。它“叽叽喳喳”地鼓噪着，但还是无济于事，泰山看到这一幕，从它手中拿过木棍，掰开木棍顶端的夹缝将信封塞了进去。

内其马歪着脑袋认真地看着，泰山如此反复做了几次后，把信封和木棍还给了它。

猴子的模仿能力很强，看到泰山怎么做它也怎么做，尝试了几次之后，它终于成功地把信封塞进了木棍顶端。

成功后的喜悦和骄傲让它激动万分，它大声鼓噪着，来回跳跃着向一个个瓦兹瑞人展示它的成就，感到还不够过瘾，它又紧紧地握着夹着信封的木棍跳上了树梢，在树丛间飞速驰骋，看着这只猴子滑稽的表演，泰山和瓦兹瑞人都忍不住大笑起来。

“小内其马很骄傲，它又学会了一招。”一个瓦兹瑞人说道。

“它认为它现在是猴族的一位神通广大的巫医了。”慕维洛说道。

“这就像人学会了很多无用的东西，”泰山说道，“这些东西对他本人或别人没有任何帮助，但却能使他高兴，而这就够了。”

接下来，瓦兹瑞人又休息了三天，直到慕维洛对泰山说他们都已经完全康复了，他们终于又继续向北进发了。

其间，泰山委派这位信使带着他写的两封信返回内罗毕，一封是写给简的，还有一封是写给当地政府的，一旦飞机没有抵达那里，他请求他们立即展开搜救。

小内其马对它刚学到的把戏非常着迷，它总是在那里一坐就是个把小时，不停地在木棍上拆装信封，无论走到哪儿，它的木棍和信封从不离手。

在营地这几天，发现周围没有危险，内其马的活动范围开始变得越来越大了。它找到了和它同类的另外几只小猴子，它想和它们交朋友，但进展并不顺利，那些公猴子总是龇牙咧嘴地冲着它嘶鸣怒吼。

有时当内其马靠近它们时，它们便追着它不放，虽然受到手中木棍和信封的拖累，它还是能甩掉它们，若论躲避风险，内其马可是行家里手。

有一只母猴子却没有对它张牙舞爪，但在母猴身边总有一只老公猴，内其马很难找到和它独处的机会，而且这些老公猴们很不友好。

然而，在扎营的最后一天，内其马成功了，它发现这只母猴和它的同伴们拉开了一段距离。

这位年轻姑娘有些害羞，它虽然不排斥内其马，但却引着内其马好一阵嬉戏追逐，这太好玩了，它们非常开心。母猴并不真的要摆脱它，内其马也不是真的要捉到它，因为内其马知道它一定会停下来让自己靠近的。

就这样，仿佛时间、方向和距离都不存在了，一只小母猴和拿着木棍和信封的内其马，它们无忧无虑地在树丛中穿梭游荡着。

它们度过了一段美好的时光，这个小姑娘躺在一根粗大的树枝上休息，它们了解彼此，为了巩固彼此的友谊，它们互相抚弄着对方的头，像是在寻找着什么。几乎可以肯定的是，这种举动是它们关系亲密的一种见证，证明了彼此的情谊和信任。

它们非常快乐，唯一发生过的一次不愉快是这位年轻姑娘试图从内其马手中拿走木棍和信封。内其马当时面目狰狞地呲着牙，一个响亮的耳光扇在了它贝壳状的耳朵上，母猴温顺地低下头，紧紧依偎在内其马的身边，显然它喜欢这只强势的公猴，还有它野蛮的做法。

多美好的一天呀！它们一起出去采摘水果和坚果，然后一起享用。它们在树丛间奔跑跳跃，它们紧紧相拥，坐在那里，内其马完全没有意识到泰山和瓦兹瑞人早已经拔营向北出发了，就算它知道，此时已经深深堕入情网的它也不会在意。

当这对小情侣惊恐地发觉它们跑得太远了，这时，夜幕已经降临了，它们不敢越过这片黑暗阴森的丛林返回家园。它们很害怕，也很开心。明月当空，映照在这两只紧紧依偎在一起的小猴子身上，还有它们头顶上那根夹着信封的木棍。

Chapter 17

蛇

令人欣慰的是，这一行五人终于离开了那个令人毛骨悚然的凶杀现场。虽然前路漫漫，但终于能够上路了，这种前进的感觉或多或少地鼓舞了他们。

布朗坚决要求走在队伍的前面，简同意了他的请求。安妮特尽量和布朗走在一起，简殿后，亚历克西斯和她同行，迪波斯拖着沉重的步伐跟在安妮特身后。

要么是因为他比别人娇气，要么是他耻于和他所谓的仆从下人为伍，亚历克西斯落在了后面。

“我们不该落后这么多，”简说道，“大家不要走散，你要走快点，亚历克西斯。”她显得有些急躁。

“我觉得我们两人独处一下挺好呀，简，”他说道，“你知道，你我和他们这些人完全不同，能和地位相同的人待在一起不仅仅是对我，对你同样是一件值得高兴的事情。”

"你必须越过这道心理门槛，"简说道，"这里是没有阶级之分的。"

"恐怕我不讨你喜欢，亲爱的女士。"

"你有时候的确很讨厌，亚历克西斯。"

"我最近非常难过，"他答道，"主要是因为你。"

"因为我？我怎么了？"

"不是因为你的所作所为，是因为你这个人，你懂吗？简，你真的没感觉到？"

"感觉到什么？"

"从一开始，我就莫名地迷上了你，但那时我们没什么希望，我非常沮丧，非常难过，现在我自由了，简，"他一把抓起她的手，"哦，简，你哪怕能喜欢我一点点也行呀。"

简用力甩开他的手，"你这个蠢货！"她怒斥道。

亚历克西斯的眼睛眯成了一道缝，他恼羞成怒地威胁道："你会后悔的，我告诉你我爱着你，疯狂地爱你，我会孤注一掷，什么也不顾，我不会眼睁睁地看着那个愚昧的飞行员夺走了我想要的女人而无动于衷的。"

"你这话是什么意思？"简不动声色地说道，语气平缓冷静。

"这不明摆着吗？不用说，谁都知道你爱着布朗。"

"亚历克西斯，你听说过有个词叫无赖吗？我听过，但我直到现在才弄明白这个词的真实含义，走吧，离我远点，到迪波斯那边去。"

亚历克西斯的态度当场就变了。"噢，简，"他哀求道，"请别打发我走，我也不知道我为什么会说这些，我被嫉妒心逼疯了，难道你不明白这全都是因为我爱你吗？你难道就不能理解我、原谅我吗？"

简一言不发往前走了，她加快步伐去追赶前面的人。

“等等！”亚历克西斯声音嘶哑地喊道，“你一定要听我说，我不会放弃你的。”他一把抓住她的胳膊，用力拉扯着，想伸手抱住她。她打了他一下，向后一跃，举起长矛逼着他连连后退。

两人面对面站在那里，僵持了很长时间。突然，简从他的眼神和表情中察觉到了什么，她第一次对他感到有些害怕，她意识到这个人是多么险恶，对于是不是他杀害了他的妻子这个问题，她再也不会感到困惑不解了。

“照我说的做，到前面去，”她说道，“不然我就杀了你，这里除了丛林法则外没有什么王法。”

或许他也从她噘起的双唇和冰冷的话语中觉察到了什么，他乖乖地照做，安静地走到了她前面。

临近傍晚时分，迪波斯、亚历克西斯和安妮特全都累得筋疲力尽，当他们一行人来到一处适合露营的地方时，简命令停下。

他们一直沿着露营地旁那条蜿蜒的小溪边上的道路行走，因此饮水问题得到了解决。

“接下来做点什么呢？小姐，”布朗问道，“我们是不是得赶紧搞点吃的？”

“是呀，”她答道，“我去看看能找点什么。”

“我也去看看，”布朗说道，“我们分头出发，这样至少有一个人能找到东西吃。”

“好吧，你沿着这条路走，我爬上树，沿着河走。也许我能找到一个动物的饮水池。”

简转身对其他人说道：“我们不在时，剩下的人搭建一个防兽栅栏，砍些柴火。好的，布朗，我们走吧。”

营地里余下的三位累得瘫倒在地上，爬不起来了。亚历克西斯突然想到了什么。

“迪波斯，”他说道，“你去找些构筑防兽栅栏的材料，再拾些柴火过来。”

多年的仆从经历让这个英国人不由自主地挣扎着站立了起来，他正要出发。

“我来帮你，迪波斯。”安妮特说着，也开始站起来。

亚历克西斯一把拽住她的胳膊：“等等，我想和你谈谈。”

“但我们得帮帮迪波斯。”

“他一个人能行，你待在这里。”

“你有什么事吗？斯波洛夫王子，我一定得去帮迪波斯。”

“听着，亲爱的，”亚历克西斯说道，“如果让你得到十万法郎，你乐意吗？”

女孩耸了耸肩：“谁不愿意得到十万法郎呢？”

“那就好，你现在可以轻而易举地赚到这个数。”

“怎么才能赚到呢？”她有些疑惑。

“你有我想要的东西，我花十万法郎买下来，你知道是什么。”

“你是说你大衣上烧焦的袖子？亚历克西斯王子。”

“你不希望我被他们陷害吧？安妮特。你不会让他们把我送上绞架吧，我什么都没做。这里所有人全都憎恨我，他们全都在污蔑我，如果他们把这块烧焦的布片提交给法庭，我会被冤枉的。把它给我，没人会知道，你就说把它弄丢了。我们一回到文明社会，我就付给你十万法郎。”

女孩摇摇头：“不，我不能这样做，这是唯一能够证明布朗清白的证据。”

“你对布朗是在浪费时间，”他恶毒地说道，“你觉得他爱你，其实他才没有呢，别傻了。”

女孩子的脸红了："我没说他爱我。"

"你就是这样想的，他也故意给你制造错觉，但是如果你能像我一样了解他，你就不会这么急切地去拯救他那颗卑贱的头颅了。"

"我不明白你的意思，我也不想再谈这件事了，但这块布我是不会给你的。"

"好，我告诉你怎么回事，你这个小傻瓜，"亚历克西斯厉声说道，"布朗爱的是格雷斯托克夫人，她也爱他，你知道他们到丛林里干什么去了吗？当然是约会去了。"

"我不信，"安妮特说道，"我也不想再听下去了。"

她想站起来，但还没等她站起身来，亚历克西斯突然跳起来抓住了她。

"把那布片给我，"他压低嘶哑的嗓音，恶狠狠地威逼道，说着右手掐住了她的喉咙，"给我，否则我杀了你，你这个小蠢猪。"

不知哪来的一股劲，安妮特的动作快得像只野猫，猛地挣脱了他并大声尖叫起来。

"救命，迪波斯！救命！"她高喊道。

英国人并未走远，他迅速跑了回来。

"如果你告发我，"斯波洛夫低声吼道，"我就杀了你，就像杀她一样，我也杀了你。"

安妮特注视着他的眼睛，和简一样，她也不寒而栗起来。

"怎么了？先生。"迪波斯跑到跟前询问道。

"没什么，"亚历克西斯大笑了一声，说道，"安妮特以为她看到了一条蛇。"

"我是看到了一条蛇。"她说道。

"好了，没事了，迪波斯，"亚历克西斯说道，"你可以回去干活了。"

“我需要人帮忙，先生，”英国人说道，“我一个人干不了。”

“我去，迪波斯。”安妮特说道。

亚历克西斯紧随其后，他凑近安妮特低声说道：“记住，你要是告发我的话……”

“没想到营地附近还有蛇，”迪波斯说道，“这些可恶的东西，我可不喜欢它们。”

“我也是，”安妮特说道，“等布朗先生回来，我就不怕了。如果这条蛇再要伤害我的话，他就会把它杀掉。”她说话时并没看迪波斯，表面上她是对迪波斯说的，其实是说给亚历克西斯听。

“我想我是不会告诉其他人这里有蛇的，”斯波洛夫说道，“这会吓坏格雷斯托克夫人的。”

“听我说，先生，我相信她什么都不怕。”

“无论如何，别再提这件事了。”亚历克西斯警告道。

“啊，布朗先生来了，”迪波斯喊道，“他在奔跑，一定出事了。”

“怎么了？”布朗问道，“我听到有人尖叫，是你吗？安妮特。”

“安妮特看到了一条蛇，”亚历克西斯说道，“是不是？安妮特。”

“在哪里？”布朗问道，“你把它杀了？”

“没有，”女孩答道，“我没能杀死它，但是如果它再来吓唬我，你就把它杀了。”

“那当然，小姑娘，它现在在哪儿？”

“跑掉了。”亚历克西斯说道。

安妮特死死地盯着他的眼睛，说道：“下次它就跑不掉了。”

布朗口袋里鼓鼓囊囊地装满了水果，他掏出来摆放在地上。

“我希望这些水果没毒，”他说道，“我花了好长时间摘到了这些水果，格雷斯托克夫人知道哪些能吃，哪些不能。”

“她来了。”安妮特说道。

“收获大吗？简。”亚历克西斯问道。

“一般般，”简答道，“只有些水果，没看到猎物。”她看到布朗采摘的水果，“哦，你也是，”她说道，“好的，味道虽然不怎么好，但它们可以吃，很安全。我刚才听到一声尖叫，你们听到了吗？”

“是安妮特，”布朗说道，“她看到了一条蛇。”

简笑着说道：“哦，在安妮特离开非洲之前，她会习惯于看到蛇的。”

“但这条不一样。”女孩说道。

布朗的面容露出一丝疑惑，他想要说什么，但转念一想，现在还是先保持沉默为好。

搭建防兽栅栏和拾柴火的工作还远未完成，于是简和布朗也加入了进来，借助那把短柄斧，工作效率也大为提高。

天黑前所有工作都完成了，他们终于可以悠闲地围坐在简生的篝火旁了。

简教他们先用木棍把水果穿起来，然后再放到火上熏烤一下，以便让这些水果，这也是他们唯一的食材，吃上去更加香甜可口。他们饿极了，就连斯波洛夫也不再抱怨，自顾自地吃了起来。殊不知，当他们在吃东西的时候，还有一双眼睛，透过旁边的一棵大树上郁郁葱葱的枝叶，正在默默地注视着、观察着他们。

尽管简和安妮特也坚决要求承担守夜的职责，布朗仍坚持让三位男士负责，这位飞行员在这件事情上的立场非常坚定，毫不动摇。

“对我们来说，值两小时的班，然后休息四个小时，没什么大不了的，”他坚称，“但你们女孩子家要想不掉队，必须得保证充足的睡眠。”

简无奈地笑了笑，她知道她的耐力远胜过其他人，包括布朗，但是她钦佩布朗的精神，也知道这个男人的保护欲有多么强烈，于是她只好恭敬不如从命了。

这三位男士通过抛硬币的方式安排值班的次序。

“我希望你能让我守夜。”安妮特说道。

“不行，这不是女孩子做的事情。”布朗说道。

“唉，求求你，尼尔，就一次，”她苦苦哀求着，“唉，求你了。”

“不行，不行。”

“唉，就值一个小时，你一个人从两点坐到四点，尼尔，四点钟叫醒我，我值班到五点，然后我叫醒王子，到那时天也差不多亮了。”

“如果她真的想做，你就答应她吧。”简说道。

“好吧，”布朗道，“但下不为例哦。”

众人横七竖八地躺在篝火旁，似乎都睡着了。

当迪波斯叫醒布朗开始值八点钟的第一个班次时，迪波斯早已筋疲力尽，他一倒头便呼呼大睡了起来。安妮特辗转反侧地睡不着，不一会儿，她来到布朗身边坐下了。

“你最好回去睡觉吧，孩子。”他说道。

“我只想和你聊一会儿，尼尔。”她说道。

“你有心事吗？小姑娘。”

她沉默了一下，“哦，也没什么，”她答道，“只是想和你单独待一会儿，没别的事。”

他抬起胳膊搂住她，将她紧紧抱在怀中，他们就这样静静地坐着。过了一会儿，布朗说道：“你知道吗？我一直在琢磨你看到蛇这件事，安妮特，这件事听上去有点蹊跷，你真的没有隐瞒什么吗？”

“隐瞒？我不知道隐瞒这个词是什么意思。”

“好吧，先跳过这个词，就在你和我诉说看到蛇这件事情时，我注意到你和那位伟大公爵的表情很不自然，孩子，现在你老实说吧，告诉我实情。”

“实情？”

“就是事实、真相的意思，这到底是怎么回事？”

“我很怕他，尼尔，如果我说的话，答应我不要和他提这件事，我知道是他杀害了王后，我怕他也对我下毒手，他就是这么说的。”

“什么？他说他要杀你？”

“如果我把这件事说出来的话……”

“把什么事说出来？”

“就是他企图从我手中夺走大衣袖子上的布片这件事。”

“你大声尖叫就是因为这件事吗？”

“是呀。”

“我一定会让他付出代价的。”布朗说道。

“求你别说出去，求你答应我，”她苦苦哀求道，“千万别让我和他单独待在一起了。”

“好吧，”他答应了，“但如果他再耍花招，我一定饶不了他，你不用怕他。”

“你和我在一起我就不怕了，如果没有你在，我真不知道会怎么样。”

“你是不是有点喜欢我呢？孩子。”

“我非常喜欢你，尼尔。”

他紧紧抱着她：“我想我也很喜欢你，我从没像这样喜欢过别的人。”

她也紧紧地偎依在他怀中。“告诉我你有多喜欢我？”她小声说道。

“我在这方面嘴很笨，我……我……呃，你懂我的意思。”

“我想听你说。”

他清了下嗓子：“好吧，我爱你，孩子。”

“那你不爱格雷斯托克夫人吗？”

“嗯？什么？”他大声说道，“你怎么会这么想啊？”

“他说的，他说你爱她，她也爱你。”

“这个肮脏的老鼠，一位贵妇、一位英国爵爷的夫人，会看得上我？这太可笑了。”

“但是你却可以，用你的原话来说，看上她呀。”

“这辈子绝不可能，孩子，我有你就足够了。”

她伸手搂住他脖子，把他揽了过来。“我爱你，尼尔。”她呢喃着说道，两人的嘴唇早已黏到了一起。

他们感觉整个夜晚、整个世界都是他们的了，对头顶树梢上那位静静的看客，他们丝毫没有觉察，在布朗去叫醒斯波洛夫之前，安妮特一直陪在他左右。

当迪波斯值完班，已是凌晨两点，整个营地还在沉睡中，他叫醒了布朗。

到了四点钟，布朗还在犹豫着要不要去叫醒安妮特，但是他已经答应她可以值一小时班了，于是他还是轻轻摇醒了她。

“现在四点钟了，一切都好，”他耳语道，接着他吻了她的耳朵，“现在我感觉更好了。”

她笑着侧过身半躺半卧着，“现在你躺下睡吧，”她说道，“我来站岗。”

“我陪你坐一会儿。”他说道。

“不，那可不行，”她倔强地说道，“我要一个人守夜，这样我才能感受到自己的价值，去吧，你去睡吧。”

营地陷入了沉睡，直到天光大亮，简睡醒时，沉寂的营地才苏醒过来。她坐起来环顾四周，没有人在值守，本应该值班的亚历克西斯仍在酣睡。

“我还以为是伟大的王子在值班呢，”布朗说道，“是你替他值的班吗？”

“我睡醒时，没有人值班，”简答道，突然，她反应过来，“安妮特在哪儿？”

布朗一下子跳了起来，“安妮特！”他大喊道，没有回应，安妮特不见了。

Chapter 18

一片纸

天亮了，内其马却一整夜都没合眼，漫漫长夜，它辗转难眠，又惊又怕，后悔自己没有留在泰山身边，它下定决心，天一亮就立刻返回营地，但当黎明的曙光驱走黑暗，清晨真的降临时，它那颗小脑瓜却又将刚刚才下定了的决心忘得一干二净，一心只惦念着和它的新玩伴及时行乐了。

它们两个在树丛中来回穿梭游荡，蹦蹦跳跳地从一棵树荡到另一棵树上，时而爬上高高的树梢，时而又跳到低矮的枝丫上。

内其马开心极了，明媚的阳光普照着大地，它并没意识到又一个阴冷恐怖的夜晚即将降临。

它们向西越走越远，离营地也越来越远。内其马手中一直攥着那根分叉的木棍，那张沾满泥土的皱巴巴的信封夹在上面。不管是在嬉戏玩闹，还是在晚上睡觉时，它的宝贝总不离手。

这只小母猴，也就是内其马的玩伴，很顽皮，也很贪婪，它艳羡地盯着这根木棍和信封。上次因为抢内其马的东西挨了一巴掌，现在小母猴可老实点了，可是它越看到木棍和信封，就越想要。

内其马高举着信封在一根树枝上奔跑，小母猴跟在它身后，机会来了，它看到内其马必须要穿过前面的一株枝干，于是它猛地跃起从上面爬到了那株枝干上。当内其马从下面经过时，小母猴突然一伸手抓走了信封，令它懊恼的是，它没能抓到木棍，但能拿到一点东西也不错，总比什么都没拿到好。

得手后，小母猴飞快地向前跑了。内其马眼见窃贼跑了，不禁怒火中烧，在后面拼命地追赶，由于害怕，小母猴跑得更快了。

它们一路狂奔，小母猴逐渐扩大了领先优势，跑得越来越远，直到完全失去了踪影。丢失了宝贝，令内其马忧愤交加，但现在更让它恐怖的是连小母猴也不见了。

但内其马并没有失去它，在高处一株树杈上内其马又看到了它，小母猴正傻傻地坐在那里，惬意地吃着水果呢。内其马走上前来，却没有找到信封，小母猴弄丢了。内其马想要给它一拳，但又想抱住它，最终内其马还是妥协了，上前紧紧地抱住了小母猴。

内其马向小母猴索要那张纸，但内其马不知道该怎么说，它的语言里没这个词。但小母猴还是听懂了，慌乱中它把纸扔掉了。

内其马顺着原路返回去寻找，但不一会儿，它就对沿路遇到的毛毛虫产生了兴趣，它把能找到的毛毛虫全部吃掉，那张纸也早被它抛诸脑后了。

下面有条小河，内其马喜欢河流，它喜欢顺着河走，于是它沿着这条河顺流而下。

内其马突然看到前面有什么东西，于是停了下来，在河岸边一块天然形成的空地上有一间人工搭建的简陋窝棚。

内其马断定这里有高曼咖尼人出没，它开始警惕起来，但它十分好奇，它侧耳倾听，仔细地观察，这里似乎很荒芜。终于，它鼓足勇气跳下地面，决心一探究竟。

内其马和那只小母猴一前一后，蹑手蹑脚地来到小棚屋门口。小心翼翼地打量完房门两侧，内其马朝屋内张望，里面没人，它走了进去，看到散落一地的行李和衣物。

它到处乱翻，想拿走点什么东西。突然，墙上一根木片钉着的一张纸片映入了它的眼帘，内其马大喜过望，它尖叫着跳过去撕下这张纸。接着，它冲出小棚屋，穿过空地，爬上一株参天大树的树梢，小母猴紧紧地跟在它身后。

等内其马把这张纸塞进木棍顶端时，这猴子早已将小棚屋里它看到的一切统统忘掉了。

内其马回忆起那位拿着塞有纸片的木棍给泰山送信的高个子武士。它随即决定它也要照做。它深知自己责任重大，现在唯一令人遗憾的是它头顶上缺少一片随风飘逸的白羽毛。

为此，内其马苦恼了好一阵子之后，终于还是踏上了返回营地的旅程，它就是在那里与泰山还有瓦兹瑞人分别的。

接近傍晚时分，它才赶回到那里，但令它惊愕的是，它的朋友们早已不见了踪影。

天还没黑，它就已经感到又惊又怕了。直到它女友赶到，依偎在它身边时，它的心情才慢慢好了起来。

然而好景不长，它绝望的心情才刚刚平复，它玩伴所属的猴群便赶来了。它们发现了内其马，还有那位和它一起私奔的不知羞耻的小东西。

伴着“叽叽喳喳”的啼叫声，猴群中几只公猴嘶鸣着、怒吼着，穿过树丛朝内其马和它的爱侣冲了过来，内其马想稳住阵脚，和它们搏斗。但它一转眼就放弃了这个念头。领头的这只老公猴长得高大威猛，一副张牙舞爪的模样令人胆寒，听到它恐怖骇人的恫吓声，内其马退缩了。三十六计走为上策，但它却被身旁依偎着的女友牢牢地羁绊着。

小母猴也很害怕，它不想失去这只特别能讨它欢心的小公猴。

那只吓人的老猴子冲上来了，此刻内其马突然做出了一个最怯懦的举动。它猛地一把挣脱了小母猴的拥抱，当母猴想再紧紧地拽住它时，为了脱身，内其马粗暴地甩开了小母猴的臂膀，还打了它一巴掌，最终小母猴放开了内其马。

内其马一直在惊恐地尖叫着，小母猴也尖声大叫着，其他猴子都在大声叫喊着，丛林陷入一片混乱喧嚣之中。在一片嘈杂的怒吼声和惊恐的尖叫声中，小内其马挣脱出来，向北逃走了。它手里仍紧握着它的木棍，木棍上的纸片就像一面迎风招展的旗帜，但并非胜利的旗帜。

一些公猴继续追了出去，但惊恐万状的内其马发了疯似的不停地奔跑着，公猴们一看追赶不上，也只得放弃了。

就这样，内其马一路狂奔，一边拼命地奔跑着，一边高声大叫着。

直到几乎筋疲力尽，内其马才放慢速度，它一边向后张望，一边屏息凝神地倾听着。老公猴狰狞的面目又浮现在它脑海里，但老公猴已不见了踪影，追逐声也停息了。于是内其马放下了心，胆子也大了起来。它甚至大摇大摆地走着，装出一副得胜将军的样子。如果它有老婆，回家后它又得把这番壮举好好地吹嘘一番了。有些男人尚且如此，何况内其马呢，它只不过是区区一只小猴子。

很快，它发现了泰山和瓦兹瑞人的足迹，它们朝北进发了，于是它追了上去，一路上它嗅着他们所经过的兽道上的土壤气息跟随在后面。它朋友们清晰可辨的嗅迹鼓舞了它，于是它又一次加快了速度。

小内其马在林中行进的速度是人类步行速度的数倍，担心夜幕降临会迟滞它的步伐，它决心不再流连于路边的蝴蝶和小鸟了。

当天晚上，它栖息在高处树梢的细枝上，这里是猎豹希塔无法踏足的地方。

Chapter 19

怒火和欲望

安妮特的失踪让命运多舛的这一行人大为惊骇，大家一时间陷入了恐慌，不知所措。

“她出了什么事情呢？”简问道，“我相信她是不会往丛林里走的，她太害怕那里了。”

布朗慢慢地逼近斯波洛夫，他心中充满仇恨，眼神也露出了杀机。“你知道她在哪儿，你这个无耻之徒，”他厉声说道，“说！你把她怎么了？”

斯波洛夫向后连连退却，本能地举起手遮挡着自己，“她的事情我全都不知道，我当时在睡觉。”

“你撒谎。”布朗道，他仍在步步紧逼。

“走开，”斯波洛夫哭喊道，“别让他过来，简，他会杀了我的。”

“对，我是要杀你。”布朗吼道，斯波洛夫转身就跑。

布朗一个箭步冲了过去，没跑几步便追上了亚历克西斯，布朗抓住他的胳膊，惊吓过度的斯波洛夫，像一只被逼到墙角的老鼠，猛地转过身拼尽全力地殊死抵抗。他疯狂地乱打一气，不顾一切地到处乱抓乱挠乱咬着。但美国人还是将他压倒在地，紧紧地卡住了他的咽喉。

“她在哪儿？”美国人问道，“她在哪儿？你这个……”

“我不知道，”斯波洛夫感到呼吸困难，他喘着粗气说道，“上帝作证，我真不知道。”

“你不知道我也要宰了你，留着你迟早是个祸患。”

布朗死死地卡着魂飞魄散的斯波洛夫的咽喉，后者还在拼命地挣扎。

说来话长，但其实这些全都是在一瞬间发生的。

简很快反应了过来，她立刻意识到事态的严重，布朗动真格的了。简抓起一杆长矛，跑了过来。

“住手，布朗，”她命令道，“让王子起来。”

“等我先解决了他再说，”飞行员吼道，“就算让我偿命，我也要杀了他。”

简用矛尖抵住布朗腋下，稍微用力一送，布朗立刻感觉到了一阵刺痛。

“放了他，布朗，”简喝道，“否则我就刺你个透心凉。”

“你为什么要杀我？小姐，”布朗问道，“你们需要我呀。”

“布朗，我不想杀你，”她说道，“但这样做对你没好处，你必须服从我的命令，记住，这里的头儿是我。你在做傻事，布朗，你现在作出的判断没有任何依据，别忘了，我们还没开始调查呢。我们应该首先明确安妮特离开营地的方向，搞清楚她是一个人离开的，还是另有他人。还有，我们可以通过识别嗅迹来确定她是自愿的还是遭人绑架。”

布朗这才慢慢地松了手，王子已经喘不过气来，但还在拼命挣扎。布朗放开手，慢慢站起身来。

“我想你是对的，小姐，”他说道，“你一向都很英明，但可怜的安妮特……昨天她告诉了我这个耗子的事情，这让我失去了理智。”

“她告诉了你什么事情？”简问道。

“昨天他突然对安妮特下手，想从她手中夺走那件大衣袖子上的布条，还威胁说如果她告发这件事，就杀了她。昨天她大声尖叫根本不是因为看到蛇，至少不是一条地地道道的蛇，而是他，小姐，安妮特非常怕他。”

亚历克西斯大口大口地慢慢地喘着粗气，由于惊吓过度，他全身上下不停地发抖。

“是这样吗？亚历克西斯。”简质问道。

“不，”他喘着粗气说道，“我只想看看那块大衣袖子上的布条是不是真是我的，结果她马上大喊大叫起来，她完全是想陷害我。”

“好吧，”简说道，“我们再这样纠缠下去，也不会有什么结果。你们都留在原地，我去看看有没有脚印，如果我们都去找的话，就会把可能留下的作案痕迹统统破坏掉。”

她慢慢地绕着营地走，边走边仔细观察着地面。“在这里，”她突然喊了起来，“她是从这里走的，是一个人。”

简又顺着失踪女孩的脚印向前走了几码，忽然她停住了。“脚印在这里消失了，”她说道，“就在这棵树下，没有搏斗的痕迹，也没有胁迫的迹象，她实际上走得很慢，旁边也没有别的脚印，这太奇怪了。”

简站在那里看着这双神秘消失的脚印，然后又抬头看了看头顶这棵大树。她突然抓住一根树枝，爬到了树上。

布朗也跑了过来，站在她下面。“你发现什么了？小姐。”他问道。

“只有一种解释，”她答道，“人不可能凭空消失，安妮特从营地走到这棵树下，脚印不见了。她只能去一个地方，就是我现在站着的地方。”

“但她不可能像你那样跳到树上去呀，”布朗疑惑不解地说道，“她做不到。”

“她没有跳，”简说道，“从她的脚印看，她是被吊上去的。”

“吊上去的？我的天！小姐，用什么吊上去的？”布朗激愤地说道。

“可能是条蛇，小姐，恕我直言，”迪波斯说道，“有可能是蛇缠起她拖上去了。”

“那她会大叫的，”布朗说道，“我们会听到动静的。”

“蛇会先迷惑人的心智，让人失去知觉。”迪波斯说道。

“胡说八道，迪波斯，”简说道，她的语气显得有些焦躁，“我不相信蛇有这种能力，掳走她的绝不是蛇，这里有人，他曾在这棵树上停留了很长时间，就算不是人也是某种类似人的生物。”

“你是怎么知道的呢？”布朗问道。

“我认为他曾经蜷伏在这里，”她答道，“这里的树皮有摩擦的痕迹，他一定在这儿一动不动地待了很久。还有，顺着他的视线到营地之间，一些小树枝都被人用刀砍掉了，是为了更好地观察营地。不管他是什么人，他一定坐在这儿观察我们很长时间了。”

斯波洛夫和迪波斯也赶了过来，他们站在一旁。“我说过这件事和我无关。”斯波洛夫说道。

“我搞不懂，”布朗说道，“我真不明白，如果受到惊吓，她本应大喊救命的，我们也会听到的。”

“我也不知道，”迪波斯说道，“但这种事我曾见到过一次。先生，公爵大人在林肯郡东部海边有一座城堡，城堡俯瞰北海，景色十分优美。我们每年会去那里居住大约六周左右的时间，但这已经足够了，在那里的最后一次仍然让我记忆犹新。我再也不想去那个地方了。一天晚上，公爵夫人在那儿遇害了。真够惨的，但依我看，三天后发生的事情才更恐怖呢。公爵夫人有一个十分受宠的女仆，在公爵夫人被害后第三天晚上，这位女仆失踪了。就这样，凭空消失了，先生。直到现在也没找到她的蛛丝马迹。附近村民们都说是公爵夫人回来带走了她，类似这样的事情之前在唐宁翰公爵的城堡里也发生过，所以我在想……”

“看在上帝的份上，你给我住嘴！”布朗吼道，“你会让我们全疯掉的。”

“太恐怖了。”亚历克西斯小声嘟哝着说道。

“好了，不管是什么，反正不是鬼魂干的。”简说道，她跳到地上，一只手搭在布朗的胳膊上。“我很难过，布朗，”她说道，“我知道你很喜欢她，但我们也无能为力，现在只能先找到一个文明社会的定居点，将这件事如实汇报，然后才能展开搜救。”

“那就太晚了，”布朗说道，“我想现在就已经为时已晚了，她是那么柔弱，承受力又差，现在她很可能已经死了。”他转过身哽咽着说道：“也许她死了也就解脱了。”

四个人默默地吃了点东西，又踏上了似乎茫茫无望的征途。

一路上他们相对无语，这四人似乎被这一系列接连发生的惨剧给打懵了。心中满是猜忌、恐惧和疑虑，还有那如影随形尾随着他们的莫名魅影，正是他将安妮特活生生地掳走了。

布朗的内心是最痛苦的，这种痛苦让布朗甚至有些麻木了，他似乎连对亚历克西斯的仇恨都淡忘了，一路上他完全忽视了亚历克西斯，仿佛这个人不存在似的。

简走在队伍末尾，她步履轻盈而坚定，但走在她前面的亚历克西斯，却是一副精疲力竭、步履蹒跚的模样。迪波斯的情况也好不了多少，对体质羸弱的他来说，长途跋涉无异是一种折磨。

“简，”斯波洛夫说道，这时他们已静静走出很远了，“难道你不知道是谁掳走了安妮特吗？”

简摇摇头：“我只知道绝不是鬼魂干的。动物也做不到，一定是人。我不知道他是什么人，但他一定像猴子一样敏捷，因此，我不大相信是土著人，通常，土著人并不擅长爬树。我从未听说有人能像他那样在树丛中来去自如，带着安妮特从营地离开却没有留下任何踪迹。”

“但你现在相信了不是我干的吧？”斯波洛夫反问道。

“没有理由认为是你做的。”简答道。

“那为什么不在另一件事情上也打消对我的疑虑呢？你一定知道我是不可能杀凯蒂的。”

“我是怎么想的又有什么关系呢？”简问道，“这件事应当由法庭裁决。”

“你的想法对我来说太重要了，简，你根本无法想象有多重要。”

简正色看了他一眼：“我也不愿想象。”

简决绝的态度并未遏止斯波洛夫。“但我想让你知道的是，”他纠缠道，“我从未见过像你这样的人，我为你着迷，你一定看得出吧。”

简厌烦地摇着头。“够了，亚历克西斯，”她说道，“我们的境况已经够糟的了，不要再火上浇油了。”

“难道当你知道和你在一起的这个人深深地爱着你，你的心情会变得更糟吗？”他大声问道。

“哦，简，”他喊道，“我会让你幸福的。”说着，他抓起简的胳膊想要把她拉过来。

她又一次挣脱出来，抡起巴掌重重地扇了他一记耳光。斯波洛夫的表情瞬间大变，愤怒让他的脸扭曲了起来。

“我会找你算账的，你这个小……”

“你会怎样？”一个男人愤怒地问道。

两人一抬头，看到布朗气势汹汹地走了过来，右手中不停地晃动着那把短柄斧，迪波斯跟在他身后。斯波洛夫被吓得连连退缩。

“我现在就一次性地和你算笔总账。”布朗说道。

简把两人隔开。“不，布朗，”她说道，“我们不能这样擅用私刑，不能想怎么样就怎么样。”

“但只要他还活着，你就会很危险，而且我们所有人都会不得安宁。”

“我会保护好自己的，”简答道，“如果我能做到，你们所有人应该都能做到吧。”

布朗踌躇了一下，最后才勉强同意。“好吧，”他说道，“我再等等。”他的这句话意味深长，斯波洛夫应该听得懂。

当晚，他们又露宿在了路旁这条蜿蜒曲折的小河岸边。

他们刚一停下来，筋疲力尽的斯波洛夫和迪波斯就一头栽倒在地上。

“恕我直言，夫人，”迪波斯说道，“就算打死我，我也走不动了。明天你们走吧，别管我了，我想我不行了，夫人，我只会拖累大家。”

“你表现得非常好啊，迪波斯，”简鼓励他道，“我知道你很艰难，但可能连你自己都没意识到，你的肌肉正迅速变得结实起来，你也会很快适应这样的长途跋涉的，你一定不会掉队的。”

“希望如此，但是以我现在的状态，我感觉自己实在坚持不下去了。”

“别怕，迪波斯，我们都会帮你的。”布朗鼓励他道。

“你人太好了，布朗先生，但是……”

“没有但是，”布朗说道，“其实我们这里少一个人也没什么大不了的。”说话时，他眼睛直直地盯着斯波洛夫，“但这个人不该是你，迪波斯。”

“我现在，”简说道，“我现在要去找点肉吃，我希望你们能答应我，在我不在时，不要再争吵了。我们已经受够了流血和灾祸。”

“迪波斯才不会和人打架呢，”布朗说道，“我也要出去，所以你不要担心。”

“你要出去？”简问道，“你要去哪儿？”

“我和你一起去，小姐。”

“不行，带你去，我就没法捕猎了。”

“那就不捕猎，”布朗说道，“我一定要跟你一起去，我们所有事情都听你的，但一件事情除外。”

“什么事？”女孩问道。

“你不能再单独行动了，尤其是在安妮特出事之后。”

“恕我直言，夫人，我觉得布朗先生是对的。我们不能再失去你了，夫人。”

简耸了耸肩。“也许站在你们的角度，你们说的是对的，”她说道，“但是在这片丛林里，我远比你们更能够照顾好我自己。”

“问题的关键不在于此，”布朗说道，“关键是你不能再单独进入丛林了，就是这样。”

“好吧，”简莞尔一笑，说道，“我想我必须服从，那走吧，布朗，我们去看看能找到点什么。”

迪波斯和亚历克西斯目送二人离去，迪波斯扭头对王子说道：

“请原谅，先生，我们是不是应该搭个防兽栅栏并拾些柴火呢？”

“是呀，你去吧，”亚历克西斯道，“你最好快点，天都快黑了。”

“你不帮忙吗？先生。”迪波斯问道。

“当然不会，老弟，我累死了。”

“那我呢？先生，我也很累呀。”迪波斯对自己的大胆言辞感到有些意外。

“你没有理由疲劳，我雇你就是让你干活的，不是让你疲劳的，好了，抓紧干活儿吧，不要太放肆，你忘记了你的身份，迪波斯。”

“恕我冒失直言，殿下，如果你不在乎，我也无所谓。”

“你这话是什么意思？你这个无理取闹的狗崽子。”亚历克西斯质问道。

迪波斯靠在树边坐下，“我的意思是，如果你不帮忙，不去做你自己分内的事情，那我们就不搭防兽栅栏，也不拾柴火了，我敢说格雷斯托克夫人和布朗回来后会非常生气，尤其是布朗。如果我是你，我才不会再去招惹他呢。我猜他并不喜欢你，在这片丛林里，没有警察也没什么王法，他杀你不需要什么理由。”

亚历克西斯沉思了片刻，然后极不情愿地慢慢站了起来。“好吧，老弟，”他说道，“我帮你一道搭建防兽栅栏。”

接近傍晚时分，简和布朗带着一头小羚羊回到了营地，迪波斯就着篝火烤着一片一片的羊肉，其他人则静静地坐在那里等待着。

他们吃着分到的那点微薄的羊肉，相互之间几乎没什么交流。这是鱼龙混杂的一伙人，除了一起经历过那些可怕的灾难外，彼此之间毫无共通之处，因此也就心照不宣地尽量回避不愉快的交流。简和布朗是这帮人中唯一意气相投的一对，但两人也没聊多久便陷入了沉默，于是所有人都去睡觉了，除了迪波斯，因为他负责守第一班夜。

丛林中的长夜是难熬的，那些野性的嚎叫听上去通常会很远，但有时也会很近，近得能把人从睡梦中惊醒，隐秘、怪异的声响，野性、凶残的嚎叫，有时像轻声低语，有时似雷声轰鸣。然后又一起慢慢地归于沉寂，或是继续在林间回荡，响彻云霄。

男人们依次值班守夜，凌晨四点时分，值完第二个班次，迪波斯叫醒了下一班次的亚历克西斯。

清晨的寒霜冻得斯波洛夫王子瑟瑟发抖，他往篝火里加了些柴火，然后背靠着篝火站在那里，面对着茫茫夜色。

在火光与黑暗的边际，暗沉沉地升起了一堵无法穿越的幕墙，那是个神秘的世界，难以名状的恐惧充斥着那里。当远处的一棵树或是一簇枝叶被篝火里突然蹿出的一条火苗瞬间点亮时，仿佛那里的整个世界都在旋转着，那是超脱于他的小天地以外的另一个世界。

他也听到了嘈杂的声响，很多他无法理喻的声响，沉溺在恐惧和幻想中的他对他所看到的和听到的一切做出了种种奇异古怪的理解——一个痛苦呻吟的女人漂浮在现实的边缘，令斯波洛夫想到了那位返回带走女仆的被害女子，他不禁咒骂着说起这个故事的迪波斯。一头野兽突然咆哮起来，斯波洛夫王子不禁打了个冷战。

他将视线移开丛林，试图稳定一下自己的心绪。他的目光落在了正在熟睡的同伴们身上。看到布朗身旁的短柄斧，斯波洛夫诅咒着赶紧把视线挪开，他的目光落在了简身上，他凝视着，简多么美丽啊，为什么她会嫌弃他呢？他一向很有女人缘，女人们对他很痴迷，他是知道的。但他不明白简为什么讨厌他，这都怪布朗，他恨布朗，他坚信正是因为布朗在背后说了他的坏话才使得简厌恶他的。

他又将视线挪回到布朗和那把短柄斧，对这个人他又恨又怕，这个人要杀他，不止一次地威胁过他。

亚历克西斯觉得只有这个人死了，他才会安全，才没有人妨碍他和简。

他站起身，神情紧张地来回踱着步，时不时瞄着布朗和那把短柄斧。

他走到迪波斯身旁侧耳聆听，这家伙睡着了，睡得很香，他现在一倒头肯定也会立马睡着的。简也睡着了，布朗也是，斯波洛夫逐个确认着。

布朗要是死掉了该多好啊！这个念头执拗地、单调地在他疲惫的脑海中嗡嗡地重复着，布朗要是死掉该多好啊！突然，亚历克西斯像是被打了鸡血一样，他坚定地，但却蹑手蹑脚地径直走向布朗，他走到布朗身边单膝跪地，仔细倾听着，就这样一动不动地待了一会儿，然后便伸手轻轻地去拿斧子。

布朗动了一下，翻了个身。斯波洛夫被吓得愣在了那里。但随后，这位飞行员又恢复了睡眠中平稳的呼吸，斯波洛夫伸手抓住斧柄。他死死地盯着布朗的额头，眼神变得疯狂起来，他举起斧子劈了下去。

Chapter 20

内其马的游戏

泰山和瓦兹瑞人仍苦苦寻觅着卡乌璐村寨，这是个早晨，朝阳冉冉升起，迷雾仍未散去，探路者们意志消沉，他们远离家园，一天天地就这样徒然走着，丝毫看不到抵达终点的希望。从开始出发，他们就一直很迷茫，除了从部族传说中得到了一些零星模糊的信息，对慕维洛女儿布依拉的遭遇他们几乎一无所知。

有几位武士认为他们这是在捕风捉影，一路上，他们艰难前行，靠的就是内心的那份忠诚。

诚然，大家知道泰山曾遇到过卡乌璐人伊登尼，也知道他曾从伊登尼手中救走过古平谷的女儿奈卡，也听说了她的遭遇。但这些都是在远离瓦兹瑞人领地的地方发生的，就连慕维洛本人也开始怀疑卡乌璐人是否真的与布依拉的失踪案有关。这些奇怪的人能在这么近的地方找到女孩，为什么还要舍近求远呢?

在这个阴沉寒冷的早晨，不单单只有瓦兹瑞人感到气馁沮丧，在他们身后，还有只浑身湿透、垂头丧气、疲惫不堪的小猴子在丛林里急速穿行。它手持一根木棍，木棍顶端有一张纸片随风摇曳，它没弄丢木棍简直是个奇迹。内其马并不是只很专一的猴子，虽然有时它也会很固执，这根木棍对它而言就是个累赘，但它从没想过把木棍扔掉。

还有个念头一直困扰着它，它现在远离家园，泰山又不见了，也许它再也找不到泰山了，一想到这，它就非常害怕。它想回头往家的方向走，但它刚一转身，脑海中又浮现出那只老公猴凶神恶煞般狰狞的面目，内其马知道这只恨它入骨的老公猴就在回家的半路上等着它呢。此外，还有豹子、毒蛇和可恶的高曼咖尼人，都在后面等着它呢。内其马后来在前行的道路上也碰到了这些家伙，但它的小脑瓜就是这样，它从不考虑将来，从不考虑还未发生的事情。就这样，它一股脑儿地向前冲去，仿佛那里是一片坦途，没有好斗的猴子、嗜血的野兽和人类。

当太阳渐渐升起，温暖让内其马的精神为之一振，它掏了一个鸟窝，吮吸着蛋液，它又觉得自己天不怕地不怕了。

幸福的时刻终于降临了，在前方的小路上，它看到一队人马，领头的是一位高大的白人，那就是它的神灵，身后跟着十位乌黑发亮的武士。下面的一行人突然听到一阵兴奋的尖叫声，只见内其马飞身穿过树丛落在了泰山宽厚的肩膀上。

"你到哪儿去了？"泰山问道，"泰山还以为你被希塔捉走了呢。"

"我一直在和森林里的其他猴子打仗呢，"猴子答道，"它们想阻止我穿过它们的树丛，但我对它们又撕又咬，还拿棍子打它们。最后把它们赶到太阳落山的地方去了。我就是去的那里，干了这些事情，所以才离开了泰山。"

泰山微笑着说道：“你真勇敢。”说着，伸手挠了挠依偎在它脖颈上的小脑袋。

泰山见内其马仍拿着那根送信用的木棍，他没想到他的小朋友竟然如此执着，他又注意到木棍顶端的纸片不是内其马当初拿走的那张。泰山很惊奇。

“你棍子头上是什么东西呀？内其马，”他问道，“这是你在哪里拿到的？这不是我给你的那张，让我看看。”说着他伸手去拿。

内其马已经忘了它为什么还拿着这根木棍了，它忘了它这样做是为了学那位瓦兹瑞武士的样子。但它现在很兴奋，它想捉弄一下泰山，当泰山想取走棍子上的纸片时，内其马发觉玩耍和戏弄泰山的机会来了。它敏捷地从泰山肩膀上跳了起来，一溜烟地跑了，边跑边挥舞着棍子，纸片在棍子一头剧烈抖动了起来。

泰山喊它回来，但内其马一心想着玩耍，它爬得越来越高，一边嬉笑着做鬼脸，一边“叽叽喳喳”地啼叫着，它想让泰山上去抓它。

如果泰山能猜到那张随风飘扬的纸片对他究竟意味着什么，他就不会笑得那么开心了，也不会对内其马听之任之了。但他并不知道，有些看似无关紧要的东西竟是那样利害攸关、关系重大。

看到泰山没上来抓它，甚至连看都没看它一眼，内其马顿时觉得兴趣索然，它只好又往下爬了。但无独有偶的是，这次它的注意力又被一只初飞的雏鸟吸引住了。这只羽翼未丰的小鸟怯生生地扑腾着翅膀，正一点一点地学着飞翔。

小内其马一看到它，立刻忘乎所以地追了过去，小鸟刚落下枝头，内其马就爬了过去，可当它正要伸手去抓时，鸟儿突然又扑腾着飞走了。追逐的刺激令内其马欲罢不能，猫捉老鼠的游戏就这样一遍遍地上演着。

内其马手里拿着那封对泰山关系重大的信，追逐着雏鸟，向北越走越远。终于，雏鸟又振翅飞起来了，这次它久久没有落下，直到它的身影在内其马的视线中慢慢消失，内其马再也看不到它了。

内其马追鸟不为什么，只是图个乐子穷开心，它在浪费光阴，它原本可以做一些更有意义的事情，但它没有，它在做无用功。但我们知道人也一样，我们都曾有过虚幻的追求。

仍不死心的内其马又继续向北追了一段，但它很快又失去了兴趣。这时它才发觉它还一直拿着那根木棍，棍子的一头是一张纸。它想到了泰山，它发现自己又来到了一片陌生的地方，于是它决定立刻回去找泰山和瓦兹瑞人。但还没等内其马来得及出发，从北方传来一个声音吸引了它的注意，这是人说话的声音，它想去一探究竟。

内其马天生好奇心强，而且泰山也训练过它去调查一些奇闻异事，因此，当看到内其马在树丛中摆荡着奔向发出人声的地方，泰山并没有感到稀奇。

最终内其马居高临下，发现了目标，是两个塔曼咖尼人，一个男人，一个女人。当它看到这位男塔曼咖尼人时，它很庆幸自己和他保持着安全距离。这位塔曼咖尼人的样貌非常可怕，内其马从没见过一个像他那样的白人，这样一身装束它只在高曼咖尼人身上见过，但从没见过这样一身装束的白人。

这个家伙身材高大，孔武有力，一副凶神恶煞的模样。更有甚者，他鼻孔间穿着一根笔直的六到八英寸长的骨头或象牙，头饰上戴着羽毛，脸上涂满油彩，戴着耳环，宽阔的胸膛上还挂着一条由人类牙齿串成的项链。

除此以外，内其马还注意到他的大猩猩皮腰布、手环、脚环、腰间层层缠绕的纤绳，还有他的匕首和长矛。这个塔曼咖尼人确实不好惹，内其马的内心充满畏惧。但他的同伴却大不一样，她长得小巧玲珑，身上没有任何野性的装束。假如内其马能够在观察的基础上进行逻辑推演的话，它本该立刻猜到他们根本不属于一个部落，也许根本不是同一种人。但它并不知道她就是安妮特，一个法国姑娘。它不会知道这个男人就是她的挟持者，他是个卡乌璐人。内其马的智力有其自身的缺陷。

好奇心驱使着它跟在这两人身后，它尾随这两个人还有个原因，那就是想象，想象力不仅小内其马有，所有喜欢玩耍的动物都有。玩耍需要假扮，而假扮需要很强的想象力。

于是小内其马假装它在跟踪着两个塔曼咖尼人，它假装他们很惧怕它，它随时都会扑过去杀死他们两个，这对它来说多么有趣呀。丛林中几乎没有谁会怕它，在这个生机盎然的世界里，小内其马能杀的东西太少了，除了几只雏鸟，没有谁看到它会躲避，而想象能带给它优越感。和人一样，你经常会看到街上有人大摇大摆地走过，穿着皇帝的新衣，一副盛气凌人、不可一世的模样。

内其马兴冲冲地追踪着它的猎物，它感觉不到时间，它几乎完全没有时间概念。很快，夜幕就要降临了，它这才意识到了时间的流逝，但它不会在意。

临近傍晚时分，它的猎物走出了丛林，进入到一片开阔的平原，这块平原位于一座大山的山脚下。丛林和山脉之间并不遥远，内其马能看到平原对面沟壑纵横、巨石嶙峋的高山。在一座险峻陡峭的悬崖脚下屹立着一座村庄。

一条河流从村子里蜿蜒流向丛林，从村寨栅门下奔流而出的河流仿佛就发源于这座村庄似的。内其马还看到他跟踪的这两个人穿过平原向村寨走去。但它没有跟上去，毕竟，这只是场游戏，它不想玩过了头。

内其马看到大门打开，又看到大门在两人身后关闭了。接着，它这才突然第一次意识到夜幕已经降临了，它感到一阵孤独和恐惧。它想到了泰山，还有他宽厚有力的古铜色的肩膀。想到这，内其马转身在树丛中向南疾驰而去，一路呜咽啼叫着，手里还紧紧地攥着那根分叉的木棍。

Chapter 21

只剩两人

迪波斯突然醒了，睁开眼，他看到斯波洛夫正高举着斧头跪在布朗身边。迪波斯大喊一声，跳了起来。斯波洛夫愣住了，扭头看了一下迪波斯。就在他犹豫的这一瞬间，布朗的性命保住了。

迪波斯的喊声惊醒了他，他身体本能地一蜷，翻滚到了一边。这是他听到那位英国人可怕的喊声后做出的自然反应。

斯波洛夫的斧子擦着布朗的头颅劈了下去，斧子深深地扎在泥土里。

听到迪波斯的喊声，简翻身跃起，意识一下子清醒了过来。只见斯波洛夫单膝跪在地上，紧接着，他拔出斧子，慌不择路地向丛林深处逃去。

布朗正要去追，简叫住了他。“别追了，”她说道，“这有什么用呢？反正我们已经甩开他了，他再也不敢回来了。如果你穷追不舍，小心中他的埋伏。我们不能再失去你了，我们现在就剩下这几个人了。”

布朗转身回来了。“我真不想就这样放跑他，太便宜他了。但你是对的，他可能会躲进茂密的树林或灌木丛，杀我个措手不及，”他懊恼地摇了摇头，“但我还是不想放他走，他理应受到惩罚。”

“他会的，他现在独自一个人身处丛林。”简预估道。

“上帝保佑，别让我再看到他了，恕我冒昧，夫人。”

“你是对的，迪波斯，我们全都这样想，我们现在只剩三个人了，虽然他在对我们也没什么好处。”

“太有好处了！”布朗咆哮道，“我的天呀，小姐，他可不是没好处，他除了能给我们捣乱以外，什么也做不了。我下辈子也不想再看到他了。”

“王子！”美国人的言语中透着不屑和嘲讽，“原来王子们都像他这样，难怪一个个都被打倒。”

简笑了：“还是有不少好王子的，布朗，现在仍有。像斯波洛夫这样的王子其实并不是真正的王子，那只是尊称而已，就像肯塔基州的一个上校头衔，没什么意义，在他们那些国家，王子的地位并不高。”

布朗咧嘴一笑：“但他们在美国却很受追捧呢，那位可怜的老太太就痴迷于他的贵族头衔。你看看她的下场，美国女人都很愚蠢，她们总喜欢趋炎附势。”

简和蔼地一笑：“你知道，布朗，我就是美国女人。”

飞行员的脸涨得通红：“见鬼，小姐，我不是这个意思，抱歉啊。”

“没关系，一些美国女人的确如此，总是野心勃勃的，虽然现在的情况略有改观，但现在美国人仍热衷于购买贵族头衔，他们花大笔的钱却只换得些头衔，而且还常常是假头衔，就像他们本人，冒牌的。”

“我记得我读过一位法国伯爵几年前写的一本书，这位伯爵娶了一位美国铁路巨头的女儿，在书中他对他老婆一家人的品位和拜金极尽揶揄之能事。但和他这本令人作呕的书相比，他所取笑的那些事情简直不值一提。他自己也承认他对金钱的痴迷并不亚于他们，他还夸耀说他已经把自己的贵族头衔卖给了他们。但与此同时，他满口仁义道德、家族荣誉、世家血统。他这种人真恶心。”

“我越来越赞同我丈夫对人与兽的态度了，他更喜欢兽，而不是人。”

布朗疑惑不解地摇摇头。“我也不喜欢人，”他承认，“至少有些人我不喜欢，但如果你丈夫处于我们的境遇，我想他也一定会拼命想逃出丛林，回到人多而没有野兽出没的地方。”

“你不了解我丈夫。”

“好吧，也许他更喜欢待在这里而不是舒适的家里，但我不会。”

“那我们出发吧，”简提议，“这里也没什么事情了。”

“当然，恕我冒昧，夫人。”迪波斯附和道。

“我也想马上出发，”布朗说道，“没准……嗯……没准……”

“没准什么？”简问道。

“我在想安妮特，我知道不大可能再遇见她了，但我还是不愿放弃希望。”

“我们都在希望，布朗，但恐怕也只能这样了。”简将手搭在布朗的臂膀上，劝慰他道。

三人又启程向西出发了。他们不知道一双眼睛、一双邪恶的眼睛，正透过旁边树梢上的枝叶，一眨不眨地在注视着他们。他漫不经心地打量了一下这两个男人，但目光却一直锁定在简身上。

走在前面的布朗为了照顾到迪波斯，有意识地放慢了步行的速度。他明白无论他走多快，简都能跟上，甚至超过他。她的体力、耐力和决心令人惊叹。她根本不是他想象中的英国贵族妇女的形象，他本以为上流社会的女子全都娇生惯养，弱不禁风。让他没想到的是，他竟然会把她当作一位值得尊敬和信赖的首领。他想想都觉得不可思议，要么就是这本来就没什么好奇怪的。从没有一个男人像这位窈窕淑女那样，赢得他如此充分的信任和尊重。

迪波斯跟在布朗身后，休息一夜后，他精神饱满，他的身体也逐渐适应了艰苦的跋涉。今天早晨，他雄赳赳、气昂昂地走着，像个战场上的老兵。

“今天是个美妙的日子，夫人，”他说道，“恕我直言，你知道吗？从现在开始，我感觉自己的状态开始慢慢好起来了。”

“希望如此，迪波斯，也许最糟糕的时候过去了。我们要是知道自己的方位就好了，这样情况就会好得多，我们就能直接找到一个友好的村落，找些向导，否则我们可能会一直在荒野中游荡。让我最苦恼的就是这个，要是我们知道我们在哪儿就好了。”

“唐宁翰公爵经常说‘人生在世，难得糊涂’，夫人。”

“但这样做也没什么好处呀。”简笑着说道。

“但是如果你没有在非洲迷过路，”迪波斯说道，“你就永远不会知道非洲有多辽阔。”

“非洲地域广阔，迪波斯，在这里迷路太可怕了。”

“独自一人迷路就更可怕了，夫人，比方说殿下，唉！夫人，一个人在那里，他一定害怕极了，没有人和他作伴，只能自己一个人胡思乱想。”

“那些可怕的恶念，迪波斯，想想就让人寒毛直竖。但我才不担心他呢，我担心的是可怜的安妮特。”

迪波斯没说话，他也在想安妮特。

几个小时过去了，迪波斯又感到累了，他落了下来，和布朗渐行渐远。他不想和简说话，他现在累得说不出话来了，他向后张望了几次，想等简跟上来，但他实在太累了，浑身腰酸背痛。他跌跌撞撞地走着，步伐也越来越沉重。最后他实在等不及了，索性横下一条心，不顾一切地向前走去。

他感觉布朗永远也停不下来，这个人到底是什么材料做的？钢铁吗？他的腿脚就像一台永动机，似乎并不属于他身体的一部分。他也意识到自己今天的状态好多了，没有前几天那么容易疲劳。这真不容易，但如果能坐下该多好啊，那简直是天堂般的幸福。难道布朗永远都不会停下来吗？

英国人打了个趔趄，摔倒在地上。“累死了！”他喃喃自语道，“就连《牛津大辞典》里也找不到一个词能形容我有多累。”

布朗大笑道：“好啦，我也轻松不到哪里。”他坦言道，“我敢打赌夫人是我们这里最轻松的，咦，她人呢？”

迪波斯回头望着来路：“上次我回头看时，她还在我身后呢，放心，她马上就到。”

“她不应该走得这么慢呀，”布朗咕哝着，他看上去有些担忧，突然他大声喊了起来，“嗨！有人吗？格雷斯托克夫人！”

没有回音，两人目瞪口呆地看着来路，迪波斯挣扎着站起身，布朗又喊了起来，还是很安静。布朗注视着迪波斯，布朗现在的表情迪波斯之前从来没有见过。那是一种受到惊吓的表情，但不是为自己害怕。

布朗向回跑去，迪波斯跌跌撞撞地跟在后面，布朗时不时停下脚步喊着失踪女孩的名字，但一直没有回音，就这样一直到夜幕降临。

迪波斯早已精疲力竭，再也走不动了。布朗也几乎耗尽了体力，两人重重地倒在了地上。

“完了，”布朗疲惫不堪地说道，“她失踪了，和安妮特一样，相同的方式。为什么她不让我杀了他？我又为什么没有杀了他，我真应该……”

“你认为是王子干的？”

“一定是，这个卑鄙……唉，有什么用啊？都是我的错，我不该让女人教我怎么做。虽然她不是普通女子，但说到做这种事都是一个样，她们的心太软。我第一次动杀机时就应该把他杀了。那样的话，格雷斯托克夫人和安妮特现在都会和我们在一起了。”

“这不是你的错，布朗先生，”迪波斯宽慰他道，“你只是做了你应该做的，我们都承诺过要服从格雷斯托克夫人的。她吩咐过你不要杀他，恕我直言，在我看来，那个混蛋早就该死了。”

一声狮子的吼声在黑暗的丛林里回荡着，两人这才意识到了危险。布朗咕哝着说道：“只要让我知道她们在哪儿！只要让我知道她们还活着！只要他还没有杀她们！想想吧，她们被藏在黑暗中的某个地方，身边只有那个娘娘腔。”布朗说话的声音透着阴郁和沮丧。

“你不会相信他会杀了格雷斯托克夫人吧，是吗？”迪波斯胆战心惊地问道。在他看来，杀一个贵妇的女仆是一回事，但杀掉一个贵妇，简直无法想象。在这方面，迪波斯的看法是骨子里遗传下来的，是经过教育熏陶出来的，已成了一种思维定式。（他家世代为奴，具体有多少代，连他们自己也记不得了。）他的这种势利性格是奴仆阶级特有的，也是根深蒂固、无法磨灭的。

“是的，我相信他不会杀她，除非她抵抗。这一点是毫无疑问的，但他有充分的理由杀那位可怜的小安妮特。如果她落入他的手中，她就死定了。上帝啊！如果让他落到我手中！我们明天沿原路返回去搜索他，你看怎么样？也许找不到他，但寻找他能给我们带来一些乐趣。你说呢？迪波斯，你帮我一起杀了他。”

“我从没想过杀人，布朗先生，但我敢说，如果他真的肆无忌惮地杀了格雷斯托克夫人和安妮特，就算只有我一个人，我也要解决了他。但是，布朗先生，我认为我们不应该返回，我认为我们应该遵从夫人的嘱托，继续前行。等我们找到帮手，一些熟悉这里的人，然后再回来搜寻她们。”

“我想你是对的，迪波斯，就算帝国大厦屹立在这片丛林里，我们也找不到，更何况两个女孩。”又是一声狮吼，这次距离更近了。

“我想我们最好还是爬到树上去，迪波斯，然后等到天明再说。睡在地上对健康可没什么好处呀。”

“我父亲常说这样做对健康非常不利。他在克里米亚时，就是因为睡在地上才患了风湿。”

“那就爬吧，”布朗说道，“我可不想得风湿。”

Chapter 22

被狮子追踪

内其马在树上担惊受怕地熬过了一夜。一只猎豹希塔，时而在地面徘徊，时而又爬到了树上。内其马紧紧抓着最上面那根刚好能承受它体重的树枝，它浑身颤抖着，一半是因为寒冷，一半是因为恐惧。恐怖的黑夜刚一开始退去，它便纵身在树林中跳跃着去找寻泰山和瓦兹瑞人了，它手里还握着那根开叉的木棍，一张纸夹在上面随风飘动着。

没走多远,内其马就听到有人说话的声音。它迅速朝那边赶去,小心脏“怦怦”直跳，内其马多么想赶紧见到泰山呀。它丝毫没有迟疑，它确信那声音一定是来自它的朋友们的，而它的朋友们也听到了它的声音。

伴着“叽叽喳喳”的啼鸣和尖叫，内其马从枝头一跃而下，落到了泰山的肩头。它一把搂住泰山的脖子，手中棍子上那张纸不停地在他眼前晃动着，泰山看到了那上面的字迹，他一下子就认了出来，但他不敢相信，这太不可思议了。小内其马怎么会拿着简的信呢？也许是这上面的字迹碰巧和简的雷同吧。

不等内其马跑开，泰山便把信从棍子上抽了下来。没去管猴子“叽叽喳喳”的唠叨，泰山便迫不及待地读了起来。而站在一旁的瓦兹瑞人这时才注意到泰山严峻的神情。

“这是你从哪里拿到的？”泰山问道，“是谁给你的？”

内其马的唠叨声停了下来，它抓耳挠腮地思索着，从哪里拿的呢？它想不起来了，期间发生了太多的事情，它的记忆是一条深长悠远的回廊，而这件事只是回廊尽头一件不起眼的小物件。

“老爷，出什么事了？”慕维洛问道，“内其马带来的是坏消息吗？”

“这是格雷斯托克夫人的信，她和一些朋友乘坐的飞机迫降在这里，他们没有补给，没有武器，在丛林中迷路了。”

他又把目光转向内其马。“这是谁给你的？”他问道，“是个女人吗？一位塔曼咖尼人？”

内其马还在慢慢回忆着。“不是塔曼咖尼人。”它说道。

“那是高曼咖尼人？”

“也不是高曼咖尼人。”

“那是谁给你的呢？”

内其马忽然灵光一现：“没有人给我，是我在一间瓦刺里发现的。”

“它说什么？老爷。”慕维洛问道。内其马说的是猴语，在场的人中，只有泰山听得懂。

“它说这是它在一个巢里找到的。”丛林之王解释着。

“这个单词还可以指房子、棚屋、避难所、野兽的巢穴，或者鸟巢，我再确认一下。”

“内其马，你找到这封信的巢穴是谁筑造的？”

“是塔曼咖尼人？它和高曼咖尼人筑的巢穴不一样。”

“它在哪里？好好想想，你一定要带我去，它在哪儿？”

内其马抬起爪子，大致朝西指了一下。

“你带泰山去找这个巢。”泰山说道。

内其马立刻兴奋了起来，它感到自己责任重大，它一下蹦到了地上，拽着泰山的腿。“跟我来。”它央求道。

“你率领武士们继续向北找卡乌璐人的村寨，”泰山指示慕维洛，“如果他们怀有敌意，你们不要进村救布依拉，先在那里等我。如果你们找到了她，就把她带离那里，并留下一些标记告诉我，明白吗？”

“明白，老爷。”

“那我和内其马先去找格雷斯托克夫人了。”

泰山在内其马的引导下，向着那封信所在的小窝棚走去，但内其马领的不是一条直路，而是兜着圈子，他们走遍了它曾经走过的所有地方。这些天来，内其马经历过的每一次冒险和灾难就像一个个坐标，指引着他们一步步地走向那间小窝棚。

途中，内其马告诉泰山它曾看到过一个古怪的男塔曼咖尼人和一个女塔曼咖尼人。泰山几乎可以肯定那位被卡乌璐人俘获的女子就是简，他在考虑是不是要放弃搜寻那间发现信的小窝棚，而去追踪那一对男女。但内其马说不清他们的方位，现在也没有嗅迹可循。最后，泰山断定，要找简，还得从简曾经到过的某个地方开始。

一个人需要付出极大的耐性才能忍受内其马那波诡云谲的记忆、信马由缰的思绪。好在丛林中大多数的住客都很有耐性，泰山也不例外。功夫不负有心人，泰山在得意洋洋的内其马的引领下，穿越茫茫林海，终于抵达了受困的失事飞机乘客们所搭建的营地，也就是内其马找到信的地方。

泰山在这里找到了确凿的证据，这些证据证明简的确是受难乘客中的一员，他们已经沿着泰山面前的这条蜿蜒小路向东进发了。现在他已不再需要内其马的帮助了，他的内心燃起了新的希望，带着这份希望和信心，泰山飞身一跃，跃进了那片曾淹没他爱侣的未知地域。

虽说报应常常会迟到，也很盲目，但对惊恐万状的亚历克西斯来说，却并非如此。他很快尝到了恶行带给他的苦果，这让他简直生不如死。斯波洛夫是个十足的懦夫，孤身处于这片静谧诡异的丛林里，他这个懦夫被吓得浑身发软，直打哆嗦。

他受到两种恐惧情绪的左右，一种又几乎吞没了另一种。他害怕丛林猛兽，不敢独自面对黑暗的丛林之夜。这种恐惧几乎吞没了另一种，即他对布朗的恐惧，但还不足以完全吞没。只要他一想到要回到他冒犯和伤害过的人身边，他就会意识到布朗要杀他，于是他又不得不继续忍受这份可怕的孤独。

最后他终于打定主意不回其他人身边，他决心按照他原先计划的那样去做，他曾提出却被众人否决的计划，当时众人一致拥护简向东寻找友好的土著居民的计划。而他现在要向西走，他希望在比属刚果能找到一处白人定居点。

但令他备受煎熬的是，他必须要原路返回了，而原路返回就意味着他必须要经过他妻子的坟墓。

他对此事并无悔意，但那天迪波斯讲的故事，即那位被害的唐宁翰公爵夫人返回阳间带走女仆的故事，让本就迷信的他更加疑神疑鬼，坐立不安了。

和迪波斯一样，安妮特的神秘失踪让斯波洛夫同样浮想联翩，从理智上讲，她的失踪根本解释不通。

但他别无选择，他必须得从凶杀现场和他老婆的坟墓前经过，这时，斯波洛夫的眼前又浮现出他举起斧头的画面，他老婆的鲜血喷涌而出，溅满了他的双手和衣袖。

头一晚，他趴在树枝上，恐惧令他彻夜难眠。他听到野兽在下面巡弋，他听到猎物的惨叫声，百兽之王的咆哮声震天动地，但还有一些声响，一些鬼鬼祟祟、神秘莫测的声响，他不知道那是什么，却感觉更加可怖。

终于，长夜将尽，晨曦又一次照亮了这个衣衫褴褛、形容枯槁、失魂落魄的人，恐惧、饥饿和无眠令他精疲力竭、疲惫不堪。他现在与那位游走在巴黎林荫大道的斯波洛夫王子相比，简直判若两人。

瘫软无力的手臂、不修边幅的面孔、乱蓬蓬的头发粘满了尘土和臭汗，瘦削的面颊上划过道道泪痕，显得肮脏污浊。他的精神濒临崩溃，他不时在自言自语，然后又警醒自己不要出声以免招来猛兽的注意。

就这样，他跌跌撞撞地走着，一整天没东西吃也没水喝。他是贪婪的牺牲品，和他畏惧的那些高傲的猛兽相比，他只不过是个微不足道的可怜虫，同时他也是进化论的一个可悲的注脚。

行至午后时分，他恐惧的东西终于出现了，当时，他在一条宽阔笔直的小路上走了一段路。像往常一样，他不停地回头张望，但他这次回头一望，顿时觉得天昏地暗，两腿发麻，差点瘫倒在地，斯波洛夫一动不动地僵在那里了。

在他身后小径尽头的灌木丛中，一头体形巨大的狮子正站在那里，它正上下打量着斯波洛夫，狮子通常会等到夜幕降临后才外出狩猎，至于这头狮子为什么会在这时偏偏出现在这里，就不得而知了。它静静地站在那里，凝视着斯波洛夫。

不一会儿，斯波洛夫清醒了过来，他沿着小路慢慢向前走着，他听说假如人逃跑的话，几乎所有猛兽都会轻而易举地追上来，因为人是跑得最慢的动物。

斯波洛夫一走，狮子便跟上去了，它走得也很慢，和斯波洛夫保持着距离。狮子在跟踪他。如果它想，它随时会扑过来，将一切终结。

尽管斯波洛夫并不熟悉狮子的习性，但从众人围坐在篝火旁的杂谈中他学到了很多知识，虽然作为一个不受欢迎的人，他只是在一旁倾听。

他不知道狮子何时会冲过来扑倒他。他想逃跑，但还是努力克制住了自己的冲动，他眼巴巴地看着周围的树木，却根本没力气攀爬。

来到一个路口转弯处，趁狮子还没看到他，斯波洛夫拔腿就跑。他立刻听到身后发出了一声怒吼，听上去是那么近。他回头看了一眼，那头狮子正快步跑了过来，它的眼睛、一双可怕的黄绿色眼睛，闪烁着熊熊怒火，这团怒火正将它残存的最后一丝克制也燃烧殆尽。

心胆俱碎的斯波洛夫发出了一阵撕心裂肺的尖叫声。

Chapter 23

囚 徒

在一条小径旁的树丛中，泰山正一路向东穿梭前行，内其马有时会冲到他前面，有时又跳到他上面，它四处寻衅滋事，像只好斗的公鸡，它知道泰山就在它的身旁，随时可以提供庇护。

风迎面吹来，泰山可以通过嗅觉去感受前面丛林中的一切，有蛇西斯塔、羚羊瓦匹、猎豹希塔。隐隐约约地，还有顺风而来的溪流。

在这片陌生的地域，正是靠着嗅觉，泰山才能事先安排好行进的路线并提前选定好合适的露营地点。

风神阿舍的气息中还弥漫着一股狮子努玛的刺鼻气味。接着，泰山听到这头丛林之王发出了一声咆哮。几乎与此同时，他又捕捉到了人的嗅迹，是一位独行的塔曼咖尼人。

泰山几乎可以想见前面即将发生的一幕，于是他加快了速度，这里出现的白人很可能是简同伴中的一员，他可以从他那儿得知简的遭遇和去向。现在努玛还不能吃掉他，起码得等自己问完。

泰山前去搭救这个素不相识的人并不是出于仁慈之心，若非考虑到简，他并不会在意这个人。他对别人受难漠不关心的态度并非出于自私和冷酷，泰山自认为也是一头丛林动物，这头狮子和他一样，也要吃饭。如果不吃这个人，它就得吃其他动物，而在他看来，其他动物的生命和这个人的一样宝贵。按照丛林法则，除了自己或者朋友的生命，没有一个物种的生命是凌驾于其他生命之上的。

泰山意识到他们两个就在前方不远处，从这头狮子的气味可知它并不饿，因此它很可能只是在跟踪这个塔曼咖尼人，除非被激怒，它现在一般不会发动攻击。

接着，寂静的丛林中传来一阵惊恐的尖叫声，泰山知道这头暴躁的狮子已被激怒。泰山立刻冲了过去，他风驰电掣般穿过树丛，就连小内其马也没赶上他。

斯波洛夫以为狮子要扑过来了，但它没有，它只是紧紧跟着，刚才的咆哮是对他发出的警告和威胁，是要让他明白，一天当中的这个时间，丛林中闷热潮湿，丛林之王本该像往常一样懒洋洋地打盹睡午觉呢，但如果猎物非要逼本王采取过激举动，那后果将是不堪设想的。

但斯波洛夫可不管那是不是警告，他已经吓傻了，他现在只有一个念头——逃跑。因此他还在跑，他又累又怕，摇摇晃晃地向前跑着，“怦怦”直跳的心已经提到了嗓子眼，哽咽着怎么喊也喊不出来。

现在努玛可真生气了，这个倒霉的家伙竟然还跑，它本打算悠然地跟在后面，等时机成熟再捕杀和进食，但它现在却不得不跑起来。它要结束这一切，而且要快。于是它又发出一声咆哮以示警告，它准备扑上来了。听到这声怒吼，斯波洛夫被吓得浑身瘫软。

感到末日降临，斯波洛夫跪倒在地上，面对着狮子。就在这时，奇怪的一幕发生了，发生得如此突然，不仅斯波洛夫没想到，连狮子也被吓了一跳。一个白人从天而降，落在了斯波洛夫和狮子之间的小路上。

斯波洛夫从没见过这种人，一位古铜色皮肤的、几乎全身赤裸的巨人。巨人面目英俊，神情严肃冷峻，他满不在乎地看着狮子，仿佛那只是一只一吓就跑的野猫。他一动不动地站在那儿，面朝着狮子。狮子停下脚步，一脸不悦地瞪着这位不速之客。

经过仔细端详，斯波洛夫才发现这个人并非真的是巨人，但却给人一种身材魁梧的感觉，也许正是他的王者风范才让他显得如此高大威猛、鹤立鸡群吧。他身高大约有六英尺多，隆起的肌肉让古铜色的皮肤呈现出一道道流畅的线条。他结实匀称的体格可以和他面前的狮子媲美。斯波洛夫突然感觉这个人和狮子非常相像，于是他开始惧怕起这个人了，就像他惧怕狮子一样。

他们面对面相持了一会儿，接着狮子开始咆哮起来，并摇头摆尾地向前踏了一步。这个人也开始咆哮起来，斯波洛夫被吓得浑身颤抖，现在，他真的害怕了。在他们头顶的树梢上，一只小猴子上蹿下跳，“叽叽喳喳”不停地啼叫谩骂着，一大堆粗言恶语倾泻而出，但对斯波洛夫来说，这些只不过是这只喜欢唠叨的猴子喋喋不休的蠢话。

这位古铜色大汉迎着狮子慢慢地走了过去，从他巨大的胸腔里传出了震耳欲聋的咆哮声。努玛变得有些迟疑，它急忙朝两边张望。接着，它摇了摇头，朝旁边吼叫了一声，然后便转身大摇大摆地离开了。这个人吓倒了这头狮子，狮子头也不回地走了。

泰山转身来到斯波洛夫身旁。“你是什么人？”他问道。听到泰山操着流利的英语问他，斯波洛夫吃惊的程度丝毫不亚于听到刚才那头狮子讲话，这就是刚才发出那么可怕的咆哮声的那个人吗？斯波洛夫一时愣在那里，没有回答。泰山又问了一遍，这次他语气生硬，不容怠慢。

“我是亚历克西斯·斯波洛夫王子。”

“你的同伴们呢？格雷斯托克夫人，还有其他人呢？”

斯波洛夫又一次瞠目结舌，这个人怎么会认识他们？

“我不知道，他们把我扔在丛林里等死。”

“是谁把你抛下的？”

“格雷斯托克夫人、我的男仆，还有飞行员布朗，他们抛下我时，只有我们这几个人。”

“他们为什么抛下你？”

“布朗想害我，他不想我回到文明社会定居点去指控他谋杀。”

泰山仔细打量了一下这个人。在他身上泰山没有看到任何招人欣赏或喜爱之处。“谁被他杀了？”他问道。

“他杀了我妻子，因为他认为她会拖累我们，阻碍他逃出这片丛林。他知道我是不会抛下她的。他不想抛开其他人，他怕一个人走在丛林里。”

“那他又为什么抛下你呢？”泰山质问道。

斯波洛夫也发现自己的话前后矛盾。但他很快反应了过来，狡辩道：“因为他爱上了格雷斯托克夫人，他们两人想私奔。”

泰山脸色一沉，他好像要伸手掐住什么，也许是人的喉咙。“他们朝哪里走了？”他问道。

“沿着这条路向东走了。”斯波洛夫答道。

“什么时候走的？”

“我想是昨天，也许是前天。我一个人在丛林里待得太久，都把时间忘了。”

“迪波斯和安妮特呢？”

斯波洛夫又一次目瞪口呆。“你是谁？”他问道，“你怎么会这么了解我们？”

泰山没吭声，他站在那儿看着这个人，他和这个人有什么关系呢？这个人只会拖累他去找简，但他又不能把这个人扔到这里等死，要不是考虑到这个人是简的朋友，泰山其实根本不想管他。在信中，简并没有详细描述他们遭难的细节，只是列出了他们这一行人的姓名，并提到了他们的空难和斯波洛夫王后之死。他理所当然地认为简是斯波洛夫夫妇的客人，因此这个人一定也是简的朋友。

“迪波斯和安妮特怎么了？”

“安妮特失踪了，”王子描述道，“我们也不知道她发生了什么。她就这样凭空消失了。她的脚印延伸到了一棵树下，然后就不见了。”

“这是什么时候发生的事情？”

“我记得是在布朗和格雷斯托克私奔的前一天发生的。”

“迪波斯呢？”

“迪波斯和他们在一起。”

“那他们为什么带上迪波斯而抛下你呢？”

“他不怕迪波斯，他知道我可以保护格雷斯托克夫人，而且如果我们能重回文明社会，我就会将他绳之以法。”

泰山目不转睛地盯着斯波洛夫，他在打量着这个人。他并不信任他，但他内心的想法丝毫没有表现出来。他不动声色，让人捉摸不透。他讨厌斯波洛夫这张脸，还有他的言谈举止，他的话总是前后矛盾、漏洞百出，但泰山知道这里面包含着一些事实。

至少从这家伙这里，他确认了简的行进路径，内其马看到的和卡乌璐人在一起的女人肯定是安妮特，在内其马看到安妮特时，简一定还和布朗及斯波洛夫待在一起。

“来吧，”他对这个人说道，“我们一起去找格雷斯托克夫人吧。”

“布朗会杀我的，”斯波洛夫说道，“他威胁了我好多次。”

“有我在，他不会杀你的。”

“你不了解他。”

“我不需要了解他，”泰山答道，“我了解我自己就够了。”

“我的身体太虚弱了，走不快，”斯波洛夫解释着，“如果你熟悉这里，你最好能带我到附近村子里，然后你可以自己去找布朗。我已经很长时间没吃东西了。我怀疑自己连一英里路也走不了，我已经饿得不行了。”

“你待在这儿，”泰山吩咐道，“我去找点吃的，然后我们再找布朗。”

斯波洛夫目视着这个人消失在了茫茫林海之中，宽阔的肩头还蹲着一只小猴子。

Chapter 24

堕入黑暗

在那个午后，走在迪波斯和布朗身后的简不禁思绪万千。在西边一个遥远的地方，在西海岸的一个内陆小海湾畔，有一间年代久远的小木屋。在那里她经历了一生中最重大的事件和最富刺激的冒险。也是在那里，她遇到了丛林中那位充满传奇色彩的半人半神的英雄，也就是后来她熟知的泰山。

他现在身在何方？他收到她发来的电报了吗？如果收到，他一定已经在找她了。想到这儿，她的内心又重新点燃了希望。她多么想依偎在泰山身旁，被一双强壮有力的臂膀紧紧地拥抱着，得到他坚强有力的庇佑，在这片丛林中得享安宁和幸福。

回首往昔，百转千回，令人感慨万千。不知不觉间，简落在了她的同伴后面。仿佛他们都不存在了，只有她独自一人沉浸在对往事的无限追思中难以自拔。

其实她并非独自一人，在她头顶的树丛中，有一双眼睛一直在观察着她的一举一动，他亦步亦趋地跟着她，注视着她。

她突然感到一股莫名的冲动，她不由自主地要转身向后走。难道是女性特有的趋利避害的直觉使然？这会是福，还是祸呢？她不知道。

起初，这股怪异的冲动很弱，接着却变得越来越强，最后竟成了一股连她自己也无法驾驭的力量。最后她不再犹疑了，迪波斯和布朗似乎早已离她远去。她想叫他们，但她知道这是徒劳的。她拼命打起精神想要继续向前走，想要追上他们，但很快她就犹豫了，她开始屈服了，那是一股远比她更为强大的力量。她被它控制住了，她温顺地转过身，离开了她的同伴们。

似乎有人在召唤着她，她虽听不见那个人的声音，但又不得不服从。这召唤并不是给予，也不是在威胁，听到召唤，她既不抱希望，也不感到畏惧。

当卡乌璐人拿绳索套住她时，她既不感觉意外，也没有恐惧。她已经麻木了，她痴痴地看着这个白人将她拖到他旁边的树枝上，然后将绳套解开。这一切显得那么自然，仿佛早已是冥冥之中注定了的。

这个男人把她扛在肩头，离开了这条逐渐向东北方向延伸的小路，他在丛林间飞身摆荡着，一路向东进发。他一言不发，她也没吭声，似乎一切都很正常。这种精神状态大约持续了一个小时之后，她才慢慢地从被催眠的麻木状态中清醒过来。她开始意识到自己险恶的处境。她发现自己落在一个陌生的白种野蛮人手中。她知道自己被催眠了，虽然对发生的一切她还有意识，但她的意志受到了一股魔力的控制和利用。

她觉得自己必须做点什么，但又能做什么呢？这个男人扛着她还能这么轻松自如，她知道他的体力超乎寻常，她远不能与之抗衡。她逃脱的唯一希望只能是趁他不备时，想办法溜走。但在他扛着她时，这根本行不通。

她不知道他要带她去何方，意欲何为。如果能和他聊聊，也许就能知道。但这人说哪种语言呢？好吧，她只能试试了。

“你是什么人？”她用英语问道，“你想把我怎么样？”

“我听不懂你在说什么。”这个人操着班图方言咕哝着含混不清地说道，简对这种方言非常熟悉。

当处于绝望中的简发现他操着她很熟悉的语言说话时，她心中一阵欣喜。

“我能听懂你的话。”她用同样的方言说道。

“那告诉我你是什么人，为什么抓我。我不是你们的敌人，但是如果你把我关起来或者伤害我，我的人会来毁掉你们的村落，你们中的很多人都会被杀死。”

“你的人不会来的，没人会来卡乌璐村寨，如果有，他们也会被杀死的。”

“你说你是卡乌璐人？你们的村落在哪里？”

“你很快就知道了。”

“你们要把我怎么样？”

“我要带你去见卡凡达凡达。”

“卡凡达凡达是什么人？”她问道。

“他是卡凡达凡达。”这个人的语气很干脆，就好像在说，上帝是上帝一样。

“他要把我怎么样？他要怎么处置我呢？如果他想要赎金，如果你们想要赎金的话，我的人为了救我，会付给你们很多钱的。”

“你的话太多了，”卡乌璐人厉声说道，“住嘴。”简沉默了一阵子，接着她又试了一次，被这么扛着，她觉得很不适。

“放我下来，”她说道，“我在树丛中行进的速度和你一样快，你不必扛着我，如果让我自己走，我们都会轻松些。”

一开始，卡乌璐人对简的提议并不在意，但他最后还是把她放了下来。“不要试图逃走，”他警告道，“如果你这么做，我就不得不杀了你，没有人能从卡乌璐人手中逃脱。”

简放松了一下酸痛僵硬的四肢，她仔细打量了一下她的这位挟持者。他的确是一个典型的野人。但他给人留下这种印象究竟是出于他的长相，还是他身上涂的油彩，抑或是他的鼻饰、耳环使然，就不得而知了。和很多野人或原始人一样，从外貌很难分辨他的年龄，但简还是觉得他应该很年轻。

“你叫什么名字？”她问道。

“奥格德利。”他答道。

“你一定是个酋长。”她恭维他道，她这么说是为了讨他欢心。

“我不是酋长，”他答道，“我们只有一个酋长，他就是卡凡达凡达。”

她试图套他的话，但他却很不耐烦，一开始少言寡语，最后干脆凶了起来。

“闭嘴，否则我就割掉你的舌头，”他厉声道，“卡凡达凡达可不需要你的舌头。”

于是简沉默下来了，看他的言谈举止，简觉得他的话绝不是闹着玩的。

当晚，在他睡觉之前，他用绳子把简牢牢地捆了起来。第二天早晨，他们又上路了。

后来他又停下来采了些水果和坚果，这就是他们的第一顿早餐。接近晌午时分，他们忽然到达了丛林的尽头，越过一片狭窄的平原，远处有一座巍峨的大山，山脚下，简隐约看到有一排栅

栏状的建筑紧紧倚靠在悬崖绝壁之下。

几条小溪从这片平地上穿流而过，巨大的鹅卵石散布在四周，他们穿过这片平地朝着大山走去，远处那一排排的栅栏在巨大的鹅卵石的掩映下若隐若现。

当他们走近之后，简才发现那些巨大的栅栏其实是用石头堆砌而成的，它们围在一个方形区域的三面，后边的一堵墙壁就是那座高耸入云的悬崖绝壁。

一条蜿蜒曲折的小河，从石墙脚下汩汩流出，穿过了这块平原。这条小河看上去好像发源于那里，直到简走近后，她才发现河水是从石墙脚下一个专门铺设的洞里流出来的。

挟持者来到石墙脚下大声喊叫了几声，不一会儿，两扇巨门中的一扇略微开启，他们被放了进去。一条狭窄的道路展现在面前，两旁是低矮的石头小屋，从这些小屋的平顶可以看出这是个干燥少雨的地方。这些房屋的样式类似于美国西南部史前印第安人建造的砖石结构的古屋。

部落里的武士们有的在小屋的门口闲逛，有的在外面的炉子上生火做饭。和奥格德利一样，他们都是些年轻人，并且他们的穿着打扮和身上携带的武器也几乎和他一模一样。

他们中的一些人围了过来，他们仔细打量着简并问了奥格德利一些问题。

“你和伊登尼真走运，”一个人发着牢骚，“他在月圆时连续捉到了一个黑人女孩和一个白人女孩。”

“黑人女孩跑掉了。”另一个说道。

“是呀，但他又回到丛林里捉到了一个白人女孩。”

“他得不到黑人女孩的牙齿了。”

“是呀，但可以得到那个白人女孩的一排牙齿，奥格德利又可以得到一排牙齿了，这下他就有四副牙齿了，卡凡达凡达一定会对他大加赞赏的。”

“他会的，”奥格德利说道，“我是卡乌璐最伟大的勇士。”

一个大个子对他嗤之以鼻。“你只有三副牙齿，”他嘲讽道，“而我有七副。”说着他拍了拍胸脯上面接近脖颈的地方。

简一直默默听着他们这些古怪的谈话，她这才注意到那个人脖颈下面挂着的一串串由人的牙齿制成的项链。她看到那里有七串，奥格德利脖子上挂了三串类似的项链。简环顾四周，发现其他的武士，有的有一两串，有的没有。很明显，这些项链代表着荣耀，象征着他们在捕捉女孩时所表现出的英勇无畏和他们赢得的功勋。

她突然感觉到了这里不同寻常的地方。她所处的这个村庄，地处偏远，与世隔绝，村子里的人全都勇武好战，而且这些男人全都年轻力壮，但这里却看不到一个妇女或儿童。

这意味着什么呢？难道有一些奇风异俗禁止妇女儿童在特定时间或场合抛头露面吗？还是这里根本就没有妇女和儿童？如果是后者，那么他们口中夸耀的女俘虏呢？但这怎么可能呢？一定有妇女和儿童，但如果有的话，为什么是男人在生火做饭呢？这可不是武士们应该做的。

当奥格德利带着简在这条狭窄的街道上走过时，这些想法和念头不停地在简的脑海中闪现。在一个十字路口，绑匪拐进了一条小巷，带着她来到一处低矮的圆形建筑前面，这栋建筑物让这个村落的氛围与美国西南部印第安人的古老村落更接近了。这栋建筑没有窗户，一把简陋原始的木梯搭在外面直达屋顶。它应该是一座基瓦会堂，至少看上去是。

奥格德利嘟哝着示意她先爬梯子，当她爬到屋顶，眼前的一切进一步印证了她的判断，这里有很多基瓦会堂式建筑的特征。另一部梯子从里面一个狭小的方形空间伸了出来。

奥格德利手指着下面命令道："下去，老老实实地待在下面，不要想逃，否则你的境况只会更糟。"

简向下张望，里面黑洞洞的什么也看不见。

"快点！"奥格德利催促道。

简伸脚踏上另一把梯子，开始慢慢向下爬。下面黑漆漆一片，深不可测，虽然她并不是个生性胆小的人，但还是鼓足了全部勇气才勉强踩着这把简陋的、摇摇晃晃的梯子向下爬去。现在她心中最大的困惑就是卡乌璐村子里为什么没有妇女。那些武士们拿来炫耀的俘虏们命运如何？她们是否也堕入到了这片黑暗的深渊里，一去不返了呢？

Chapter 25

战 败

慕维洛和瓦兹瑞人走到了丛林的尽头。面前是一片狭小的平原，一直延伸到远处的一座孤山脚下。

一个武士用手指着，说道："在那座高耸入云的悬崖绝壁之下有个村子，我看见栅栏了。"

慕维洛手搭凉棚向远处张望，他点头道："这一定就是卡乌璐村寨，我们终于找到了。也许我们找不到布依拉，但我们必须惩罚卡乌璐人。要让他们以后再不敢去招惹瓦兹瑞人的女孩子了。"

武士们齐声嚎叫着表示同意。因为他们是瓦兹瑞人，长久以来，瓦兹瑞武士一直以骁勇善战而闻名。谁这么大胆，竟敢侵犯他们的权利？谁能偷盗他们的女人而不遭受惩罚？没有人。

当其他部落遭受同样损失时，他们会大张旗鼓地疯狂叫嚣，他们会跳起战舞。尽管追上敌人的希望非常渺茫，他们仍会发起追击，但往往还没等追上敌人，他们便半途而废了。瓦兹瑞人可不是这样，瓦兹瑞人一旦出发，他们就会风雨无阻，矢志不渝。

“上吧！”慕维洛说罢，便率领众武士进入平原，向卡乌璐村奔去，但他突然间又停住了。“什么声音？”他问道。

瓦兹瑞人静静地听着，一阵低沉的“嗡嗡”声，起初几乎察觉不到，但随后声音越来越大。武士们全都默默地站着，抬头看着天空。

“在那儿，”其中一个指着天空说道，“是一个会飞的木筏，在瓦兹瑞上空我曾见到过一个，它会发出声响。”

飞机很快就出现了，飞行高度大约在三四千英尺。它掠过这片平原，在瓦兹瑞人头顶划过。接着，它陡然倾斜，转身又飞了回来。飞机稍作减速，优雅地在天空盘旋着开始降落。在距离地面几百英尺处，飞行员突然加速，但仍在平原上空保持盘旋。他在寻找着陆点。在过去的两个小时里，他一直在苦苦地寻找着陆点，几乎已经丧失了信心。他迷失了方向，油箱里的油也所剩无几了，他欣喜地发现了这块平原和村落。尽管这里没有油料补给，但至少他能知道自己的位置，可以不必迫降在丛林里了。

降低飞行高度后，他看到了瓦兹瑞人，这些头顶上插满羽毛的野人一定来自丛林。他也看到了从村寨里鱼贯而出的土著人，令他感到惊异的是，这些人又是另一番装束。为进一步查实，他又降低高度盘旋了两圈。

“他们是白人。”飞行员说道。

由于溪流和卵石密布，这块平原适合着陆的地方并不多。其中，最好的着陆点之一，确切地说，也是最安全的，是直接降落在村寨前。另一处，也许更好，是平原另一侧靠近丛林的地方。慕维洛和他的武士们正站在那里，他们是一群原始野人，考虑到这一点，飞行员稍加思索便决定将飞机降落在靠近村寨和白人村民的地方，从而犯下了悲剧性的错误。

飞机又盘旋一周，被拉升到了一千英尺高。飞行员随后关闭了引擎，开始向着陆地滑翔。

慕维洛继续朝村落挺进。由于他们刚好途经一条地势较低的溪流，他们没能看见飞机着陆。当他们爬到高处时，他们看到从飞机的驾驶舱里爬出来两个人，此时，从卡乌璐村寨门内涌出一大群白种原始人武士，慕维洛看到他们明显是怀着敌意而来的。

他们是白人，瓦兹瑞酋长顿时打消了心中的疑惑，他知道他们的确是卡乌璐人了。卡乌璐人舞动长矛，疯狂叫嚣着冲向那两个飞行员。他们显然并没注意到瓦兹瑞人的存在，即便注意到了，他们也忽视了瓦兹瑞人。

慕维洛低声吩咐他的手下，他们立即呈一条长线散开，快步向前奔去。他们很安静，没有像其他土著武士们那样呼号叫喊，这反而会给敌人的内心造成更大的恐慌。

他们只有十个人，却仍对野蛮的卡乌璐人发起了冲锋，卡乌璐人的人数是他们的十倍，但他们仍士气高涨、斗志昂扬，仿佛敌我人数的对比是相反的。

看到这些气势汹汹的土著，这两位飞行员立刻退到他们的飞机后面。其中一位朝冲在前面的卡乌璐人头顶开了一枪。但他们却不为所动，于是，他又开了一枪，一个卡乌璐人扑倒在地，但这些野蛮的白人武士仍在向前冲锋。

于是两位飞行员全都开了火，但卡乌璐人还在向前冲。很快，他们就会进入标枪的射程范围内了。这两人向身后张望，像是在寻找掩体。但接下来他们看到的一幕却让他们更为沮丧。他们看到一长排黑人武士正悄无声息地一路小跑着，从身后包抄了过来。

他们不知道这些人是敌是友，因此其中一人举起左轮手枪向

慕维洛开了一枪。子弹没有命中，瓦兹瑞酋长急忙隐蔽到一块鹅卵石后面，并命令其他人照做。和卡乌璐人不同，他知道火枪的厉害。

他随后用英语对两位飞行员喊话，告诉他们瓦兹瑞人是他们的朋友。但为时已晚，祸患已经酿成，卡乌璐人趁他们双方在交涉期间，冲上来包围了两人，而瓦兹瑞人还没来得及和他们会合，共同抗击敌人。但双方即便能够联手也无济于事，卡乌璐人比他们加在一起还要多得多。

他们呼号着压了过来，其中几个人倒在了两人疯狂扫射的枪口下。他们现在逼近上来了，但瓦兹瑞人也奔跑着冲了过来。

卡乌璐人立即掷出标枪，那两人中的一位被一枪刺穿了心脏，应声倒地。紧接着，一排排标枪从瓦兹瑞人手中射出，暂时阻挡住了卡乌璐人的进攻，相比枪械，卡乌璐人似乎更惧怕标枪。

他们并未撤退，只是稍作停顿，便又掷出了一排排标枪。这次，另一位飞行员也倒下了，和他一起倒下的还有三位瓦兹瑞人。接着，卡乌璐人和瓦兹瑞人短兵相接，展开了肉搏战。

现在瓦兹瑞人只剩下七个人了，无论他们多骁勇善战，也不免会被这一百多个卡乌璐武士压垮。

厮杀的武士们身旁就是被杀飞行员的尸体，奋战中，慕维洛和他手下一位武士巴兰多，赶忙从尸体身上捡起左轮手枪和子弹，开始近距离向敌人射击。火枪近距离的杀伤效果极大地挫伤了卡乌璐人的士气，趁着他们暂时停止进攻的间隙，慕维洛和最后几名武士撤下阵来去寻找掩体。现在他们只剩下四个人了，慕维洛、巴兰多和另外两名武士。

瓦兹瑞酋长奋力爬上了平原中一处高高隆起的尖塔状花岗岩堆。在这场敌我力量悬殊的战斗中，此时他身边活着的武士只剩下巴兰多了，他们两人一起退至慕维洛选定的避难所。借助慕维洛拼死压制卡乌璐人为他提供的掩护，巴兰多爬到了石堆顶上，从而摆脱了标枪的有效射程范围。于是他立刻向下面的敌人射击，而慕维洛也趁机爬到了他的身旁。

卡乌璐人一次次向上抛掷标枪，但目标实在太高，仅有几位最孔武有力的人才能将标枪投掷上去，即便如此，当他们的标枪打到两人站立的地方时，也早已成了强弩之末，失去了威胁。而两位瓦兹瑞人手中的左轮手枪和弓箭却威力不减，巨大的杀伤力迫使卡乌璐人向后退却，此时，沉沉的暮色已悄然降临到了这片赤道地区，慕维洛看到他们确实已经放弃了进攻并开始列队向村寨大门撤退。

慕维洛注意到，当他们路过那架飞机时，他们会有意识地避开。他推测他们是怕它，把它当成了超自然的东西。夜幕降临后，茫茫夜色将眼前的一切统统抹去了。

慕维洛和巴兰多黯然走下了那块为他们提供庇护的岩石。他们想在丛林里找一个地方栖身过夜。他们的前程似乎也和这茫茫黑夜一样，不可捉摸，无法穿透。他们感到茫然，悲伤和绝望让疲惫不堪的两人陷入了迷茫。

“要是老爷在该多好啊。”巴兰多叹息道。

“是呀，”慕维洛也有同感，“要是他在，就不会是现在这样了。”

Chapter 26

泰山追踪布朗

清晨的薄雾弥散在空气中，令人感觉慵懒。深夜的魂灵仍不愿离开，执拗地依附着大地。丛林里静得出奇，静得可怕，在一片寂静中，猎豹的嘶吼声显得格外刺耳。布朗被惊醒了，他小心翼翼地在树杈上挪动身体，他是头一天晚上爬上来的。他浑身僵硬，手脚酸痛，一瘸一拐的。他抬头看到迪波斯，咧着嘴笑了起来。迪波斯在他头顶几英尺处，正四仰八叉地趴在两根平行的树枝上呼呼大睡呢。

“他看上去就像要上烧烤架了，”飞行员打趣道，“可怜的老迪波斯。”后面那句话他说出了声。

迪波斯睁开眼环顾四周。他一时间显得很吃惊，也很困惑。直到看到他下面的布朗，他才恢复了镇定。

“我的天！”他摇头晃脑地喊道，“我刚才正在为公爵大人放洗澡水呢。”

“你梦中还想着伺候他们，是吗？迪波斯。”

“是的，先生，你知道，这就是我的生活，我别无所求，只想平平安安，把一切都收拾得井井有条，所有地方都打扫得干干净净的，每一样东西都摆放得整整齐齐。这活儿不累，先生，待遇也不错，我是说，绅士们待你很好，我很庆幸能为这么多绅士效劳。”

“就像斯波洛夫这家伙？”布朗问道。

“他可不算绅士。”

“可他是王子，不是吗？这还不算绅士吗？”

迪波斯挠了挠头：“应该算，但他不算，看到像他这样的贵族败类，有时候我在想，他的母亲是不是一个很不检点的人。”

布朗哈哈大笑道：“我猜上流社会一定发生过很多不检点的事情。”然后他又说道：“迪波斯，我们现在出发吧？吃早饭前我们还有好长的路要走呢。”

疲倦不堪的两个人在丛林中步履艰辛地向前跋涉。从一开始，大自然和命运就好像联合起来要和他们作对似的。他们现在垂头丧气，伤心难过，甚至有点绝望，但两人都竭力设法去激励对方。虽然两人的精神都高度紧张，但其中一位总能时不时一语道破那些时时困扰着他们的致命的恐惧和疑虑。

“你相信黑魔法吗？迪波斯。”布朗问道。

“我以前见到过一些诡异的事情，先生。”英国人答道。

“你知道那位老女人来这里找什么的，对吗？”

“是的，是一种可以返老还童的东西，是吗？”

“是呀，我对这件事情非常了解，但很多事情我都瞒着那位老太太呢，否则她可能就不来了。我确实想叫她来，我想得到那个秘方。天呀！迪波斯，这秘方在文明社会价值连城呢。但那里戒备森严，曾经有人试图得到秘方，但此后他们便杳无音讯了。”

“好吧，我们现在可不想秘方了，我们身陷险境，正愁走不出这片丛林呢，哪有闲工夫管什么长生不老的灵丹妙药呢？如果我们一心一意地走路，心无旁骛，我们都会没事的。”

“我不知道，我从不相信黑魔法。但可笑的是，我们从一出发就厄运不断，就像是被人或其他什么东西下了咒。我们刚一起飞就碰上了能见度为零的恶劣天气，然后是迫降，接着老太太被杀，然后安妮特失踪了，现在连格雷斯托克夫人也失踪了。”

“迪波斯，你知道吗？从克罗伊登出发的我们这六个人中，只剩下我们两人了。就像有什么东西一路上一直尾随在我们身后，时不时地夺走我们中的一个人。一想到这儿我就很恼火。这也太滑稽了，迪波斯，但事实就是这样。”

“我可不觉得滑稽，先生，”迪波斯反驳道，“尽管我一直听说你们美国人有种非常独特的幽默感。”

“问题是你们英国人根本听不懂我们的英语，”布朗解释道，“那先不说了，现在的问题是，咱们两个谁会是下一个呢？”

“别说了，”迪波斯哀求道，“这件事正是我一直不愿去想的。”

布朗又扭头看了看他的同伴，两人正沿着一条狭窄的小径行走。美国人龇牙一笑：“他掳走格雷斯托克夫人时，她不就像这样跟在后面吗？”

泰山沿着小径一路向东急行，斯波洛夫简直成了累赘。疲惫不堪的他慢得像只蜗牛，即使这样，他还总是要停下来休息。

泰山急于要赶上布朗和迪波斯，他相信简和他们在一起，他要杀了布朗。一想到这个人，他就感觉自己前额上的那块伤疤如灼烧般刺痛。那块伤疤是多年前大猩猩宝咖尼留下的，那是泰山平生经历的第一场生死对决。正是那场决战让泰山学会了如何去使用他亡父留下的那把猎刀，从那以后，他便向丛林之王的宝座上迈出了第一步。

按说，一个陌生的塔曼咖尼人的性命本不会延误他寻找简的步伐。但既然亚历克西斯声称他是简的朋友和守护者，泰山便不能抛下他不管，让他一个人留在丛林中遭受厄运。

在把这个人移交给某个友好部落进行安置，并送他去距离这里最近的文明定居点之前，或是把这个人托付给手下的瓦兹瑞人照看之前，丛林之王决定一直和他待在一起。

从小被野兽抚养长大，潜移默化中，泰山的心理也受到了它们的熏陶。在通常情况下，通过和对方的初次接触，他就能本能地形成好恶，而且之后也几乎毋需更改。

见到斯波洛夫，他很快形成了一种印象，这种印象让他更加耻于与此人为伍，和此人做朋友简直是浪费时间。他不相信也不喜欢这个人，但考虑到简，他仍不愿抛下他。小内其马似乎也一样，它几乎不和这个人接近，就算偶尔靠近，它也会张牙舞爪地咆哮恐吓。

泰山再也受不了就这样被体力衰竭的斯波洛夫拖累下去了，他一把将目瞪口呆的斯波洛夫甩到肩上，然后纵身一跃，爬到了树上，像只身手敏捷的猴子，风驰电掣般地跑了。

亚历克西斯惊恐地大声抗议，但他好像被命运之神紧紧箍住了，根本无力抗拒。哪怕他真的挣脱了，也会跌落到地上被摔成重伤。于是他也只能紧闭双眼，自求多福了。

他感到他们两人在林间飞速穿梭，嫩枝和树叶迅疾掠至身后。他责怪这个古铜色的野人不该这样扛着他，但这个野人就像一尊狮身人面像一样，丝毫没有回音。最后，他终于鼓起勇气睁开了眼睛，却立刻被吓得魂飞魄散，泰山此刻正高高跃起，想抓住对面一株藤蔓，然后荡到另一棵大树上去。看到自己距离下面坚硬的地面足足有五十英尺高，失魂落魄的斯波洛夫不禁撕心裂肺地尖叫了起来。

“放我下来，”他哭喊道，“让我自己走，你会让我们两人都没命的。”心胆俱碎的他拼命挣扎着。

“你再不安静下来,你才会让我们两人都没命的。”泰山警告道。

“那就放我下来。”

“你走得太慢了，”泰山答道，“如果想追上被你称为布朗的那个人，我就不能像被乌龟拖累着。如果放下你，我就不得不把你丢在丛林里，你愿意吗？”

斯波洛夫沉默了。他在盘算两者中到底哪一个更为恐怖。他满脑子只想着能回巴黎，但现在想这些显然无济于事。

泰山突然在一株粗壮的大树上停了下来，他在专心致志地听着。斯波洛夫则看到他在嗅着什么，这让他联想到一只正在狩猎的猎犬。

“这两个人长什么样？”泰山问道。

“详细描述一下他们的长相，这样我看到布朗就能认出他了。”

“迪波斯身材矮小，干瘪瘪的一张小脸，英国人，一口伦敦腔。”

“布朗身材高大，美国人，我想他应该算相貌英俊吧。”斯波洛夫很不情愿地说道。

泰山跳到了丛林中一条蜿蜒曲折的小径上，这条小路他曾路过多次。他把斯波洛夫放到地上。

“你顺着小路一直向前走，”他吩咐道，“我就在前面。”

“你要把我一个人留在丛林？”惊恐的亚历克西斯问道。

“我会回来找你的，”泰山答道，“我很快就回来，你会没事的。”

“但万一有狮子……”斯波洛夫颤巍巍地说道。

“附近没有狮子，”泰山打断了他，“附近没有什么会伤害你。”

“你怎么知道？”

“我知道，照我说的去做，顺着这条小径走。”

“但是……”斯波洛夫还想申辩，但一时语塞，最后他无奈地叹了口气。泰山飞身一跃，在树丛中消失了。

泰山立刻开始追踪嗅迹了，这嗅迹引起了他的兴趣，他敏锐的嗅觉告诉他这是两个白人男子。但他并未发现女人的嗅迹，这里没有……如果这两个男子是布朗和迪波斯，那么简并没有和他们在一起。

那她去哪儿了呢？泰山面色一沉。他可以先问问布朗，然后再杀他不迟。

对于泰山来说，人命并不比其他动物更为宝贵。他从不随便杀生，但他会毫不留情地杀死一个坏人，就像杀死一头凶残的狮子。

如果有人伤害了他的爱人或者威胁要伤害她，那么杀死他甚至能为泰山带来一种令人毛骨悚然的乐趣。斯波洛夫告诉他布朗即便还没有伤害简，至少也对她不怀好意。

那个人声称简和布朗私奔了，但泰山并没有完全相信。丛林之王相信他爱人的忠贞。

对于简的意图、想法和所作所为，他从不质疑，也从不追问。

树丛中的泰山一路尾随着这两个行迹可疑的人。泰山在想些什么呢？我们不得而知，他那深不可测的表情总让人猜不透。但泰山一定在想着复仇，可怕的、残酷的复仇。

随着他和他的猎物越来越接近，他们的嗅迹也变得越来越浓烈。

现在他放慢了速度，并尽可能不发出任何声响。犹如一道魅影，他悄无声息地跟了上来，他终于看到了这两个疲惫的身影，两人正在他下面的小路上艰难跋涉着。

没错，正是他们俩，一位矮个子英国人和一位大个子美国人。泰山并不在意迪波斯，他的双眼一直盯在飞行员身上。他蹑手蹑脚地跟着，就像狮子在追踪猎物。

离他们已经很近了，现在他随时都可以扑下去。

迪波斯抬手擦了擦额头和眼睛上豆大的汗珠。“哦呦！”他叹了口气，说道，“这根本行不通，我们就像大海捞针。不可能找到她，咱们停下来休息一下吧，我累得实在不行了。”

“我知道你的感受，但我们得找下去。也许我们能找到她，我越想这件事，就越觉得不会是斯波洛夫掳走了格雷斯托克夫人。”

“是什么改变了你的想法？”迪波斯问道，“我还以为你仍坚信是他干的呢。”

“哦，首先，她当时是全副武装的，而且她很有胆魄，能保护自己，而斯波洛夫是个懦夫。”

“但他却敢杀他那可怜的妻子。”迪波斯反驳道。

“那是他趁她熟睡，在夜色的掩护下偷偷摸摸干的，”布朗冷笑道，“这不算有胆量。”

“那安妮特呢？”

布朗摇了摇头：“我不知道，我也觉得莫名其妙。当然，他完全有动机杀掉安妮特。她有对他不利的证据，而且她知道的东西太多了，她还手无寸铁。”

“但令我大惑不解的是她的脚印就这样消失了，就像她凭空蒸发了一样。如果发现他的脚印也在那里，我就有理由相信是他掳走了安妮特，并将她拖入灌木丛中杀害了，但那里只有她一人的脚印。”

这两个白人已经停下来休息了。泰山蹲伏在他们头顶，静静地听着，他一字不落地听到了他俩的谈话，但他仍是一副喜怒不形于色的表情。

“但在他掳走并拖拽她时，她不可能不发出叫喊的呀，”迪波斯争辩道，“我们全都会被惊动的。”

“她可能太害怕，叫不出来了，”布朗辩解道，“安妮特特别怕他。”

“格雷斯托克夫人可不怕他，可她为什么没有叫喊呢？”

“格雷斯托克夫人天不怕地不怕，迪波斯，她的确是位高贵的夫人。”

“我完全赞同，”英国人答道，“格雷斯托克夫人是最出色的，我希望我们能够找到她。”

“是呀，我也希望能找到安妮特，不知什么原因，我还是相信她没有死。”飞行员深情的话语打动了他们头顶上的偷听者。

“你很爱安妮特，对吗？”迪波斯用一种同情的口吻问道。

“非常爱，”布朗坦诚地说，“但那个人渣，斯波洛夫，却对她说我正在追求格雷斯托克夫人，该死的！你能相信一位英国贵妇会爱上我吗？”

“恕我直言，我也不相信。”迪波斯坦白道。

“我也是，她是位了不起的贵妇，但安妮特才是唯一让我如痴如醉的女孩。我愿付出……啊……所有……我一定要弄清楚她到底出了什么事情。”

泰山轻盈地跳到两个人身后。

“我想我知道。”他说道。

话音未落，布朗和迪波斯不约而同猛地转过身，一脸惊讶地看着泰山。

“你究竟是什么人，你从哪里冒出来的？”布朗质问道。迪波斯瞠目结舌地愣在那里，呆呆地凝视着一身奇异装束的泰山。“你说你知道什么？”美国人追问道。

“我想我知道你们那两个女人是如何失踪的？”

“快说，”布朗喊道，“那你又是什么人？这个鬼地方让我抓狂，有人失踪，你又像个幽灵突然凭空冒了出来，你是朋友还是……”

“朋友。”泰山答道。

“你为什么光着身子跑来跑去的？”布朗问道，“难道你没衣服穿吗？或者你脑子有问题？”

“我是人猿泰山。”

“哦？好的，很高兴见到你，泰山，我是拿破仑，快说安妮特怎么样了，两位女士都怎么样了？谁抓走了她们，是斯波洛夫吗？噢，对了，你根本不认识斯波洛夫。”

“我认识斯波洛夫，”泰山答道，“我知道你们遭遇的那场空难，我还知道斯波洛夫王后被人杀了。我想我知道格雷斯托克夫人和安妮特到底出了什么事。”

布朗一脸茫然：“我不知道你是怎么知道的，但你知道的真多，赶快告诉我们那两位女士怎么样了？”

“卡乌璐人掳走了她们，你们现在在卡乌璐人的地盘上。”

“卡乌璐人是谁？”布朗问道。

“一个白种野人部落，他们惯于偷盗妇女，大概是为宗教仪式准备的吧。”

“他们在哪儿？”

“这我不知道，当我听说你们遭遇空难时，我正在寻找他们的村落。我相信我很快就能找到。那是个非常荒凉的地方，卡乌璐人有一些他们希望保守的秘密，因此他们不允许任何人靠近他们的村寨。”

“什么秘密？”布朗探究道。

“人们相信他们已经找到了长生不老的药方，就是一些可以让人返老还童的东西。”

布朗倒吸了一口凉气：“原来如此呀，原来他们正是我们要找的人。”

“你们也在找卡乌璐人？”泰山问道，他感到有些不可思议。

“那位老夫人此行的目的就是为了寻找长生不老药的配方，我也一样，虽然她现在已经死了，但你知道，还得有人坚持下去。”他怯生生地说道。

“但是，你是从哪里听说我们那场空难的？你怎么会听说呢？我们从没看到过任何人，也从没和任何人说过。”突然布朗不再说话了，他怒火中烧，面色阴沉。

“斯波洛夫！”他吼道。

王子转过一道弯，一看到布朗，他站住了，美国人破口大骂着，气势汹汹地冲了过来。

斯波洛夫转身就跑，“拦住他！”他呼喊着泰山，“你答应过不会让他伤害我的。”

泰山跳到布朗身后，拽住了他的胳膊。“住手！”他命令道，“我答应过那个人。”

布朗试图挣脱，“放开我，你这个蠢货，”他吼道，“别管闲事。”接着，他朝泰山的下颌重重地打了一拳。泰山低头一闪，拳头贴着他的面颊挥了过去。泰山的双唇浮现出一丝冷笑，他将美国人高举过头顶，摇晃了几下，然后一把将他抛到了路边茂密的灌木丛中。

“拿破仑，你不记得滑铁卢了吗？”他说道。

上面的树梢丛中，活蹦乱跳的小内其马“叽叽喳喳”地啼叫个不停。当布朗忙不迭地想从荆棘密布的灌木丛中爬出来时，内其马抓起一个烂熟发臭的果实向他砸了过去。

迪波斯一脸错愕地看着眼前的这一幕，他意识到布朗与这位原始白种巨人为敌是极其危险的。当他看到泰山走到正在狼狈挣扎的美国人身边时，他以为他和布朗两人都要没命了。

但泰山并没有生气，他抓住飞行员，将他从藤萝缠绕的灌木丛中拖出来重新放到路面上。

“下次记住，”他平静地说道，“我是人猿泰山，必须遵守我的命令。”

布朗狠狠地瞪了泰山一会儿，“我知道我打不过你，”然后他说道，“但我还是不明白你为什么不让我杀了那个人渣，是他自己来送死的。”

“你们的恩怨并不重要，”泰山说道，“现在关键是要找到格雷斯托克夫人。”

“还有安妮特呢。”布朗补充道。

“是呀，”泰山附和道，“还有就是你们三位赶紧回到文明社会去，你们不属于这里。这个世界上到处都是傻子，总是去不属于他们的地方，总是让别人为他们担惊受怕。”

“恕我直言，先生，我非常同意你的话，”迪波斯冒冒失失地说道，“我非常乐意离开这片可恶的丛林。”

“那你们就不要再自相残杀了。”泰山劝道。

“你们人越多，走出丛林的可能性就越大，况且三个人也不算多。你们会发现你们通常需要多人轮番守夜值班，人越多，大家的日子就越好过。”

“对我和那个王子可不是这样，”布朗斩钉截铁地说道，“他上次守夜时，差点没把我杀了，幸亏有老弟迪波斯在。如果你不让我杀他，我就不杀，除非他逼我，但我是不会和他同路的。就这样。”

“我们叫他过来吧，”泰山道，“好好和他谈谈，我想我能保证他会老实的。我发现他时，他害怕极了。一只狮子正在追他，我想为了不被再次抛下，他什么事情都会答应的。”

“好吧，”布朗勉强同意，“叫他过来，听听他说些什么。”

泰山大声喊叫着斯波洛夫的名字，但迟迟没有回应。

“他不会跑远的，”迪波斯说道，“他肯定能听到，先生。”

泰山耸了耸肩：“当他发现自己对丛林的恐惧甚于对布朗的畏惧时，他会回来的。”

“那我们就坐在这里等他吗？”美国人问道。

“不，”泰山答道，“我还得去寻找卡乌璐人的村落呢，我的人在东边，我会带你们过去。当我们晚上停下来露营时，斯波洛夫肯定会跟上来的。”

Chapter 27

疯子和豹子

简爬下梯子，进入了卡乌璐村中那幢基瓦会堂式建筑的内部，里面漆黑一片，伸手不见五指。她听到有人或是其他什么东西在她身旁走动。

她一动不动地站在那儿，屏息凝神地听着。她感觉到了自己的喘息声。昏暗的光线从顶上的洞口透射进来，她知道她肯定暴露了。突然有人说话了，说的是英语，好熟悉的口音。

“噢！夫人，是你！他们把你也抓来了。”

“安妮特！你在这儿？原来不是王子抓的你？”

“不是他，夫人，是一个可怕的白人男子，他用黑魔法让我失去了抵抗能力。我既不能呼救，也无力抵抗。我就这样走到了他面前，被他拖到树上带走了。”

“他们中的一个用同样的方法把我也抓来了，安妮特。他们的催眠能力完全超乎了我的想象。他们伤害你了吗？安妮特。”

“我只是被吓到了，”女孩答道，“我不知道他们会怎么处置我。”

简的眼睛慢慢适应了室内的黑暗。她现在看清了室内的一切。这是个圆弧形房间，硬土地上铺满了干草和树叶。安妮特将干草和树叶撮成一堆，当作坐垫，她靠墙坐在上面。除此以外，室内空空荡荡的，没其他东西，也没有别人。

“你觉得他们会把我们怎么样？”简问道，“他们有没有向你暗示过什么？”

“没有，夫人，什么都没有，你呢？他们向你说起过什么吗？”

“抓我的那个人叫奥格德利，他告诉我说，他要带我去见一个叫卡凡达凡达的人。我想这个人就是他们的首领。我本来还想多问些什么，但他威胁要割掉我的舌头，还说卡凡达凡达不需要我的舌头。他们都是一些很可恶的人。”

“啊，夫人，他们不止可恶，他们还很可怕呢。要是布朗先生在这儿就好了。你最近见过他吗？夫人，他还好吗？”

“挺好的，安妮特，我是说身体，但他得了心病，他很担心你。”

“我想他一定很爱我，夫人。”

“肯定是的，安妮特。”

“我也爱他，本来我们可以幸福地生活在一起，却发生了这种事情，太可怕了。现在一切都沦为了泡影。我再也见不到他了。我有种感觉，夫人，就是你常说的预感，我很快就会死在这个可怕的村子里。”

“胡说！安妮特，千万别说这种话，千万别这样想。我们应该想怎么逃出去，其他的什么都别想。”

“逃出去？我们有机会吗？夫人。”

“他们带我进来的时候，我看到顶上的洞口没有人把守，”简说道，“如果晚上也没人，我们就爬到屋顶去，从那儿出去以后，我们再见机行事，我们可以试试。”

“我听你的，夫人。”

“那今晚就走，安妮特。”

“嘘，夫人，有人来了。”

屋顶传来一阵脚步声，接着一个黑影出现在她们爬进来的入口处。

“上来！”他命令道，“你们两个。”

简叹了口气。“我们可怜的计划呀。”她惋惜地说道。

“这又有什么关系呢？”安妮特问道，“反正我们也逃不出去的。”

“回头我们再想别的办法吧。”简的语气很坚决，她说着便开始爬梯子。

“那也没有用的，”安妮特悲观地说道，“我们都会死在这里，我们两个人都会，也许就在今天晚上。”

当他们爬出屋顶，简认出这个武士正是抓她的那个人。“又怎么了？奥格德利，”她问道，“你要放我们走了吗？”

“安静，”这个卡乌璐人吼叫道，“你的话太多了，卡凡达凡达要见你，不要对卡凡达凡达说太多话。”

他拉着简柔滑的、被晒成古铜色的胳膊催促她走快点，突然他停了下来，转过简，面对着她，一团火焰在他眼中熊熊燃烧。“我没见过你，”他轻轻地说道，“我从没见过你。”他微弱的嗓音几乎听不到。

简冲他一笑，露出牙齿说道：“看着我的牙，你很快就能戴上它们了，然后你就有四串了。”

“我不要你的牙齿，”奥格德利嘶哑着嗓子嚎叫着，“你对我施了什么魔法，我曾发誓不近女色，却被一个女人迷住了。”

简灵光一现，这个人怎么突然像变了一个人似的。很明显，他迷恋上她了，这一瞬间让简感到有些害怕。但她转念一想，这或许是个可以利用的机会，一个对安妮特和自己都有利的机会。

“奥格德利，”她柔声细语地说道，“你可以帮帮我，没有人会知道的，今晚先把我们藏起来，对卡凡达凡达说我们不见了，告诉他我们已经逃走了。然后再趁着夜色回来把我们放走，这样明天你就能出去见我们了，也许，奥格德利，你会见到我，我会在森林里等你的。”她的话，还有她说话的腔调，都极具挑逗性。

奥格德利摇晃着脑袋，好像极力要摆脱一些要不得的想法。他抬起手，在自己眼前挥舞着，好像要拉开一道面纱。

“不！”他几乎喊了出来，接着他粗暴地一把抓住她，拖着她向前走去，“我要带你去见卡凡达凡达，这样，我就不会再受到你的迷惑了。”

“你为什么这么怕我呢？奥格德利，”她问道，“我只不过是个女人呀。”

“正因为这样我才怕你，你看到了，这里没有女人。一个都没有，除了送给卡凡达凡达的那些女人。即便她们在这里也待不久，我是个祭司，我们都是祭司。女人会玷污我们的，我们不许碰女人。如果我们懦弱，受到了她们蛊惑，我们死后会永远遭受折磨。一旦被卡凡达凡达发觉，我们就会立刻惨死在他手中。”

“他在说什么？夫人，”安妮特问道，“你们在说什么呢？”

“说来可笑，安妮特，”简答道，“奥格德利突然迷恋上了我，我正设法利用这一点，引诱他放掉我们呢，我答应明天在森林里等他，给他点盼头。”

“哦，夫人，不要！”

“当然不会，但兵不厌诈，爱情也一样，现在是两者兼而有之。

一旦我们回到丛林，奥格德利找不到我们，那他可就惨了，竹篮打水一场空。”

“那他怎么说呢？”

“情况不妙啊，他要拖着我尽快去见卡凡达凡达，这样他就能摆脱我的诱惑了。”

“那我们所有的指望都破灭了，夫人。”安妮特难过地说道。

“还没呢，据我对男人的了解，”简答道，“奥格德利没那么容易放弃，当他一想到他会失去我，他会痛不欲生，到那时，任何事情都有可能会发生。”

卡乌璐人带着这两个女孩穿过大街来到村寨后头，面前一座笨重的大门横在悬崖脚下的窄缝之间，这座悬崖峭壁危然耸立于村寨之上。

奥格德利打开大门，把她们赶进了这个狭窄的岩缝。进入后，她们看到里面似乎是个开阔的山谷。但穿过岩缝后，她们才发现自己置身于一座四面皆被巍峨陡峭的悬崖环绕的箱形峡谷之中。

一条清澈见底的小溪蜿蜒流过这座峡谷，然后又穿过岩缝流到了村落，在小溪流经峡谷与岩缝之间和村口的大门外，分别铺设着两座小桥。

峡谷中的土壤看上去异常肥沃，遍布着挺拔的大树和茁壮成长的庄稼。在一小块一小块的农田里，简看到卡乌璐武士们正密切监视着一些正在劳作的男人们。起初，这些人并没有引起她的注意，奥格德利带着她们默默地朝峡谷正中央矗立的一片规模庞大的建筑群走去。但很快，她的注意力就被一个奴工吸引住了，这个人正在灌溉一片非洲高粱地。

这个人突然丢掉了手中简陋的木锄，一头倒立在泥地里。“我是一棵树，”他操着布奇那方言，高声尖叫道，“他们把我头朝下倒立着种在土里，快把我翻过来吧，把我的根种下去，给我浇水，我会长到月亮上去的。”

在旁边监工的卡乌璐武士快步走到这个人身边，将长矛把手狠狠打在他的小腿上。“老实点！好好干活！”他大吼道。

这个奴工疼得直叫唤，他立刻翻身站起，捡起地上的锄头埋头苦干了起来，好像什么事都没发生过。

远处另一名奴工抬头看到了两个女孩，没等看守反应过来，他猛地冲到她们面前，他凑到简身旁耳语道：“我是世界之王，但不要告诉他们，他们知道后会杀了我的，但他们不会知道的，我已经告诉所有人不要告诉他们了。”

奥格德利纵身扑向这个人，拿长矛照着他的头打了一下，接着，看守也赶了上来，把他拖回去继续劳作了。

“他们全都鬼迷心窍了，”奥格德利解释道，“魔鬼已经深入到他们的脑壳里，占有了他们的心智。但有他们在你身边也是一件好事，他们可以驱走别的邪魔。我们供养他们，照顾他们。如果他们自然死去，他们身上的魔鬼就会随之消亡。如果我们杀了他们，这些魔鬼会从他们脑袋里跑出来钻到我们脑袋里来。你知道，不然的话，他们身上的魔鬼是跑不出来的。”

“这些奴工都是疯子吗？”简问道。

“他们每个人的头颅里都有个魔鬼，但这并不妨碍他们为我们工作，卡凡达凡达英明神武，他懂得如何去利用每一个人和每一件事。”

她们现在来到了刚进入峡谷时看到的那幢建筑围墙的大门口，两个卡乌璐武士站在卡凡达凡达要塞入口处警戒着。但当他们看到走来的是奥格德利和他的囚徒时，他们打开大门放他们进去。

和中世纪古堡的样式相同的是，在这座围墙和建筑群之间也有一片露天空地，种着几棵大树、几排竹子，还有一片片灌木和杂草，由于乏人打理而显得颓败荒芜。这些楼宇本身是由未经焙烤的砖瓦、竹材和茅草建造而成的。这种建筑形式竟然产生了一种令人赏心悦目的感觉，加强了周围这些杂乱、低矮的房屋的整体感，这些房屋似乎是按照预定的计划，在不同时期逐步建造完成的。从整体上看，这个建筑群虽显得散漫随意，但却简洁明快，错落有致。

当他们穿过大门进入这幢貌似主楼的建筑时，突然从杂草丛中蹿出一头花豹，它冲着他们张牙舞爪了一阵，接着便溜进一片竹林消失不见了。然后又有一头接着一头的花豹，被他们的脚步声惊扰，沿途不断地蹿来蹿去。

安妮特惊恐地瞪大了双眼，紧紧地靠着简。“我很害怕。”安妮特说道。

“它们都是些面目丑陋的野兽，”简也有同感，“我想这个地方并不是很安全。也许这就是为什么在这里没看到有人吧。”

“这里只有前面入口处的警卫，”安妮特说道，“问问奥格德利，这些花豹会伤人吗？”

“会的。”卡乌璐人很快回答了简的问题。

“那为什么还让它们四处乱跑呢？”简问道。

“它们白天并不会袭扰我们，也许是因为它们都吃得很饱，也许是因为这里来往的人全都全副武装，也许也是因为它们都是些胆怯懦弱的动物，它们只会在夜晚偷袭猎物吧。对于卡凡达凡达来说，它们在夜晚最有用。你可以放心，到了晚上，没人能从这座圣殿逃出去。”

“饲养它们就是为这个目的？”女孩问道。“也不全是。”奥格德利答道。简等待着他继续说下去，但他却沉默了。

“那还有什么？”简问道。他深情地凝视着她，眼睛里闪现出一道光芒，令简感到有些异样的是，这道光芒似乎已经点亮了他内心的某种情感，一种几乎是怜悯的情感。他欲言又止，摇了摇头。“我不能说，”他说道，“但猎豹在庭院里出没的另一个原因你们很快就会知道了。”

他们刚刚来到入口处，就传来了一阵诡异的哭喊声，这声嘶力竭的哭叫声打破了沉寂，久久回荡在卡凡达凡达圣殿上空，让人不寒而栗。这哭叫声似乎来自这些建筑物内部，又似乎来源于它们以外的某个地方，听上去格外阴森恐怖。

紧接着，在一片嘶吼声和咆哮声中，花豹们纷纷从杂草丛、灌木丛和竹林里钻了出来，它们一溜烟消失在了这些建筑的尽头。

“有什么在召唤它们。”安妮特颤栗着说道。

“是的，”简道，“是一些肮脏的东西，我有种感觉。”

奥格德利和入口处的另两名武士简单寒暄了几句，他们就进去了。他们穿过门廊进入室内，耳畔隐隐约约地传来了阵阵尖叫、咆哮和撕咬声，似乎很多花豹在那里争斗。在一片野蛮的喧哗和骚动声中，两个女孩被引领着穿过了卡凡达凡达圣殿内一间又一间漆黑的房间和一条又一条昏暗的回廊。

卡凡达凡达！他是谁？是什么人？他会驱使她们接受怎样神秘叵测的命运？女孩子们在心中不断地追问着这些问题。简预感到她们的问题很快就会得到解答。她已经做好了最坏的打算，她们似乎无路可逃，无论命运如何，她们都只能面对。

一直以来支撑着她披荆斩棘、不畏艰险的希望也破灭了。她觉得泰山一定还没有掌握她的去向。在浩瀚无垠的非洲丛林里，他怎么会知道她在哪儿？怎么会知道她的飞机失事了呢？他会去寻找她的，她知道，他一定早已收到了她的电报。但他可能永远也找不到她，至少不会及时找到她。她必须靠自己想办法，但她能想到的办法实在少得可怜。现在她唯一的救命稻草是奥格德利对她好像产生了爱恋。这一点她必须利用。但如何利用呢？也许奥格德利将她交给卡凡达凡达后，他就会回到村寨里，她就再也见不到他了。那样的话，就连最后一根能让她逃出去的救命稻草也没有了。

“奥格德利，”她突然说道，“你是住在圣殿这里还是要回村寨里去？”

“卡凡达凡达让我住在哪里，我就住在哪里，”他答道，“有时住在村里，有时住在圣殿里。”

“那现在呢？你现在住在哪里？”

“村里。”

简思忖着，只有奥格德利住在圣殿这儿，对她才会有帮助。“你一生都是在这里度过的吗？”

“不是。”

“那你在这里待了多久了？”

“不记得了，也许历经了一百次雨季，也许两百次，我也没数过，数了也没意义，反正我会永远待在这里的，除非我被杀，否则我是永远不死的。”

简一脸惊愕地看着他，难道他也是个疯子？难道这座城堡里的人全都是疯子？但她还是迎合着他。

“既然你在这里待了那么久，”她说道，“你和卡凡达凡达的关系一定很好，如果你向他提出一个请求，他一定不会拒绝你的。”

“也许吧，”他表示同意，“但求他一定要谨慎。”

“请求他让你留在圣殿里吧。”女孩劝道。

“为什么呢？”奥格德利问道，他显得有些疑虑。

“因为在这里你是我唯一的朋友啊，我怕失去你。”

这个男人眉头紧皱，满面怒容。“你又在迷惑我了。”他吼叫道。

“是你迷惑了你自己，奥格德利，”她叹息着说道，“你也在迷惑我呀，别发火了，我们都情非得已。”她那双清秀的明眸脉脉含情地看着他，泪水在眼眶里直打转。

“不要那样看着我。”他声嘶力竭地喊道。紧接着，简又一次注意到了他异样的眼神，这眼光和他们刚离开村口时的一模一样。

简伸手搭在奥格德利赤裸的臂膀上。“你会求他的？”她低声说道，坚定的语气并不像在提问。

他猛地转过身，默默向前走着，简的唇间露出了一丝满意的微笑，直觉告诉她，她已经达到了目的。但她该如何乘胜追击呢？这种暧昧令她感到有些害怕，但她又很淡然，理智告诉她，她必须将计就计，在不付出代价的情况下尽可能地发挥她的优势，她全身上下都散发着女人味。

当他们通过圣殿回廊和房间时，简看到很多黑人男性，这些肥嘟嘟、软绵绵、油腻腻的家伙让她联想到苏丹后宫里的太监。他们看上去简直就是残忍、贪婪和尔虞我诈的化身。从他们身边经过时，简本能地闪向一边。她相信这些人就是卡凡达凡达的奴仆。那么卡凡达凡达又是什么样子的呢？

谜底很快就要揭晓。

Chapter 28

卡凡达凡达

一个白痴在阴森可怖的丛林里徘徊，一只小猴子在枝头摇荡，白痴跳跃着想抓它，嘴里发出吓人的尖叫声。

在旁边另一棵树上，透过繁茂的枝叶，有一双眼睛正注视着他。除了他本人以外，天知道他内心在想些什么？

白痴突然顺着一条小径胡乱跑起来，他被绊了一跤，摔倒在地。很明显，他的身体极度虚弱。他挣扎着爬起来，跌跌撞撞地向前走着。那个人在树丛间穿行，跟在他后面，目不转睛地注视着他，一直注视着他。

小路的尽头是一小片空地，大约一英亩见方，空地对面有一棵树孤零零地矗立在那里，树下盘踞着三头长着鬃毛的狮子，这几头狮子年龄不大，但全都身强体壮。

白痴摇摇晃晃地闯进了这片空地，一头狮子立刻爬了起来，它盯着这个不速之客，但更多是出于好奇，而非不满。白痴看到了狮子，只听得他发出一声犀利可怕的长啸，高高举起双手拼命挥舞着，尖声大叫着朝狮子扑了过来。

狮子显得有些紧张，作为性情多变的动物，很难说它们在特定情况下会有什么样的反应。

其他两头狮子听到尖叫声也纷纷爬了起来，三头狮子全都站在那里看着他扑了过来。它们有些茫然，因为这样的突发事件它们谁都没遇到过，当然，之后也不会碰到。于是它们只坚持了一会儿，最先站起来的那只突然一转身溜进了丛林深处，另外两只同伴也急忙跟在后面逃走了。

白痴突然坐到地上大声痛哭起来。“它们全都从我身边跑开了，”他喃喃自语道，“它们知道我是杀人凶手，它们害怕我，怕我！怕我！害怕我！”他的尖叫声越来越响亮。

尾随者从树上一跃而下，跳到了空地上。他突然从白痴身后扑了过去。

他就是卡乌璐人伊登尼，伊登尼手里拿着一卷绳索，蹑手蹑脚地靠了过去。

伊登尼纵身将他扑倒，白痴一边尖叫，一边挣扎着，但全都无济于事。强壮的卡乌璐人很快制服了白痴，并麻利地把他的双手反绑在背后。

伊登尼扛起这个人就上路了。白痴瞪大了双眼看着他的这位劫掠者，但不一会儿，一个空洞的笑容淹没了他内心的恐惧。

“我有朋友了，”他喃喃自语道，“我终于有朋友了，我再也不孤独了。你叫什么名字？朋友，我是斯波洛夫王子，你知道吗？我是个王子。”

伊登尼一脸茫然，就算他听得懂，他也不会在乎。他是出来搜寻女孩子的，却找到了个白痴。但他知道卡凡达凡达会满意的，虽然女孩子越多越好，但白痴更稀罕，而且卡凡达凡达喜欢白痴。

伊登尼仔细打量着他的俘虏，他看上去身体消瘦，虚弱不堪，而且手无寸铁。

他很高兴，这个人根本无力反抗，于是卡乌璐人松开了他的绑绳。他用绳子牵着斯波洛夫的脖子，顺着一条近路、一条隐秘的小径在丛林中前行。

让他感到失落和惊恐的是，这个欧洲人没完没了地在他身后唠叨。他磕磕碰碰地向前走着，经常跌跤，伊登尼不得不扶他起来，由于身体过于虚弱，他一个人根本站不起来。

后来，卡乌璐人找了些吃的，停下来让斯波洛夫吃了点东西。然后他们又上路了，这一次伊登尼一直搀着他，大多数时间还得扛着他走。最后，他们终于抵达了荒野中那座孤山脚下的卡乌璐村寨。

与此同时，泰山带领着布朗和迪波斯一直沿着大路行进，走这条路去卡乌璐村寨要远得多。由于他们谁都不知道卡乌璐村到底在哪儿，他们只能误打误撞，顺其自然了。

内其马时而骑上泰山肩头，时而在三人头顶的树丛间穿梭。只有它最无忧无虑，开心快乐。

泰山为他的爱人忧心忡忡，布朗牵挂着安妮特的安危，而迪波斯只要离开伦敦就是一副哀婉惆怅的模样。此时他们在丛林中饥肠辘辘，困顿不堪，脚酸腿麻，心惊胆战。荒野中的生活丝毫没有驱散笼罩在他们心头的沉沉阴霾。

这群人个个愁肠满腹，但从泰山的言谈举止中，你根本无法察觉到他内心的那份愁苦之情。他不知道卡乌璐人的女性囚徒们会遭受何种命运，但以他对这片荒僻地域中野蛮部族的了解，他对自己能否及时赶到并救出她们并不抱太大希望。对他而言，最能想见的结局就是为简复仇。

当他仍沉浸在对简的无限追忆和缅怀中时，简正被带入卡凡达凡达圣殿正中的一间大厅里，卡凡达凡达不仅是卡乌璐人的国王，还是他们的巫医，他们的神。

这是一间低矮却很宽敞的房间，屋顶由一棵棵大树充当柱子支撑着。树干的树皮被剥光了，显得古朴深沉，颜色暗淡，树干表面被打磨得非常光滑。一串串没有牙齿的骷髅从柱顶垂落下来，在幽暗的屋顶和柱子的掩映下显得格外惨白阴森。一双双空洞的眼窝，仿佛透着兆载永劫的智慧，似笑非笑地冷眼俯视着丑态百出的芸芸众生。

在远处大厅昏暗的尽头，一扇天窗中洒下了一抹阳光，忽明忽暗之间，只见远处一座铺满了豹皮的高台上摆放着一樽宽大的宝座，一个人影正端坐在那里。

简的目光刚一接触到宝座上的这个人，大惊失色的她不禁倒吸了一口凉气，眼前的画面充满了野性，令人震撼，宝座上的这个人长得非常俊美。

如果此人就是卡凡达凡达，那么他的形象和简之前想象的简直大相径庭。但简知道，他的确是卡凡达凡达，毫无疑问。他那傲慢无礼、慵懒散漫的姿态无不在表明他是一个独裁专制的暴君。他的确是个国王，不，甚至远甚于一个国王。简不由自主地认为她眼前的这个人是一个神。

他独自坐在高台上，两只花豹被铁链拴着，卧在他的宝座左右。高台之下簇拥着卡乌璐武士，简曾在圣殿里碰到过的那些软绵绵的、胖嘟嘟的奴隶们站在他们一旁。高台的各个侧面斜卧着十几个女孩子，她们倚靠在豹皮上。她们中的大多数人是黑人，但有些是肤色更为白皙的贝都因人。

其中一个贝都因人和几个黑人女孩的相貌还算清秀，身材也还算匀称。但总的来说，她们的相貌显然没有经过特意挑选。

奥格德利带着两人来到高台前，然后，他跪倒在地，同时生硬地命令两人也跪下。安妮特服从了，但简仍站在那里，双眼毫无惧色地打量着宝座上的这个人。

他是个年轻人，身上除了一条精美的腰布和一些装饰物外，几乎一丝不挂。一串串的人牙项链从他的脖颈悬吊下来，覆满了他的前胸并一直落到了他的腰布上。他戴着金属的、木制的和象牙制的臂环，手镯和脚环令他那一身原始土著装束更臻完美。但真正让简感兴趣的并不是这些，而是这位年轻人那充满神性的面容和外形。

起初，简感到自己从未见过如此美貌的容颜，一头浓密的金发配上一张鸭蛋脸，饱满的高额头下面，一双炯炯有神的黑眼睛闪烁着智慧的光芒。完美的鼻梁和薄薄的上唇，让人有惊为天人之感，但所有这些却统统被他嘴角的那丝不易为人察觉的残暴所玷污、扭曲、抹灭掉了。

在看到他那张嘴之前，简还曾暗自庆幸自己和安妮特遇到的是一位仁慈的救主，而非她们之前想象中的那个残酷野蛮的卡凡达凡达。

卡凡达凡达也一动不动地凝视着她，他也在打量着简，但从他的气色中，丝毫觉察不出他内心的波动。

“跪下！”他突然命令道，语气专横霸道。

“我为什么要跪？”简问道，“为什么我要向你下跪？”

“因为我是卡凡达凡达。”

“这个理由并不能说服一位英国女士向你下跪。”

两个肥胖黑奴冲了过来，他们犹疑地看着卡凡达凡达。

“你不肯下跪？”这个年轻人问道。

“当然不肯。”

黑奴们逼近简，但他们仍看着卡凡达凡达的眼色，卡凡达凡达挥手让他们退下。他表情诡异地噘了噘嘴，是出于消遣，还是出于愤怒，简不得而知。

“我很乐意和你探讨这件事，”这个年轻人说道，接着他示意奥格德利和安妮特起来，“奥格德利，这两个战利品都是你带来的？”

“不，”奥格德利答道，“这位是伊登尼带来的。”他指了指安妮特：“另一位是我带来的。”

“你干得好，我们之前从未遇到像她这样的人，她身上蕴藏着美貌和青春的种子。”接着，他又扭头看着简问道：“你是什么人？你来卡乌璐人的地盘做什么？”

“我叫简·克莱顿，是格雷斯托克夫人。在从伦敦飞往内罗毕途中，我的飞机迫降在这里。我和我的同伴们本打算徒步跋涉到海岸，不料我和这个女孩子被你的武士们劫持到了这里。我请求你释放我们，并提供向导把我们护送到离这里最近的一座友好村落。”

卡凡达凡达嘴角微微一翘，露出狡黠的一笑。“这么说，你们是乘坐恶魔鸟来的，”他说道，“还有两位昨天来过了，城门外他们的尸体还躺在他们的恶魔鸟旁边。我的人民害怕恶魔鸟，他们不敢靠近。告诉我，恶魔鸟会伤害他们吗？”

简灵机一动，也许她能够利用他们这种源于迷信的恐惧。“他们最好不要靠近它，”她劝诫道，“否则会有更多的恶魔鸟赶来，如果它们发现你对我和我的同伴不利，它们会摧毁你的村落，杀光你的人民。但如果你能把我们毫发无损地送走，我会叫它们不要再来打扰你们。”

“他们不会知道你们在这里的，”年轻人答道，“没人会知道卡乌璐村落或卡凡达凡达圣殿里发生的事情。”

“你不愿放我们走？”

“是的，外人一旦踏入村寨大门就别想再出去了。尤其是你，很多女孩子都曾被带到我的面前，但只有你与众不同。”

“你这里有很多女孩，你又能从我这里得到什么呢？”

他眯着眼睛看了一下简。“我不知道，”他轻声说道，仿佛在窃窃私语，“我想我知道了，但还不确定。”他突然扭头看着奥格德利，“带她们去三蛇房。”他命令道：“你在那里看住她们，她们跑不了，但务必让她们打消这个念头，我不想这个女孩有什么不测。梅德科会为你带路。”他朝站在高台旁边的一个胖黑奴点了点头。

“你们都说了些什么？夫人。”当梅德科带着她们穿过圣殿时，安妮特问道。

简简单复述了一下。

“三蛇房！”安妮特重复着惊叹道，“那个房间有蛇吗？”她打起了哆嗦，“我怕蛇。”

“你看看我们经过的这些房门，”简提醒她道，“我想你会找到答案的，这个房门上是野猪头，刚才经过的门楣上画着两个骷髅。那里，走廊对面，前面的那间是三个豹子头。显然这是他们给房间做的标记，就像我们宾馆里的房号，我想这没什么其他意思。”

梅德科带着她们爬上一截粗陋的台阶，穿过圣殿二楼的走廊，进到一间门前画了三个蛇头的房间。奥格德利随她们一起步入房间，这间房很低，窗外俯瞰着圣殿外面的庭院。

安妮特赶快看了一下四周。“夫人，没看到有蛇。”她说道，这才如释重负。

“其他东西也没有，安妮特，卡乌璐人不想在家具上浪费心思。”

“只有两张长凳，夫人，但没有桌子和床。”

“那边角落里有一张床。”简说道。

“那只是一堆肮脏的动物毛皮。”法国女孩反驳道。

“不管怎样，我们只有这张床了，安妮特。”

“你们在说什么呢？”奥格德利质问道，“别想逃，你们不可能逃走，谋划此事毫无意义。”

“没有，”简安抚他道，“你如果不帮忙，我们是逃不出去的。我很高兴卡凡达凡达让你做我们的看守，你知道，奥格德利，我们在这里只有你这一个朋友了。”

“你注意到卡凡达凡达看你的眼神了吗？”奥格德利突然发问。

“什么？没有啊，没什么特别的地方。”简答道。

“好吧，我注意到了，我从没见过他用那种眼神看着俘虏。我也从没听说过他会让人就这么站在他的面前，而没有下跪。我相信你也迷惑住了他，你喜欢他吗？”

“我更喜欢你，奥格德利。”女孩悄声说道。

“他不可以这样！”奥格德利大喊道，“他必须和我们一样遵守戒律。”

“他要怎么样？”简问道。

“如果他企图……我就……”听到走廊里一阵喧哗，他不作声了。紧接着，一个奴隶打开房门，肃立在一旁。在他身后，卡凡达凡达现身了。

他步入房间，奥格德利立即跪倒在地，安妮特也紧随其后，跪了下来。但简仍站着不动。

“这么说，你还是不愿跪下喽？”卡凡达凡达厉声问道，“好吧，也许这正是我欣赏你的地方，这只是一方面。你们两个可以起来了，到外面走廊里去，除了这个自称简的女人，所有人都出去，我想和她单独谈谈。”

奥格德利直视着卡凡达凡达。“是，”他说道，“是，卡乌璐祭司之祭司。我出去了，但我就在一旁守候着。”

卡凡达凡达的面孔涨得通红，他似乎有些恼怒，但他并没发作，其他人鱼贯而出，步入外面的门廊。当他们全部出去后，他关上门，转身面对着简。“坐下。”他说着，指了指一张长凳，简坐下后，他过来坐到了简身边。他久久凝望着简，他目光迷离，仿佛仍在梦境。“你真美，”他终于说话了，“我从没见过像你这么美的人，这真可惜呀，太可惜了。”

“什么太可惜了？”女孩问道。

“没什么，”他粗率地嚷道，“我刚才一定自言自语了。”接着，他又陷入了沉默，他在苦思冥想着什么，最后他终于又开口了。“其实也没什么，我可以告诉你，我几乎从没有和能够理解我的人交谈过，但你会理解我的，你会为你即将做出的伟大贡献备感荣幸的。虽然我很强大，但每当我看到你，每当我注视着你那双可爱的眼睛的时候，我就觉得我很虚弱，不！不！我不能屈服，我绝不能辜负这个对我寄予厚望的世界。”

“我不明白你在说什么。”女孩道。

“是的，现在不明白，但你会明白的，仔细看着我，你觉得我有多大年纪？”

“大概二十几岁吧。”

他朝简靠了过来：“我不知道我多大岁数，完全不知道了。也许一千岁，也许几百岁，也许更老。你相信有上帝吗？”

“是的，我坚信有。”

“好吧，不要相信，根本没这回事，至少现在还没有。这就是这个世界的症结所在，人们在想象当中捏造出一个神，而不愿在他们自己当中找出一个神。他们受到假先知和江湖骗子们的蛊惑。他们从没有过一个真正的领袖。上帝应该是个领袖，但领袖应该是实实在在的，应该是看得见摸得着的。他必须是全知全觉的。多少世代以来，大自然竭尽全力想要孕育出这样一个神，一个能永永远远公正仁慈地统治这个世界的神，一个既能驾驭自然的力量又能掌控人的思想和行动的神。我，卡乌璐祭司之祭司卡凡达凡达，几乎做到了这所有的一切。我已经获得了永生，我已经全知全觉，我已经能够在一定程度上控制人的思想和行动。现在唯有大自然的力量我还无法驾驭。等我征服了大自然，我就会成为上帝了。”

“是呀，”简附和他道，她想尽力迎合这个疯子，“是的，你会成为上帝，但要记住，慈悲是神的品质之一，所以，发发慈悲吧，放了我和我的同伴吧。”

“让你们招来外部世界的野人攻打我们，然后杀死我，从而将人类获得救赎的唯一希望毁掉吗？”

“但我又能为你做些什么呢？如果你放了我们，我保证绝不带人过来。”

“你可以做出只适合女人做的贡献。男人只有独身才有可能获得神性。女人会削弱他，摧毁他。看看我！看看我手下的祭司们！你以为我们都是年轻人，其实不然。就连最晚入教的信徒从他皈依到现在也已经经历过一百次雨季了。我们是如何达到涅槃永生的呢？通过女人。我们是独身者，我们独身禁欲的誓约是用女人的鲜血铸就的。因此一旦我们背弃了誓约，就得用鲜血来偿罪。如果卡乌璐人的祭司经受不住女人的诱惑，那他就得死。”

简摇了摇头。“我还是没听明白。”她说道。

“你会明白的，很久以前，我获得了长生不老的秘诀，这剂长生不老药是由很多东西酿制而成的，一些植物的花粉、另一些植物的根、花豹的脊髓，还有，也是最重要的，女人，年轻女孩子的腺体和血液。现在你明白了吧？”

“明白了。”女孩不禁打了个寒颤。

“不要畏缩，记住，这样你就化作了活着的神的一部分了，你也因此获得了永生，且得享荣耀。”

“但我什么都不知道了，那这对我又能有什么好处呢？”

“我知道呀，我知道你会成为我身上的一部分，这样我就拥有了你。”他又偎近了一些。

“我会好好守护着你的，”他灼热的气息喷到了她的脸上，“干吗不呢？难道我不是几乎已经成为神了吗？难道神不可以为所欲为吗？难道有人能违背神的意志吗？”

他一把抓住简，将她拉了过来。

Chapter 29

前途未卜

当伊登尼带着他的俘虏穿过卡乌璐村寨到达卡凡达凡达圣殿时，天色已近黄昏。泰山此时正沿着另外一条小径向卡乌璐村寨走来，他们在卡乌璐村寨前面的空地附近突然停住了，泰山抬头向前张望。

“有情况？”布朗问道。

“是王子来了吗？”迪波斯询问道。

泰山摇了摇头：“前方不远处有一个村落，是卡乌璐村落，我们的朋友瓦兹瑞人就在前方不远处。”

“你是怎么知道的？”布朗问道。

泰山没有答话，他示意迪波斯安静下来，接着他努起嘴唇吹响了口哨，轻柔的哨声犹如鹌鹑啼鸣。他接连吹了三次，然后站在那里静静地倾听，起初，四周一片寂静，突然，一声、两声、三声，回应的哨声传来了。

于是，泰山又继续向前走去，他的同伴们紧紧跟在后面。不一会儿，密林中现出了慕维洛和巴兰多的身影，他们跑上前跪在泰山的面前。

满怀着悲痛，慕维洛简要地描述了他们的遭遇。泰山一言不发地听着，脸上既没有现出悲伤，也没有愤怒的神情。

“这么说来，你认为我们不可能进入这座村寨吗？”他问道。

“我们人手太少了，老爷。”慕维洛不无惋惜地答道。

“但如果布依拉还活着，她一定在里面。”泰山提醒他道。

“况且里面还有你们尊贵的夫人和另一位属于他的白人女孩，”说着，他指了指布朗，“村寨里的这三个人对于我们三位来说至关重要，此外，出于对我们那些被害朋友们的纪念，难道你现在竟然要退缩吗？慕维洛。”

“慕维洛愿随泰山赴汤蹈火，在所不辞。”黑人斩钉截铁地答道。

“我们先去你提到的空地，然后再作打算，跟我走。”泰山率领众人，沿着小径悄然前进。

他们在空地前停了下来。布朗被眼前的景象惊呆了，他嚷道：“哇！我以……的名义啊！我说，你们都看到了吗？是一架飞机。”

“我忘说了，”慕维洛说道，“有两个人开着一架飞机在这里着陆了。卡乌璐人杀了他们，你看他们的尸体就在飞机旁边。”

泰山站在丛林边眺望着卡乌璐村，幸好他不知道位于卡乌璐村另一边的卡凡达凡达圣殿里正在发生的一幕，否则他真的要发疯了，因为就在此时，那位大祭司正抓着简，逼她就范呢。

感到无助而又绝望的简不知该如何脱身，情急之下，她一把推开对方凑到她嘴边的双唇，急中生智地大声嘶喊了起来：“奥格德利！”

房门立刻打开了，卡凡达凡达放开她站了起来，奥格德利跨进门站在那儿。两人四目相对，直视着对方。

奥格德利并没问简喊他的缘由，他似乎已经知道了。

卡凡达凡达满脸通红地站在那里，过了好一阵子，面色又变得惨白的他大步跨过奥格德利身旁，一句话也没说，径直走出了房间。

武士立刻走到女孩身边。“现在他会把我们两个都杀了的，”他说道，“我们必须得逃走，然后你就是我的了。”

“那你的誓言呢！”简哭喊道，此时的她，就像抓到了一根救命稻草。

“誓言对于死人又有什么意义呢？”奥格德利问道，“我现在死定了，我得带上你离开这里。我知道院子和村落下面有一条密道。卡凡达凡达有时会从这条密道出去，到丛林里采集一些神秘的花草和根茎。天一黑，我们就走。”

当怒不可遏的卡凡达凡达大步穿过他宫殿中的走廊时，他看到伊登尼正带着俘虏迎面走来。

“你带来的是什么人？”他问道，伊登尼跪倒在地。

“是个脑袋里住着魔鬼的人，我带他来见卡凡达凡达。”

“先把他带走，”大祭司吼道，“先把他关起来，我明天早上再见他。”

伊登尼起身带着斯波洛夫继续向前走去，他带他爬上圣殿二楼，把他推进了一间黑屋子。这个房间叫作双蛇房，隔壁就是三蛇房。伊登尼从外面把门锁上，然后丢下这个又饥又渴的囚徒径直离开了。奥格德利正在隔壁密谋该如何逃脱。他知道他的计划只能等圣殿里的人都安睡后才能付诸实施。“我现在先出去躲起来，”他说道，“这样在我们出发前，卡凡达凡达就找不到我了。过一会儿我再回来接你。”

“你一定要带上安妮特，”简道，“就是另外那个女孩，她在哪儿？”

“她在隔壁。刚才卡凡达凡达让我们出去时，我把她安置在那里了。”

“你要带上她和我们一起走吗？”

“也许吧。”他答道，但简听得出他并不想这样做。

她很想和安妮特一起走，并不完全是为了能让她也摆脱大祭司的魔爪，也是因为她觉得一旦她们逃进丛林，她们两人在一起可以更好地阻止奥格德利的阴谋得逞。

“不要妄图在我离开的时候逃走，”奥格德利警告她，“除了密道，就只剩一条路可走了，那就是穿过庭院，而进入庭院就意味着必死无疑。”说着，他打开门进入外边的走廊，简看到他关上了房门，她听到门闩扣上的声音。

双蛇房中，斯波洛夫在一片漆黑中摸索着，房间里只有一扇窗户，这扇窗俯瞰着外面的庭院，朦胧的夜色透过窗台，洒下几许清辉。他走到窗前，向外张望。突然，他听到隔壁传来一阵含混不清的低语声。他沿着墙壁摸索着找到了一扇门。他想打开，但门锁住了，他笨拙地摆弄着门闩。

隔壁的简听到了他的动静，奥格德利一走，她便靠近房门。奥格德利说安妮特就在隔壁，她以为隔壁一定是安妮特在尝试着打开门要和她相见呢。

简发现房门被一个厚重的门闩从里面锁死了。她想喊安妮特，但转念一想，安妮特显然并不想发出响声，不然她早就喊简了。

简小心翼翼地一点一点地滑动着门闩。对面的安妮特也在拨弄着门闩呢，简能听到。

门闩终于被拨开，房门慢慢地打开了。“安妮特！”简低声喊道，黑暗中她看到一个模糊的身影慢慢走了进来。

“安妮特死了，”传来一个男人的声音，“布朗杀了她。简也被他杀了，你是谁？”

“亚历克西斯！”简惊叫道。

“你是谁？”斯波洛夫问道。

“我是格雷斯托克夫人，你听不出我的声音吗？”

“我能听出，但你不是死了吗？凯蒂是不是和你在一起？我的上帝呀！你是带她来找我报仇的吧。快带她离开这儿！带她离开！”他说话的声音越来越高，都要尖叫起来了。

从房门另一侧突然传来一阵跑动声，紧接着，又听到有人在呼喊：“夫人！夫人！怎么了？出什么事了？”是安妮特的声音。

“这又是谁？”斯波洛夫追问道，“我知道了，是安妮特，你们全都回来纠缠我、折磨我了。”

“镇静，亚历克西斯，”简劝慰他道，“凯蒂没有来，我和安妮特也都还活着。”说着，她穿过房间，来到安妮特被关的房门前，摸索到了门闩，并把它划开了。

“别让她进来！”斯波洛夫尖叫道，“别让她进来！如果你敢放她进来，我会把你撕碎，我不管你是人是鬼。”当房门打开，安妮特跑进来时，他冲过房间，扑了过来。与此同时，正对走廊的房门又被推开了，黑奴梅德科走了进来。

“这里出了什么事？”他厉声问道，“谁放那个男人进来的？”

看到安妮特，斯波洛夫尖叫着向后退缩。借着走廊里昏暗的灯光，他接着又看到了梅德科。“凯蒂！”他尖声叫喊着，“我不会跟你走的，走开！”

梅德科朝他扑了过去。斯波洛夫急忙转身向房间另一端跑去，逃到了对着庭院的窗户前。他站在窗台前迟疑了一会儿，一扭头看到那黑影又追了上来，他的眼神变得疯狂起来，突然，伴着一声疯狂而恐怖的尖叫声，斯波洛夫纵身跳了出去，消失在了茫茫夜色之中。

梅德科冲到窗前，探身向下张望着。接着，梅德科鼓起双唇发出了一阵凄厉的尖叫声，这正是简今天早上被带离卡凡达凡达的圣殿觐见厅时曾听到过的叫声。窗外传来斯波洛夫的阵阵哀嚎，从二楼跳下，他一定伤得很重，但所有这些随即又被花豹的阵阵嘶吼声和咆哮声淹没了。

两个女孩听到从四面八方纷纷赶来的花豹们正朝躺在地上呻吟哀嚎的那个人身上汇集。紧接着，窗外陷入一片混乱和喧嚣之中，花豹们为争夺猎物厮打在了一起。刹那间，野兽们猛烈的撕咬声和猎物的惨叫声交织在了一起，此起彼伏，但这一切很快就停息了。

站在窗口的梅德科转过脸去。“想从这个方向逃跑太不明智了。”他说着，返身回到外面的走廊，锁上了房门。

“太恐怖了，夫人。”安妮特啜泣道。

“是呀，”简答道，“谢天谢地，他遭受痛苦的时间并不是很长，但也许这也是他罪有应得。他已经丧失了理智，斯波洛夫王子已经变成了个疯子。”

“他付出的代价太沉重了，但他也许还不至于得到这样的报应吧，夫人。”

“谁能说得清呢？但他的贪婪和他老婆的虚荣让我们也付出了惨重的代价。斯波洛夫王后苦苦寻觅的东西就在这里，安妮特。”

“什么东西？夫人。是返老还童的东西吗？”

“是的，卡凡达凡达拿着秘方呢，但无论王后还是其他任何人都不可能从他手中得到这个秘方。即便我们一行人能安全抵达卡乌璐村，我们也同样会遭受厄运，就像卡凡达凡达为你我安排好的命运一样。”

“什么命运？夫人，你吓坏我了。”

“我不是有意的，但最好还是和你说清楚吧。如果我们没能逃脱，我们就会被宰杀，然后作为配方，被用于调制卡凡达凡达的魔鬼药剂，这种药剂可以让这些卡乌璐祭司们长生不老。”

“嘘嘘，夫人！”安妮特提醒她道，她显得很害怕，“你听，是什么声音？”

“不知道，听起来似乎走廊里有人想要喊叫。”

“接着一声重击，好像那个人倒下了，你听到了吗？”

“我听到了，现在有人在开门，他们在滑动门闩呢。”

“哦，夫人！又要有新的恐怖降临了。”

门开了，一个黑影闪进房间。“你还在吗？”是奥格德利的声音。

“我在。”简答道。

“快走，事不宜迟。”

“走廊里那个黑奴怎么办？我们出去他会看到的。”

“是有个黑奴，但他已经看不到了，快来！”

“来吧，安妮特，这是我们唯一的机会了。”

“另一个女人也在这儿？”奥格德利问道。

“是呀，”简答道，“她必须跟我一起走。”

“好吧，”卡乌璐人嚷道，“但要快点。”

两个女孩跟着他来到走廊。梅德科的尸体倒在门口，一双毫无生机的眼睛直直地盯着他们。奥格德利一脚踢在黑奴的脸上，大笑了一声。“他是在看，但他什么也看不见了。”

女孩们一阵战栗，她们跟在武士的身后。奥格德利带着她们小心翼翼地沿着昏暗的走廊向前走去。一有风吹草动，他就拉着她们藏在走廊两侧漆黑的房间里，直到警报解除，他们才敢出来。

就这样，在精神高度紧张的气氛中，他们缓缓地艰难行进。

奥格德利战战兢兢地向前走着，他显然非常害怕，他已经踏上了一条不归路。卡凡达凡达的怒火如影随形地折磨着他。

这个夜晚格外难熬，三个人不停地东躲西藏，最后终于慢慢地到达了直通丛林的那条密道的入口处。

三人神情紧张地守候在外面，倾听着里面的动静，过了很长一段时间，他们才蹑手蹑脚地钻了进去。如释重负的奥格德利低声耳语道 ．“我们到了。从这扇门进去，房间里就是隧道的入口，不要出声。”

他轻轻地推开门，进入了房间，两个女孩紧随其后。突然，黑暗中伸出了一双双手臂，抓住了他们。简只听到一阵混乱的厮打和脚步声，接着她被拖到了外面的走廊里。从另一个房间递过来一盏灯，浅浅的器皿里燃烧着一根芦苇灯芯。安妮特站在简身旁，一个劲儿地发抖。周围是五位身强力壮的武士，借着“噼里啪啦”燃烧着的灯火，这些人迅速打量了一下她们。

“奥格德利呢？”一名武士问道。简这才发现奥格德利不见了。

“我还以为你抓到他了呢，”另一名武士答道，“我当时正抓着一个女孩。”

“我还以为我抓的是他。”第三名武士说道。

“我也是，”第四名武士说道，“但其实我抓的是你。他一定溜进隧道里去了。走，我们去追。”

“不必了，”最先发问的那位武士说道，“现在太晚了，他已经跑出去很远了，没等我们追上他，他就已经跑进丛林里去了。”

“我们晚上不可能在那儿找到他的，”另一名武士附和道，“马上天就亮了，到那时我们再去追他吧。”

“我们先把这两个女人带到卡凡达凡达那里，听听他怎么说，”

最先发话的武士说道，“带她们走。”

女孩们又被押着穿过圣殿的一道道回廊，这次她们被带进了觐见大厅隔壁的一个房间。门口站着两名武士，当他们看到这两个女孩并了解了事情的经过后，其中一名武士叩响了房门。很快房门打开了，一个睡眼惺忪的黑奴疲惫地揉着眼睛，问道：“谁这么晚还来打搅卡凡达凡达呀？”

“禀告卡凡达凡达，就说我们带着两个白人女孩求见，他是知道的。”

黑奴返身回到房间，不一会儿，他回来了。

“把你们的囚犯带进来，”他说道，“卡凡达凡达要见你们。”

在他的引导下，他们穿过一间面积较小的前厅，来到了一间较大的房间，房间前厅和正室里各点着一盏粗糙的灯。

卡凡达凡达在这儿接见了他们，他躺在一张铺满豹子皮的床上。

他瞪大眼睛死死地盯着简。“你认为你们能逃走？”他问道，松弛的唇间露出了一丝狡黠的微笑，“你想和奥格德利一起逃走，然后和他结为连理，对吗？奥格德利在哪儿？”他突然厉声问道，他看到奥格德利并不在他们当中。

“他从隧道逃走了。”一名武士向他报告道。

“他一定把我当成傻瓜了，”这位大祭司狞笑道，“我知道他在想什么，除了我以外，一共有六个人知道这条隧道，奥格德利是其中之一，其余五位都在这儿。”

他对简说道：“我派这五个人在隧道的入口处守株待兔。我知道奥格德利会出现的。”说到这儿，他停了下来，久久地凝视着简，突然他扭头看着其他人。“把这位带回到三蛇房去，”卡凡达凡达用手指了指安妮特，命令道，“务必不要让她再跑出来了。”

“这位我要留下进一步审讯，也许卷入到这场阴谋中的还有其他人，退下吧！”

当安妮特被带走时，她绝望地看着简。但此时的简既没有劝慰她，也不再激励她了。她们似乎已经完全绝望了。

“再见，安妮特。”简能说的只有这些了。

“愿上帝与我们同在，夫人。”当房门在这位法国女孩身后缓缓关闭时，她喃喃低语道。

“这么说来，”其他人离开后，卡凡达凡达说道，“你想和奥格德利一起逃进丛林，然后做他的伴侣？他背弃誓约全都是为了你！”

女孩撇着嘴角，冷冷地一笑。“奥格德利可能是这样打算的。”她说道。

“但你是自愿和他一起走的。”卡凡达凡达的态度十分坚决。

“我们只是结伴逃进丛林，然后就到此为止了，”简答道，“然后我会想办法甩掉他的，倘若行不通的话，我就杀了他。”

“什么？”大祭司质问道，“你难道也立下过誓言吗？”

“是的，我曾对另一个人发誓，要对彼此忠贞。”

他急切地向她探了探身子：“但你可以背弃誓言呀，为了爱情，或者，就算不为了爱情，就为了得到一样东西吧。”

她摇摇头：“不可能。”

“我能背弃我的誓言。我还以为这绝不可能，但自从我见到你以后……”他欲言又止，接着，他一股脑儿急切地说道，“如果我，卡凡达凡达，都愿意背弃我的誓言，你也可以背弃你的，为此你能得到一件所有女人都梦寐以求的东西，为了得到它，她们甚至愿意出卖自己的灵魂，这东西就是永恒的青春、不老的容颜。”他顿了顿，似乎是为了让对方能感受到他所慷慨赠予的东西是多么有分量。

但简还是摇了摇头："不，这不可能。"

"你嫌弃卡凡达凡达？"他凶残地咧着嘴，两眼泛起凶光，"你要记住，我对你有生杀予夺的权力，也可以不用付出任何代价，轻而易举地占有你，但我对你格外开恩了，你知道我为什么会这样做吗？"

"我想不出。"

"因为我爱你，我之前从未品尝过爱情的滋味，也从没有人像你那样让人着迷。我要你永远留在这里，我要让你做女大祭司。我要让你永葆青春和美丽的容颜。你和我都将得到永生。我们会从这里走出去，我们有能力让人类重新焕发出活力，我们会把这个世界踩在脚下。我们会成为神，我就是神，而你是女神，请看。"他转身走近房间的一扇墙壁，墙壁内嵌着一个壁橱，壁橱上雕刻着许多怪异离奇的图案，有人体，多数是女人的人体，有龇牙咧嘴的骷髅、花豹和蛇，还有很多极富象征意义的怪诞装饰图案。卡凡达凡达从腰布中掏出一把手工制作的大钥匙，打开了壁橱。

"你看，"他说道，"过来看看吧。"

简走过房间，站在他的身旁。壁橱里面是很多瓶瓶罐罐的东西。其中有一个大盒子，盒子上的花纹和壁橱纹饰几乎一模一样。卡凡达凡达把这个盒子捧在手中。

"你看到这个盒子了吗？"他问道，"看里面。"说着，他揭开盖子，露出很多豌豆状的黑色小颗粒。"你知道这些是什么吗？"他问道。

"不知道。"

"这些东西可以让一千个人永葆青春和美貌。只要你开口，它们就是你的了。在每个月圆之夜只需吞服一粒，就可以让你拥有人类自创世以来就一直梦寐以求的东西。”说着，卡凡达凡达抓起简的胳膊想搂住她。

简厌恶地大声叫喊，她想要挣脱，但他搂得太紧了。于是她甩手给了卡凡达凡达一记重重的耳光。卡凡达凡达吃了一惊，松开了手，女孩推开他，跑出了房间。她朝前厅跑去，想跑到走廊里去。

怒火中烧的卡凡达凡达大吼了一声，追了过去，简刚跑到通向走廊的门口就被卡凡达凡达追上了，他粗暴地一把抓住她，狠狠地揪住她的头发，尽管简仍在拼命挣扎，她还是被慢慢地拖回到了里面的房间。

Chapter 30

死人会飞

为了制订一份切实可行的进入卡乌璐村的方案，泰山和布朗一直聊到了深夜。最后泰山提出了一个近乎疯狂的计划，但这也是他们解决问题的唯一方法。

布朗耸了耸肩，咧着嘴笑道："我们这样做，一定能进去，当然也还要看情况。但进去以后，我们又如何出来呢？"

"我们现在面临的问题，"泰山答道，"是怎么进去。至于怎么出来，只能到时候再说了。也许我们就不出来了，你不必和我一起进去，如果你有……"

"没关系，"布朗打断了他，"安妮特在里面呢，仅这一点就足够了。我们什么时候开始行动？"

"我们拂晓前不要轻举妄动。你需要休息一下，躺下睡一会儿吧，到时候我叫你。"

泰山也去睡觉了，他睡觉的地方和别人有一段距离，他睡在紧邻那片空地的一根低矮的枝杈上，从这里观察卡乌璐村十分方便。和往常一样，他睡得很香，也睡得很轻。丛林里通常的响动并不会惊扰到他，但就在他应该叫醒布朗的时刻即将到来之前，他突然被惊醒了，他听到了一阵异乎寻常的响动，这声响打乱了丛林中原有的单调和谐。

机敏而警觉的泰山悄悄地站了起来，他凝神倾听着，全身所有的感官都变得活跃起来，也变得异常敏感起来，它们相互协调着，去感知那丝微弱的杂音。这究竟是什么声音呢？

他急速掠过树丛，敏锐的嗅觉早已识别出了这一异常动静的来源，是一个卡乌璐人。

很快，泰山看到一个模糊的身影在丛林中穿行。他走得很快，几乎是在小跑，他上气不接下气，他之前应该一直在剧烈地奔跑。泰山在他头顶稍作停留后，突然一跃而下，将他扑倒在地。

这个人非常强壮，他拼命挣扎着想要逃脱，但他怎么可能是丛林之王的对手？泰山本可以杀他，但他还想抓个活的，他觉得一个活的卡乌璐人落在他手中，也许对他更有利些。

泰山很快就将这个家伙的双手反绑在了背后。他站起身来，他的俘虏急忙盯着泰山的脸查看，虽然天还没亮，但这个卡乌璐人还是认出这个抓他的人并不是自己的族人，他这才长长地吁了一口气。

“你是什么人？”他问道，“为什么抓我？你不会带我回去见卡凡达凡达吧？不，当然不会，你不是卡乌璐人。”

泰山一头雾水，他不知道这个人为什么这么怕见卡凡达凡达，也不知道卡凡达凡达是谁，在哪儿。但他发现这是个突破口，可以好好利用一下。

“你如果老实回答我的问题，”他说道，“我就不带你回去见卡凡达凡达，也不会伤害你。你叫什么名字？”

“我叫奥格德利。”

“你刚刚从村寨里出来？”

“是的。”

“你不想再回去了吗？”

“是的，卡凡达凡达会杀了我的。”

“卡凡达凡达是一位伟大的武士吗？你为何这么怕他？”

“他不是武士，但他非常强大，他是卡乌璐祭司们的大祭司。”

通过简单几个提问，泰山已经掌握了足够多的线索，他想顺藤摸瓜，继续从这个俘虏口中套取更多的情报，尤其是两个被抓的白人女孩。

“卡凡达凡达想从被抓的这两位白人女孩身上得到些什么？”他厉声问道。

“起初，他想杀她们。”奥格德利答道，他非常配合，因为他觉得他有可能赢得这位陌生巨人的同情，他发现这位巨人对那两个女孩非常感兴趣。“但是后来，”他继续答道，“他突然想让她们两人中的一位做他的伴侣，我和她们交上了朋友。我想带她们从一条密道逃出来，但中了几名武士的埋伏，她们又被抓回去了，只有我侥幸逃了出来。”

“这么说来，这两个女孩还活着？”

“是的，她们还活着，至少几分钟前还活着。”

“她们现在有生命危险吗？”

“没人知道卡凡达凡达会做什么。但我想她们现在还不会有危险，因为我相信卡凡达凡达要让她们中的一位做他的配偶，也许他已经得逞了。”

“密道在哪儿？带我过去，等一下，我要叫上我的朋友们。”

他带着奥格德利来到其他人露宿的地方，叫醒了他们。

“我可以带你到密道那里，”奥格德利解释着，“但你是无法从那里进入密道的。对于不知道密码的人来说，密道两端的门只能朝丛林方向单向开启，而这个密码只有卡凡达凡达一个人知道，因此你可以通过密道轻易地离开圣殿，但却无法按原路返回了。”

泰山又问了奥格德利几个问题，然后，他扭头对布朗道：“安妮特和格雷斯托克夫人都在圣殿里。”泰山解释道：“圣殿位于村后的小峡谷内。即便我们进到村了里，进入圣殿前仍需一番苦战。这个家伙已经说出了圣殿里关押俘虏的地方。他还说了其他一些有价值的信息，对我们寻找格雷斯托克夫人和安妮特非常有用。我相信他说的是实话。他还说现在两位女士中的一位情况危急，根据他的描述，我想他说的应该是格雷斯托克夫人，因此现在必须马上行动，事不宜迟。”

接着，泰山转身对慕维洛说道：“看好这个人，等我和布朗回来，你知道，如果我们天黑前没有回来，那就是我们失败了。果真如此，你们应该立即返回自己的领地，这个俘虏你们自行处置。将你们从战死的飞行员尸体上拿到的武器给我和布朗吧，子弹已经打光了，你们留着也没什么用了。布朗认为机舱里可能还会有些弹药呢。出发吧，布朗。”

泰山带着布朗一前一后悄无声息地进入这片空地。泰山猫着腰向飞机走去，布朗紧随其后。两人都没说话，他们计划周密，配合默契，早已无须再进行任何言语交流了。

一靠近飞机，布朗就钻进了前驾驶员座舱，几分钟后，他又爬进了后驾驶员座舱。在他忙碌的同时，泰山正翻查着被杀的飞行员尸体。

飞行员座舱查看完毕，布朗下到地面，打开了飞机的行李舱，然后他把泰山叫过来了。

“这里有好多弹药呢，”说着，布朗递给泰山满满一盒子弹，“你身上没有口袋，只能拿这么多了。我的口袋里塞满了子弹，足足有一吨重呢。”

“油料还多吗？”泰山问道。

“没剩多少了。”美国人答道。

“够吗？”

“够了，只要发动飞机别花太长时间，找到降落伞了吗？”

泰山递给布朗一顶降落伞，这是他从其中一个被害的飞行员身上取下的。泰山将另外一顶降落伞扣在自己身上。两人没再多说什么，泰山直接爬进了前驾驶员座舱，布朗钻进了后舱。

“我在此衷心期盼，”布朗默默祈祷着，然后他打开了空气发动机阀门，当听到螺旋桨旋转时发出的呼啸声时，布朗的嘴角露出了一丝会心的微笑。接着，飞机引擎点火启动，飞机发出了阵阵轰鸣声。

他们在等待黎明，当布朗沿顺风向在粗糙的平原上滑行准备起飞时，天空终于破晓了。地面遍布着鹅卵石，布朗小心翼翼地拣选着最适合的起飞路径，但即便如此，在他看来，这仍旧是一场危机四伏、险象环生的冒险旅程。

当飞机达到起飞时速时，他猛地迎风调转机头，然后拉下刹车，加大了油门，不一会儿，飞机的马达开始剧烈地旋转。

“太棒了，”美国人喃喃自语道，然后，他将发动机降至怠速转速，大声向前面的泰山喊道，“老伙计，如果你要祈祷的话，现在就开始吧，要尽情地祈祷，我们要起飞了。”

泰山回头瞥了他一眼，脸上难得地绽放出一丝笑容，还露出了一口雪白亮泽的牙齿。当布朗开足马力，全速前进时，突然刮来一阵大风。这次起飞非常凶险，飞机在提速的同时还要避开巨石。机尾突然翘了一下，飞机在坑洼不平的地上颠簸，每当轮胎剐蹭到地上的碎石，飞机便像醉汉一样剧烈摇晃起来。突然，前面隐约现出一块低矮的鹅卵石，现在再转向避开它很容易机毁人亡。布朗倒吸了一口凉气，急忙拉升操纵杆，飞机抬升起来，离地面大约一两英尺高。布朗意识到飞机还是无法避开这块鹅卵石。他知道自己现在只有一线渺茫的希望了，他必须立即抓住机会。他把操纵杆向前一推，飞机猛地扎向地面，轮胎与地面撞击的一瞬间，爆发出尖利刺耳的“嘎嘎”声，紧接着，飞机被重重地弹了起来，布朗顺势猛地向上拉升操纵杆，飞机这才有惊无险地勉强跃过了这块巨石。

飞机已经达到起飞时速了，它继续向上拉升。这次真的好险啊！尽管还是凉风习习的清晨，布朗却早已浑身被汗水浸透了。他在丛林上空绕着大圈不断地盘旋着。

壁立千仞的石崖之下倚靠着卡乌璐村，但两人对这座村落并不感兴趣，他们真正的目标是奥格德利所说的村后卡凡达凡达圣殿所在的箱形峡谷。

飞机在天空优雅地翱翔着，丛林边的慕维洛、巴兰多、迪波斯和奥格德利全都抬起头仰望着它。卡乌璐武士们也被马达的轰鸣声吵醒，他们纷纷聚集到了村落的大道上。

“死人们又飞起来了。”一名武士以敬畏的口吻说道，他以为驾驶飞机的仍是之前在村外迫降并被村民击毙的那两位呢。

他的这种想法，一经说出，仿佛在卡乌璐人的心中扎了根，把他们全都吓坏了。

看到飞机调头朝村子飞了过来，他们更恐慌了。

“他们来报仇了。”其中一个说道。

“如果我们躲到棚屋里去，他们就看不见我们了。”另一位提议道。

这句话话音刚落，卡乌璐村的街道瞬间变得空无一人。所有卡乌璐人都藏了起来，生怕有死人找他们复仇。

布朗驾驶着飞机在巍峨险峻的悬崖陡壁上空盘旋。在晨曦的照耀下，下面这座狭小的山谷和卡凡达凡达的圣殿显得格外清晰。

飞行员关闭了引擎，对着泰山大喊道：“那里根本不能降落。”

泰山点点头：“飞得再高一些，时机一到提醒我。”

布朗加大了油门，绕着一个大圈开始向上爬升，他注视着测高仪。他起飞前已经摸清了风向和风力。到达两千英尺高度时，他稳住了飞机，然后顺着峡谷的边缘，他迎着风面将飞机盘旋至悬崖上空的一个点。

突然，他关掉马达，大声向泰山喊道：“预备！”

泰山立刻解开了安全带。布朗又调整了一下飞行姿态。“跳！”布朗大声喊道，同时他猛地将飞机悬停在空中。

泰山爬到飞机的下翼上，然后他纵身一跃，跳了下去。紧接着，布朗也跟着跳出了机舱。

Chapter 31

罪孽之酬

卡凡达凡达看似柔弱，实则力大无比，简根本不是他的对手。虽然她拼命挣扎，凶猛得像只年轻母虎，但还是被他拖回了他的内室。

“我应该杀了你，你这个女魔头，”他吼道，一把将她粗暴地扔到了一张躺椅上，“但我偏不，我要留着你，我要驯服你，那就从现在开始吧。”他色眯眯地看着她，朝她走了过去。

就在此时，突然前厅大门外响起一阵急促的敲门声，紧接着，又传来一阵惊恐的喊叫声，有人喊道：“卡凡达凡达！卡凡达凡达！快救救我们！救救我们！”

大祭司恼怒地转过身。“谁这么大胆！竟敢来打搅我！”他大声呵斥道，“快滚开！”

这群人不仅没有离开，反而撞开门一拥而入闯进了前厅，他们在内室的门口站住了，他们中既有奴隶也有武士，他们这番反常的举动让大祭司感到大事不妙，他已经不需要再从那一张张惊恐万分的表情当中得到印证了。

他现在终于意识到了事态的严重，“你们来这里是有什么事情？”他问道。

“死人们飞起来啦，他们飞过村庄和圣殿，他们来复仇啦。”

“一派胡言，你们全都是些蠢货和懦夫，”卡凡达凡达抱怨着说道，“死人是不会飞起来的。”

“但他们的确飞起来了，”一名武士坚称，“昨天我们杀掉的那两个人又起飞了，他们此刻正在村落和圣殿上空盘旋着呢。快出去看看吧，卡凡达凡达，你快对他们施加法术，快把他们赶跑吧。”

“我去看看，”大祭司说道，“伊登尼，带上这个女孩一起去，如果她脱离了我的视线，她又要想办法逃跑了。”

“我不会让她跑掉的。”伊登尼说着，抓住简的手腕，拽着她跟在大祭司、武士们和奴仆们后面一起来到了圣殿的庭院里。

他们刚从圣殿大厅出来，简就听到从头顶传来了飞机马达的轰鸣声。她抬起头，看到一架双翼飞机正在峡谷上空盘旋。

卡乌璐人痴痴地看着这架飞机，他们用一种痴迷而又惊恐的眼神看着它。简也看得着了迷。她知道这架飞机正在寻找着陆点，她祷告着，愿这位飞行员不要在此着陆，因为她知道，无论飞机里的人是谁，一旦在这里降落，就会立刻惨死在野蛮的卡乌璐人的手中。

突然，她看到一个人影从飞机里跳了出来，卡乌璐人惶恐不安地喊了起来，紧接着，又一个人影也跟着跳了出来。

“他们来了！”一个武士高喊道，“卡凡达凡达，快救救我们吧！死人要来复仇了。”

白色的降落伞在空中撑开，载着下面的人影徐徐落下，就像波涛汹涌的大海中泛起的两朵浪花。

“他们张开翅膀了，”一个奴仆尖叫了一声，“他们会像秃鹰那样扑到我们身上的。”

简的眼睛仍紧盯着飞机，第二个人跳下后，飞机开始向下俯冲，然后它又自主地平飞了起来，越过了这条小小的峡谷，忽的一转，机身斜着飞了回来，最后，在人群上空，飞机机头向下，旋转着直冲下来。

布朗在跳伞前打开了油门，这是他和泰山事先计划好的，他们想让飞机坠毁在圣殿附近以分散卡乌璐人的注意力，只有这样，他们才能安全着陆，避免被手持长矛的卡乌璐武士群起而攻之。但出人意料的是，卡乌璐人在看到他们和这架飞机时竟然表现得如此慌张。

当他们徐徐降落时，一阵轻风吹来，载着他们朝圣殿飘来。他们看到聚集在院落里的人群抬头张望着他们。他们看到油门全开的飞机瞬间坠落下来。他们又看到四散奔逃的人群纷纷躲进圣殿，飞机在院落中坠毁，燃起熊熊大火。

泰山首先着地，布朗落地时，他已经解开了身上的降落伞。转眼间，两人跑向了圣殿。

没有人前来阻挡，连站在圣殿大门口的守卫也逃命去了。他们进入庭院时，几只受到惊吓的花豹从他们身边掠过。飞机坠毁在一百英尺外的圣殿围墙边，仍在剧烈燃烧。

布朗紧跟在泰山身后，向圣殿正厅的入口跑去。他们竟然畅通无阻地进入了这片圣域，没有遭遇到任何抵抗。透过敏锐的听觉，泰山觉察到远处一片人声鼎沸，乱作一团。泰山急忙沿着走廊向这些嘈杂的人声奔去。

在卡凡达凡达圣殿正厅的宝座旁，聚集了所有的武士和奴仆。

瑟瑟发抖的大祭司坐在宝座上，早已被吓得面无人色。那些圣殿中的女孩子们，可怜得就像一头头待宰的羔羊，她们被屠宰杀戮，只为换取卡乌璐人永恒的生命和不朽的青春，此刻她们一个个全都睁大了眼睛，惊恐万状地蜷缩在高台一旁。

一名武士气势汹汹地走到宝座前，涂满油彩的脸上露出恼怒的神色，显得十分阴沉，一根象牙杆穿过鼻孔，让他本就阴沉的面容显得愈发狰狞可怖。武士的胸前挂满了一串串人牙，那是他作为一名女孩猎手所取得的非凡成就的象征。他用手指着卡凡达凡达。

“你的罪孽落在了我们头上，”他大吼道，“你早就想背弃你的誓约了，昨天晚上所有参与拦截奥格德利和这个白人女孩的人都知道。她迷住了他，也迷住了你。是她把这些死人引来的，杀了她，你现在就亲手杀了她，只有这样我们才有救。”

“杀了她！杀了她！”一百多人全都声嘶力竭地齐声高呼道。

“杀了她！杀了她！”肥胖油腻的黑人奴仆们也操着公鸭嗓子大声尖叫着。

两名武士上前，一把将站在缩成一团的女孩们中间的简抓住，然后拖着她走到高台边。他们举起简狠狠地扔到了高台上。

浑身战栗的卡凡达凡达抓住简的头发，把她拖在地上跪了下去，接着，他从腰布中拔出一把粗糙的长匕首。就在他挥舞着匕首即将刺中简前胸的一刹那，只听见“砰”的一声枪响从圣殿正厅的门廊传来。只见卡乌璐人的大祭司卡凡达凡达，手捂着胸口，发出了一声撕心裂肺的惨叫后，轰然倒毙在了简的身旁，他差点杀了简。

简向门廊方向定睛一看，“泰山！”她哭喊道，“人猿泰山。”

在场的一百多人都看到了他，迎着众人的目光，泰山和布朗

斗志昂扬地步入大厅，一名武士举起手中的长矛刺了过来，这一次，布朗的枪响了。这个家伙应声倒在了地上。

接着，泰山发话了，他操着他们的语言说道："我们是来找我们的女人的，我们要安然无恙地带她们离开这里，不然的话，你们当中有很多人都会被杀死。你们也看到了，我们是怎么来的，你们也知道我们不是等闲之辈，不要惹恼了我们。"

他一边说，一边大踏步向前逼近。卡乌璐人显得有些慌乱，他们害怕这些从天而降、死而复生的不速之客，他们不住地向后退却。

布朗突然看到了安妮特，此时她正和其他女孩子一起站在高台旁边。他纵身一跃，向前冲了过去，武士们纷纷后退，为他闪开了一条通道。他紧紧地拥抱着安妮特，几度哽咽，激动得说不出话来了。

泰山一跃跳到了他的爱人身旁。"走吧，"他说道，"趁他们还没缓过神来，我们得赶快离开这里。"然后他扭头看着高台下蜷缩在一起的女孩子们，"慕维洛的女儿，布依拉在吗？"他问道。

一个年轻黑人女孩跑了过来。"大老爷！"她哭喊道，"我终于得救了。"

"快走，"泰山以命令的口吻说道，"带上想和你一起逃走的女孩子。"

女孩子们没有不想逃走的，于是泰山和布朗将她们集合到了一起，领着她们离开了圣殿正厅，朝着圣殿入口走去。但他们没走多远，就看到外面冒起了滚滚浓烟和熊熊烈焰。

"圣殿着火了！"安妮特喊道。

"我想这是我们干的，"布朗大喊道，"是被飞机点着的。看来我们被困住了，有人知道还有别的出口吗？"

“我知道，”简说道，“圣殿内有一条通往丛林的密道。我知道入口在哪儿，跟我来。”说着，她转身向回走去，其他人也跟着她顺原路返回圣殿大厅。

他们很快就碰到了武士和奴仆们。这些人急忙躲避起来，纷纷溜进了旁边的走廊或房间。不一会儿，他们来到了卡凡达凡达的房间外。简突然想到了什么。

她转身看着布朗。“我们冒着生命危险，”她说道，“疯狂地寻觅长生不老的秘密，有两个人死掉了。现在这个秘密就在这个房间里。你愿意再耽搁一会儿进去取出来吗？”

“我愿意吗？”布朗惊呼道，“那还用说！快带我去。”

走进大祭司的内室，简指着一个壁橱。“那里面有个盒子，盒子里就是你想要的东西，但钥匙在卡凡达凡达身上。”她解释着。

“我这里也有一把钥匙。”布朗说着，拔出了他的左轮手枪，他一枪将锁击碎，打开了壁橱。

“在这儿。”简指着装小药丸的盒子说道。

布朗拿走了盒子，他们继续寻找隧道的入口，但没过多久，简又站住了，她显得有些游移不定。“恐怕我们已经走过了头，”她说道，“我原以为我知道那个隧道的入口在哪儿，但现在我全都糊涂了。”

“我们必须想办法逃出圣殿，”泰山说道，“火势蔓延得很快，就快赶上我们了。”

滚滚的浓烟弥漫开来，刺鼻的烟雾令人窒息。他们能听到烈焰焚烧时凄厉的爆裂声，屋顶木梁的垮塌声，圣殿里传来的阵阵尖叫声和哭喊声。

一名武士沿着他们经过的走廊跌跌撞撞地钻了过来，这条走廊此时已被吞没在浓烟之中，这名武士被呛得快要窒息了，眼睛也几乎睁不开了。没等他反应过来，泰山一把抓住了他。

“如果你能带我们离开这里，”泰山呵斥道，“我就饶你一命。”

这个武士终于睁开了眼睛，他看着抓他的这个人。“人猿泰山！”他惊呼道。

“伊登尼，”泰山说道，“我刚才没认出是你。”

“你指望我带你逃出圣殿？就是你，刚刚杀了我们的大祭司卡凡达凡达。”

“是的。”泰山答道。

“如果我带你从村里走，你们所有人都会没命的。卡乌璐武士们现在已经从最初的那阵恐慌中恢复过来了，他们绝不会让你们通过的。我可以带你们走那里，让他们杀掉你们。但你曾经救过我一命，现在，让我还你一命吧。跟我走。”

他领着众人顺着旁边的一条走廊走了一小段距离后，拐进了一间阴暗的房间，穿过这个房间，他推开了一扇门，门外一片漆黑，什么也看不见。

“这就是通向丛林的隧道，”他说道，“去吧，泰山，别再回卡乌璐村了。”

三个星期过后，在卡乌璐野人村落的千里之外，在泰山木屋的起居室里，一行六人正围坐在熊熊燃烧的火炉旁。在座的有丛林之王和他的伴侣，铺在火炉前的狮子皮上坐着手挽手的布朗和安妮特。迪波斯坐在后面的一张椅子的边角上，他显得有些拘束。和有爵位的贵族们平起平坐，他仍旧不太习惯。小内其马却显得泰然自若得多，它蹲坐在泰山的肩膀上。

“我们如何处置这盒药丸呢？”布朗问道。

“随你吧，”简说道，“是你冒着生命危险执意要找到它们，如果我没有记错的话，我记得你好像说过，如果你能把它们带回到文明社会的话，你就发大财了，它们归你了。”

“不，”美国人答道，“我们都出生入死过，不管怎样，其实是你找到了它们。我越琢磨，就越讨厌我的这个计划。事实上，让人活得太长寿对这个世界并不好，很多人早就该死了，国会里面全都是这种人。想想看吧！这样做绝对不行。”

“我来教你怎么做。我们把药丸平分了，这样我们中的五个人就会长生不老了。”

“还可以青春永驻，美貌长存呢。”安妮特补充了一句。

“恕我直言，小姐，”迪波斯抱着一丝歉意轻轻咳嗽了一下，说道，“我可不想就这样经年累月地不停地熨裤子。至于美貌嘛，我的天！我会失业的，谁听说过有人需要一个美丽的男仆呢？”

“好了，我们平分吧，”布朗的态度很坚决，“你们不一定自己吃，但千万别卖给出租车司机王子，喏，我这里把它们分成了五份。”

“还有小猴子呢？”简微笑着说道。

“是呀，”布朗说道，“那我们就分成六份，对于这个世界而言，它的生命要比大多数人的生命更宝贵呢。”